RÉEL

Sophie Renaudin

www.dragonaplumes.fr

CHAPITRE 1

Un sifflement sinistre fut son seul avertissement. Neru planta un talon dans la terre meuble et se jeta sur le côté. Dans une déferlante de lumière écarlate, le sol explosa en une gerbe de poussière et de rocaille noire.

La déflagration l'assourdit momentanément et son souffle l'envoya rouler sur lui-même. Il se hissa sur ses jambes, un peu sonné, et reprit aussitôt sa course. Son équipe avait profité de son contretemps pour le rattraper. Il entendait le martèlement de leurs semelles juste derrière lui.

Une nouvelle salve de sifflements résonna. Des boules d'énergie rouges fusèrent du ciel et s'abattirent sur la plaine sombre et désolée qu'ils traversaient. Par chance, elles les manquèrent toutes.

Tout là-bas, devant eux, l'ennemi poussa un hurlement de rage. C'était un vrai géant, un humanoïde de près de dix mètres de haut. Huit grandes ailes blanches jaillissaient de son dos et le portaient dans les airs. Une unique déchirure dans l'épaisse couverture nuageuse, stratégiquement placée juste au-dessus de lui, faisait pleuvoir des rideaux de lumière sur son armure étincelante, son casque finement travaillé, son épée gravée et sa gigantesque lance.

Il leva cette dernière, pointe vers le bas. Elle frappa le sol avec tant de force que, même d'aussi loin, Neru vit les corps de combattants voler comme des fétus de paille.

— Ils sont en train de se faire massacrer ! s'écria Seth.

— C'est notre chance, non ? dit Betti. Une fois qu'ils auront perdu, on n'aura plus qu'à terminer le travail !

— S'ils perdent, comment veux-tu qu'on ait la moindre chance de gagner ? dit Banon, amer. On n'est plus que quatre et Tane et ses gros bras sont largement meilleurs que nous en baston.

— Il a raison. Il faudrait un miracle.

Neru ne dit rien, concentré sur le rythme de sa course et le terrain irrégulier sous ses pieds. À chacune de ses inspirations, le vent déposait un faible goût de fer et de cendre sur sa langue.

— Hé, Neru !

Il jeta un coup d'œil à ses amis par-dessus son épaule. Ses mods le rendaient plus rapide qu'eux et il recommençait à prendre de l'avance.

— On laisse tomber ! C'est mort, on a perdu, insista Seth.

Neru leur adressa un rictus moqueur.

— Mais non, on n'a pas perdu. Je ne perds jamais !

Seth, Betti et Banon échangèrent un regard et un haussement d'épaules. Ils ralentirent quand même, revenant progressivement à l'arrêt où ils se mirent à épousseter leurs combinaisons intégrales maculées de terre noire. Presque aussitôt, une boule de lumière écarlate leur plut dessus et ils durent esquiver avec force cris de surprise et jurons.

Neru les abandonna, avalant la distance de ses longues enjambées. Il approchait du site de la bataille.

Tane ne se serait pas hissé aussi haut dans le classement s'il était aussi crétin qu'il le laissait croire dès qu'il ouvrait la bouche ; les combats n'avaient pas de secrets pour lui. Pourtant, son groupe de guerriers se faisait méthodiquement massacrer par le géant ailé. Seule une poignée d'entre eux tenait encore tête lorsque Neru les rejoignit.

Un grand homme brun bien bâti remarqua son arrivée et darda sur lui un regard mauvais. La mâchoire forte, les yeux bleus, le sourire éclatant : l'avatar de Tane avait été soigneusement façonné pour taper en plein dans les archétypes de beauté masculine.

— Des envies de suicide, Neru ? railla-t-il. Tu t'imagines que tes précieux mods de luxe te suffiront à vaincre cette saleté tout seul ?

Piqué au vif, il ne répliqua pas. Tane ne ratait pas une occasion de se moquer de lui parce qu'il coulait tous ses points dans l'amélioration des capacités de son avatar plutôt que d'en faire un top model. Et pourtant, l'apparence de beau gosse de Tane et sa nanoarmure moulante achetées à prix d'or ne semblaient pas lui être ici d'une grande utilité.

Neru se faufila entre deux des combattants avec l'agilité d'une anguille.

— Tu n'es pas de notre équipe. Les règles t'interdisent d'interférer avec le combat ! mugit son rival, furieux à l'idée qu'il essaie.

Neru l'ignora et traversa le champ de bataille. Il n'avait parcouru que la moitié du chemin lorsqu'une ombre tomba sur lui. Il évita de justesse l'énorme semelle qui faillit l'aplatir.

Le géant s'était posé. D'un seul moulinet de son épée, il transforma les guerriers restants en pluie d'étincelles et mit fin à l'affrontement.

Neru s'enfuyait toujours de toute la force de ses jambes. Il sentit un regard brûlant sur sa nuque. Bon sang, Tane n'aurait-il pas pu lui servir de distraction quelques secondes de plus ? Devant lui se dressait à présent une immense falaise de pierre noire. Une façade du même matériau, richement gravée, s'y encastrait en haut d'une longue volée de marches. Trois ouvertures en ogive béaient sur un intérieur obscur.

— Boost ! cria-t-il, enclenchant l'un de ses précieux modules à usage unique.

Son avatar fit un bond impressionnant, presque un vol plané, au moment où il sentit le souffle de l'épée lui effleurer le dos. Il atterrit au sommet de l'escalier. Son cœur s'était logé dans sa gorge et lui battait jusque dans les amygdales. Il l'avait échappé belle !

Il jeta un coup d'œil derrière lui. Comme il l'avait prévu, le géant avait perdu tout intérêt pour sa personne dès qu'il était entré sur le territoire du temple. Il s'était détourné et cherchait ses prochains ennemis… Neru réalisa en même temps que lui qu'il n'en avait plus que trois : Seth, Betti et Banon, qui attendaient Neru plus loin sur la plaine. Le guerrier leva sa lance au ciel avec un cri belliqueux. La chute des projectiles rouges redoubla soudain d'intensité. D'un grand battement d'ailes dont le vent faillit soulever Neru de terre, il prit son envol.

Neru se précipita à l'intérieur du temple, paniqué. Où était ce fichu autel ?

Il trouva la statue de granit au fond de l'unique pièce, éclairée par un rayon de lumière qui tombait d'une ouverture ronde dans le plafond. Elle représentait le géant ailé en échelle réduite — à peine trois mètres de haut. Sans se soucier de l'atmosphère de sainteté des lieux, il courut à elle, fouillant déjà la poche de sa combinaison. Il en sortit un cylindre doré qu'il fourra dans le trou qui perçait la poitrine du guerrier à l'emplacement du cœur. La statue s'illumina d'une douce lueur blanche.

Neru retourna dehors, espérant avoir agi à temps.

Il soupira de soulagement. Le géant ailé était suspendu dans les airs juste au-dessus des silhouettes de ses trois amis. Banon aidait Betti à se relever, mais elle tenait encore sur ses jambes.

Quant au guerrier, ses quelques blessures avaient disparu. Immobile, il était nimbé du même halo trouble que sa représentation de pierre. Il leva le visage au ciel et écarta les bras. Il était l'image même de la contemplation divine. Les lourds nuages sombres qui jusque-là grondaient au-dessus du terrain du jeu se dissipèrent en quelques instants, poussés par un agréable vent chaud. La lumière du jour devint si forte que Neru dut se protéger les yeux. L'armure et les armes du géant s'évanouirent comme des mirages. Il ne resta plus de lui qu'un homme aux longs cheveux blonds, sa toge blanche flottant sous une brise légère, son doux visage reflétant un amour infini et miséricordieux. Il donna un coup de ses huit magnifiques ailes et disparut dans le ciel.

Immédiatement, le temple et la plaine noire se décomposèrent autour de Neru. Après une seconde de chargement des données, il réapparut au centre d'un large plateau rond.

Tout autour de lui, des gradins accueillaient rangée après rangée de spectateurs. Leurs fantasques coiffures, improbables couleurs de peau et provocantes tenues se fondaient les unes dans les autres jusqu'à ce que seules des impressions confuses ressortent de la masse : ici une ramure de cerf perchée sur une tête d'homme, là une jupe clignotante. Tane et ses partenaires faisaient grise mine quelque part à mi-hauteur. Seth, Betti, Banon et la douzaine de joueurs qui composaient le reste de leur équipe encadraient Neru sur le plateau... mais il était le seul d'entre eux planté au milieu d'une colonne de lumière qui le rendait aussi visible qu'une guirlande de Noël.

— Bravo ! scanda une voix sonore.

Une fine canne noire coincée sous le bras, Roman Saut d'Étoile frappa dans ses mains et adressa un éblouissant sourire à Neru. L'animateur était tout de blanc vêtu, d'un élégant costume à queue-de-pie assorti d'un haut de forme perché sur ses cheveux blonds. Un discret motif de plumes parsemait son veston.

— Quelle magnifique victoire ! Alors que tout semblait perdu, un homme, envers et contre tout, résout l'ultime énigme cachée. Un tonnerre d'applaudissements pour Neru de l'équipe trente-sept !

Des acclamations nourries s'élevèrent volontiers. Le volume de la bande-son préenregistrée était tel qu'il noya l'enthousiasme poli des spectateurs. Mal à l'aise sous le feu des projecteurs, Neru réussit un sourire crispé.

Roman se tourna vers un homme resté en retrait à sa gauche. De taille moyenne, le cheveu poivre et sel, il avait une apparence parfaitement banale. C'était peut-être la plus sure manière de trancher avec l'excentricité ambiante.

— Qu'en dit notre Maître du Jeu ? lui demanda Roman. Quelques mots pour notre vainqueur, Sasha ?

La nervosité de Neru redoubla lorsqu'il reconnut celui qui s'avançait : Sasha du Nord, l'un des meilleurs joueurs de RÉEL.

L'homme le transperça d'un œil bleu pâle indifférent.

— Bien joué, se contenta-t-il de dire, aussi laconique que sa réputation le décrivait.

Neru essaya de cacher sa déception. Il admirait beaucoup Sasha. Il avait espéré lui laisser une plus forte impression en battant le jeu qu'il avait conçu. Roman ne se laissa pas désarçonner et poursuivit, ouvrant grand les bras dans un élan théâtral :

— Oui, bien joué ! L'équipe trente-sept est donc la grande gagnante de ce deux-cent-trente-quatrième tournoi mensuel. Neru remporte le meilleur score et reçoit dix mille points RÉEL. Les autres membres de l'équipe trente-sept, vaincus ou non, reçoivent chacun cinq mille points RÉEL. Tous les autres joueurs reçoivent un nombre de points proportionnel à leur succès dans le jeu. Merci à tous d'avoir participé !

Il eut à peine terminé sa phrase qu'un joyeux carillon retentit. Neru sursauta. Le bruit avait surgi de son avatar. Il maudit sa chance lorsque Roman reporta son attention sur lui, étonné. Un halo doré enveloppa un bref instant Neru, visible même à travers la lumière qui le baignait toujours. L'animateur sourit.

— Eh bien, on dirait que nous avons un nouveau panthéonien parmi nous aujourd'hui. Puis-je être le premier à te féliciter, Neru ?

Neru serra la main gantée de Roman et marmonna un remerciement, les joues chaudes. Heureusement, il n'avait pas programmé son avatar pour reproduire ses rougissements. Une nouvelle salve d'applaudissements fusa et il vit Seth et Banon échanger des coups de coude excités dans son dos.

— Voilà une parfaite transition pour l'annonce qui va suivre ! dit Roman. Joueurs et joueuses de tous horizons, j'ai l'honneur de vous apprendre aujourd'hui… la tenue d'un tournoi très spécial. Un grand tournoi anniversaire, pour fêter vingt ans de jeux et de divertissement sur le réseau RÉEL. Le Tournoi du Futur !

Des gerbes de couleurs explosèrent tout autour du plateau pour plus d'emphase. Les spectateurs se mirent à murmurer entre eux. Neru écarquilla les yeux et les oreilles. Il n'avait entendu parler de rien de tel. À en juger par l'air soudain attentif de Sasha, lui non plus.

Roman fit tourbillonner sa canne, très satisfait de son petit effet.

— La société Prodig, créatrice et gérante de RÉEL, souhaite faire de ce tournoi un évènement dont on parlera encore longtemps. Pour cette raison, le grand prix qui récompensera le gagnant est à la hauteur des épreuves exceptionnelles concoctées par nos développeurs.

Des chiffres de feu s'allumèrent dans les airs.

— Vingt millions de points RÉEL ! martela Roman, et un montant si astronomique méritait bien une telle mise en scène.

Neru en resta bouche bée. Roman attendit que le brouhaha de l'assistance revienne à un volume acceptable. Un sourire énigmatique plissait ses lèvres.

— Ainsi que, ajouta-t-il d'une voix douce, et Neru se demanda comment on pouvait espérer surenchérir là-dessus, ainsi qu'un honneur suprême encore inédit à ce jour : la création d'une Intelligence Artificielle de toute dernière génération, entièrement personnalisée selon l'apparence et la personnalité de notre grand gagnant. Cette IA représente une immense avancée dans le futur de RÉEL et sera à terme amenée à gérer bon nombre des fonctions du réseau. De quoi laisser votre empreinte indélébile sur le monde virtuel !

D'accord. Il fallait l'avouer, c'était impressionnant.

— Le tournoi sera-t-il ouvert à tout le monde ? s'écria Seth.

Roman le gratifia d'un sourire ponctué d'une touche de pitié.

— Hélas, non. Puisqu'il s'agit d'un évènement spécial, seuls les membres du panthéon des joueurs seront autorisés à participer. Quant aux moins chanceux d'entre vous, j'ai peur qu'il ne vous reste plus que deux semaines pour collecter les points de réputation qui vous font défaut.

Il se tourna vers Neru et Sasha.

— Messieurs, j'espère vous revoir tous les deux à cette occasion ! À bientôt dans RÉEL, l'univers des possibles !

Avec un dernier tournoiement de canne qui fit miroiter sa

silhouette, il se volatilisa. Les caméras flottant autour du plateau disparurent avec lui.

Aussitôt, les spectateurs se dirigèrent vers le portail qui s'ouvrit dans un coin, pressés de répandre la nouvelle. Sasha les rejoignit, au grand regret de Neru. Cependant, son équipe eut vite fait de le distraire en l'inondant d'accolades, de rires et de félicitations.

— Bien joué, champion. Tu nous as sauvé la mise !

— J'ai bien cru que c'était fichu et que personne n'allait réussir ce maudit tournoi, sérieusement.

— Comment est-ce que tu as su pour l'énigme cachée ?

Il haussa les épaules, gêné.

— Ce n'était pas trop dur. Sasha a un faible pour les personnages d'anges ou de dieux, à tel point que je me suis dit que celui-là ne pouvait pas être un vrai méchant. Ce n'était pas possible que tuer ce boss soit la seule manière de gagner le jeu. Sasha aurait voulu inclure un mécanisme pour qu'on puisse le « guérir de sa corruption » et le « ramener sur le chemin du Bien », vous voyez ? Et comme on avait trouvé cette clé dans un des niveaux précédents...

Des exclamations admiratives fusèrent.

— Tu en sais, des choses, murmura quelqu'un.

L'avatar de Seth, un jeune homme dont les mèches blondes asymétriques lui tombaient artistiquement devant les yeux, se fraya un chemin jusqu'à lui à coups de coude. Il jeta un bras autour de ses épaules.

— C'est que Neru passe tant de temps à jouer qu'il en devient une vraie encyclopédie ! rit-il. Aucun Maître du Jeu n'a de secret pour lui !

— N'importe quoi, marmonna-t-il avec un sourire embarrassé.

— Il n'y a pas de quoi se vanter, intervint une nouvelle voix. Si ce fichu boss n'avait pas été aussi cheaté, c'est nous qui aurions gagné.

Tane et son équipe de brutes furent accueillis par des regards mauvais.

— Ce qui prouve juste que vous vous seriez plantés comme des crétins même si Neru n'avait pas été là, dit Banon avec une grimace méprisante.

— Mauvais perdants ! renchérit Betti.

Tane leva le nez comme un gamin capricieux et les ignora. Il s'adressa directement à Neru :

— Tu t'es peut-être bien débrouillé aujourd'hui, mais ce n'est pas terminé, minus. Tu t'imagines que tu vaux mieux que nous maintenant que tu es entré au panthéon ? Figure-toi que moi aussi, je suis à deux doigts d'y parvenir !

Il leva les deux doigts en question pour illustrer ses propos.

— J'ai bien l'intention de participer à ce fameux tournoi spécial. Et crois-moi, je ne vais pas te rater !

Sur ces mots, il s'éloigna sous les quolibets de l'équipe gagnante.

— Quel imbécile, celui-là, s'indigna Betti, une jolie fille un peu ronde, en s'accrochant au bras de Neru.

Des oreilles de chat pointaient entre ses cheveux d'un vert vif, qui flottaient autour de son visage comme si elle s'était trouvée sous l'eau. Neru n'avait jamais osé lui avouer qu'il trouvait ces modifications assez stupides.

— C'est pas grave, dit-il, distrait. Ignorez-le. Dites, il faut que j'y aille.

Il s'extirpa maladroitement de son groupe de coéquipiers reconnaissants. Il ne connaissait pas la moitié d'entre eux. C'était Seth et Betti qui se chargeaient de recruter des alliés lorsque les tournois nécessitaient des équipes aussi larges. Ils n'éprouvaient généralement aucune difficulté dans leur tâche : il leur suffisait de souligner que Neru n'avait pas perdu un seul jeu depuis des années. Cela avait fini par lui valoir une renommée grandissante, à tel point que dernièrement, ses amis n'avaient plus qu'à faire leur choix parmi les candidatures spontanées de parfaits étrangers.

— Merci pour les points, Neru.

— Au plaisir de refaire équipe avec toi !

Jamais très bavard, il répondit par des sourires un peu timides et des gestes de la main. Betti resta pendue à son bras et Seth et Banon leur emboîtèrent le pas vers la sortie.

— Pourquoi tu es aussi pressé ? demanda Seth.

— On peut passer à l'Université ?

Il s'engouffra dans le cercle miroitant du portail sans attendre leur avis. Une carte de tout l'univers de RÉEL s'afficha. Il sélectionna sa destination d'un geste de la main.

La cour principale de l'Université apparut autour de lui, avec sa gigantesque fontaine en forme de planisphère, ses allées pavées de mosaïques délicates et ses parterres débordant de fleurs exotiques, d'arbustes chanteurs et d'animaux improbables. Ses amis se matérialisèrent à ses côtés.

— Qu'est-ce qu'on fait là ? s'enquit Betti, peu convaincue par son choix. Ne me dis pas que tu veux étudier maintenant. Tu auras bien le temps plus tard.

Ni elle, ni Banon n'étaient inscrits à l'Université, que ce soit parce qu'ils avaient déjà terminé leur spécialisation ou parce qu'ils avaient choisi d'arrêter leurs études à dix-huit ans. Neru ne leur avait pas posé la question. C'était toujours un peu délicat de demander des informations personnelles à quelqu'un sur RÉEL. On ne savait jamais qui allait s'en offenser.

— On devrait plutôt aller fêter ton entrée au panthéon ! dit-elle avec enthousiasme. C'est génial, Neru. Depuis le temps que tu en rêvais !

L'esprit préoccupé par autre chose, il n'enregistra pas tout de suite ses mots. Il se hâtait vers une des sorties de la cour, le nez levé vers les édifices environnants pour se repérer dans l'immense campus.

— Hein ? Oh, oui ! dit-il, et pour la première fois, un sourire joyeux vint éclairer ses traits.

RÉEL était le monde de l'anonymat. Dans un univers où se côtoyaient des milliards d'êtres humains et où chacun pouvait s'acheter la beauté, l'originalité, changer de visage à volonté, on oubliait bien vite l'apparence et jusqu'au nom de son voisin. Dès lors, les rapports sociaux devenaient une course à la célébrité. C'était pour cela qu'avait été conçu le système des points de réputation. On en gagnait de multiples façons : en suivant des cours à l'Université, en remportant un jeu médiatisé, en passant dans une émission, en créant un mod pour avatar, un décor virtuel ou une chanson, en rendant un service à la communauté... Et lorsqu'on en obtenait assez, on entrait automatiquement dans le panthéon correspondant à son domaine de prédilection.

Neru avait œuvré longtemps pour atteindre le panthéon des joueurs. Avant le tournoi, il ne lui avait manqué que quelques malheureux points de réputation. Il aurait préféré que son triomphe n'ait pas lieu sur scène, sous les yeux de tous ces inconnus qui l'avaient à demi paralysé de trac, mais quelle importance ? Il était enfin parvenu à son but !

Devant la lueur ravie dans ses yeux, Seth lui donna de grandes tapes dans le dos en riant.

— Notre Neru, une star montante ! Quelle émotion !

Neru se fichait bien d'être une star. Entrer dans le panthéon des joueurs, c'était surtout la possibilité d'accéder à de nouveaux jeux, réservés exclusivement aux membres.

— Je me demande si je participerai à ce tournoi spécial, dit-il, rêvant tout haut. J'ai déjà tellement de choses à découvrir...

— Tu manquerais une occasion pareille ? dit Banon.

— Il a raison, imagine toute la réputation que ce tournoi te rapportera ! renchérit Betti. Oh, mais tu nous aideras quand même dans les jeux tout public, pas vrai ? Grâce à toi, on pourra te rejoindre en un rien de temps. Comme ça, on restera une équipe !

— Oui oui, acquiesça-t-il du bout des lèvres.

À vrai dire, il n'avait pas très envie de continuer à passer du temps sur ces vieux jeux qu'il connaissait par cœur, maintenant qu'il avait tout un nouveau monde à explorer. Seuls les tournois mensuels, tous uniques, parvenaient encore à le surprendre. De plus, la plupart des jeux du panthéon se pratiquaient en individuel. Il n'avait plus vraiment besoin d'une équipe. Néanmoins, il supposa qu'il leur devait bien cela.

— Qu'est-ce que tu vas choisir comme rang ? demanda Seth.

— Je ne sais pas encore.

— Quoi, tu n'y as pas réfléchi ? Depuis le temps que tu vises le panthéon ?

— C'était pas ma priorité. Je vais y réfléchir tout à l'heure.

— Pourquoi pas maintenant ? proposa Betti. On peut t'aider. J'ai plein d'idées, moi ! Neru la Victoire, par exemple, ou… Neru Chasseur d'Étoiles ! Tiens, ça sonne bien ça, non ?

— C'est naze, railla Banon.

— Oh, on ne te demande pas ton avis ! Qu'est-ce que tu en penses, Neru ?

Mais Neru avait perdu le fil de la conversation. Là-bas, entre la tour bleu et blanc de la faculté d'astronomie et la montgolfière colorée qui marquait les terrains de météorologie, il se passait quelque chose dans le ciel.

— Ça a déjà commencé ! s'exclama-t-il, détalant dans cette direction.

Il ignora les protestations de ses amis, trop excité pour s'en soucier. Un petit marcassin violet voulut se pousser de son chemin en grouinant, affolé. Neru lui sauta par-dessus et esquiva trois avatars qui déambulaient dans les sentiers. En un rien de temps, il contourna la tour et dévala une longue allée bordée de statues abstraites. Tout au bout, le dôme argenté des programmeurs scintillait au soleil. Il s'arrêta en dérapant devant le bâtiment.

Plantée au milieu de la pelouse, une gigantesque colonne d'eau s'élevait vers le ciel. Une multitude de poissons de toutes formes et de toutes couleurs y nageaient, apparemment indifférents aux dizaines d'yeux humains qui les scrutaient d'en bas. Il crut même apercevoir quelques dauphins à une hauteur que n'aurait pas reniée un oiseau.

Au sol, un avatar avait glissé une main dans l'eau, prouvant ainsi qu'aucune surface solide ne la maintenait à la verticale. La fille avait la peau bleu outremer, de courts cheveux noirs, et portait une combinaison de plongée qui accentuait ses courbes.

— Elle mouille et on ne peut pas la respirer, dit-elle à son professeur et aux autres élèves de sa classe qui assistaient à sa démonstration. Mais vous pouvez venir piquer une tête avec moi si vous voulez !

Elle ajusta le tuba accroché à sa tempe et plongea tout entière dans la colonne. Elle se mit à nager vers le haut, frôlant les poissons qui s'écartaient d'elle en frétillant. Neru retint un rire en avisant l'air découragé de l'enseignant. D'autres élèves s'étaient approchés et passaient avec curiosité un doigt ou la main entière dans l'eau.

Une des voitures flottantes de l'Université s'arrêta près de Neru. Ses trois amis y étaient assis, ayant renoncé à lui courir après.

— Encore un truc bizarre des informaticiens ? dit Seth en fronçant le nez.

— Toujours le même, si tu veux mon avis, répliqua Banon. Attends, il a encore changé d'avatar ? C'est la fille bleue là-dedans ?

— Oui, c'est Likaï, dit Neru.

Likaï changeait constamment d'apparence. Ordinairement, Neru avait horreur de ce genre de gaspillage de points RÉEL, mais Likaï ne se contentait pas de modifier sa coupe de cheveux ou de gagner cinq centimètres. Elle changeait absolument tout. Il l'avait déjà vue sous l'aspect d'un enfant de cinq ans, d'une vieille femme voûtée, d'un colosse bardé de tatouages, même d'un centaure et d'une femme-chat. Elle ne semblait jamais se soucier de savoir si les gens la reconnaissaient ou pas, et Neru devait toujours vérifier son profil pour s'assurer de son identité. Si c'était une « elle », à vrai dire. Il n'en savait rien du tout, et s'efforçait de penser à elle avec le sexe qu'elle abordait ce jour-là : au féminin si son avatar l'était, au masculin sinon.

— Qu'est-ce que tu lui trouves ? demanda Betti en faisant la moue. Il est bizarre, ce type. Ça rime à quoi, tout ça ?

Neru admira le réalisme des poissons et les reflets iridescents de leurs écailles, la manière dont le soleil traversait l'eau et déposait l'ombre d'une méduse sur le gazon. Likaï battait des jambes à hauteur du toit du dôme et essayait de capturer de tout petits poissons dans le creux de ses mains. De temps en temps, elle sortait la tête de la colonne pour respirer.

— C'est plutôt cool, non ? Likaï fait toujours des trucs délirants. Moi, j'aime bien.

— Pourquoi tu ne vas pas te mouiller aussi, alors ? se moqua Banon.

Neru se sentit rougir et bredouilla une excuse. Il n'oserait jamais ! Ce n'était même pas son cours !

Seth donna un coup de coude espiègle à Banon.

— Ne taquine pas ce pauvre Neru, il a le béguin, ricana-t-il.

— N'importe quoi ! clama Neru, tellement fort que des têtes se tournèrent parmi les informaticiens.

Il cacha son visage, mortifié.

— Bouh, peu importe, dit Betti. On ne va pas rester là à regarder des poissons nager ! Viens, Neru. On se la fait, cette fête ?

Il hésita.

— Allez-y, je reste un peu. Je vous verrai plus tard.

Il eut la nette impression que ce n'était pas la bonne réponse. Betti eut l'air vexée et même Seth ne souriait plus. Il se contenta cependant de hausser les épaules.

— Comme tu veux.

La voiturette fit demi-tour et s'éloigna. Neru resta seul. Il se demanda s'il aurait dû s'excuser. Il chassa cette pensée de son esprit et chercha à nouveau Likaï des yeux.

CHAPITRE 2

Le système de réalité virtuelle se déconnecta avec un bip plaintif.

Neru revint à lui dans le noir et cligna des yeux, désorienté. Sa tête était lourde, signe qu'il avait encore oublié l'heure et raté une nuit entière de sommeil. La sueur avait humidifié sa nuque autour des capteurs pressés dans sa chair. Il se redressa avec difficulté. Il frissonna quand son cou se dégagea du mécanisme rendu tiède par son contact.

L'intelligence domestique détecta son activité et replia automatiquement les volets. Neru jura quand le soleil de fin d'après-midi entra à flots dans la chambre. Bien que son cerveau se soit cru en pleine lumière quelques instants auparavant, il n'avait pas ouvert les yeux depuis plus de vingt-quatre heures et ils le lui firent payer.

— Semi-fermeture, geignit-il en les protégeant des deux mains.

Le système tourna avec obligeance les lamelles des persiennes, plongeant la pièce dans une pénombre ambrée. Neru soupira et cligna des paupières contre les dernières traces d'éblouissement. Il essuya ses yeux larmoyants du dos de la main. C'était pour ce genre d'incidents qu'il détestait la grande baie vitrée qui constituait tout un pan de mur de son appartement. Orientée au sud, elle était conçue pour que les rayons du soleil chauffent la pièce unique, mais il ouvrait rarement les volets. Il faisait donc toujours frais à l'intérieur.

Neru fit basculer ses jambes engourdies du fauteuil de réalité virtuelle et se leva lentement. Il serra son gros pull contre sa poitrine et se dirigea vers la salle de bain d'une démarche mal assurée. Le studio était spacieux et tout en courbes épurées. Des renfoncements dans le sol séparaient deux alcôves du reste de la pièce principale. L'une, blottie dans le coin le plus éloigné, contenait simplement un lit ; bien qu'il n'ait pas été utilisé récemment, les draps gisaient en travers du matelas et à moitié répandus par terre. L'autre, au constant agacement de Neru, était placée juste devant la fenêtre. Y trônait son fauteuil de RV, un modèle élégant et de bonne qualité qui avait déjà beaucoup servi, ainsi qu'un sofa presque neuf et une table basse en verre décorée d'une couche de poussière.

Neru gravit les deux marches en grommelant contre cet effort supplémentaire. Il traversa l'espace à manger et franchit une porte coulissante près de l'espace à dormir. Il se dévêtit, sauta dans la cabine de douche et s'adonna mécaniquement à son rituel de propreté. Il se sécha en bâillant et daigna jeter un regard critique au miroir de plain-pied.

Il nota ses yeux gris bouffis et cernés par le manque de sommeil. Il allait devoir cacher ça. De taille moyenne, plutôt maigre et pâle, Neru se jugeait parfaitement banal. Ses cheveux bruns étaient un peu trop longs et très mal coupés. En règle générale, il s'en occupait lui-même en quelques secondes passées avec une paire de ciseaux, trop impatient pour se rendre chez le coiffeur. Il batailla pour leur redonner un semblant d'ordre et les attacha en courte queue de cheval, s'assurant qu'on ne vît pas les dégâts de face. Une tunique et un pantalon saisis au hasard dans la penderie et il décida qu'il était présentable. Il enfila des chaussures, attrapa la paire d'hololunettes patientant dans l'étui près de la porte d'entrée et quitta son appartement.

Le soleil bas qui baignait la coursive extérieure l'éblouit à nouveau.

— C'est bon, marmonna-t-il, bougon. Couche-toi, qu'on en finisse.

Il posa les lunettes sur son nez. Aussitôt, leurs verres

s'assombrirent contre la luminosité ambiante.

Soulagé, Neru prit la direction de l'ascenseur. Dans la cabine qui le conduisait au rez-de-chaussée, il alluma les lunettes d'une pression sur l'une des branches. Les deux écrans affichèrent l'heure. Il avait encore un peu de temps devant lui. Il en profita pour s'occuper des réglages. La caméra intégrée à la monture lui renvoyait une image peu flatteuse de son visage. Après l'application judicieuse de quelques filtres, ses yeux rougis et fatigués n'y parurent presque plus.

Six étages plus bas, il sortit de son immeuble et jeta un regard anxieux aux alentours. Autour de lui se dressaient les hautes silhouettes de bâtiments résidentiels tous identiques : de fines tiges blanches parsemées de modules d'habitation bulbeux qui lui faisaient penser à des tumeurs. Chaque fois qu'il mettait le nez dehors, il se croyait au cœur d'une forêt de champignons géants. Les espaces verts omniprésents entre les tours renforçaient encore cette impression. Un robot d'entretien traversa devant lui, taillant la pelouse par devant et l'arrosant d'eau enrichie d'engrais par derrière.

Quelques piétons et un véhicule occasionnel déambulaient dans les allées. Neru se fondit parmi eux sans les regarder. Il ressemblait à n'importe quel autre passant, comme eux les yeux rivés sur la paire d'hololunettes perchée sur son nez, mais ses épaules se courbaient sous son malaise. Il savait que ces gens étaient probablement tous des travailleurs qui rentraient chez eux, et cela le rendait presque malade.

Il leva une main devant son visage et le minuscule projecteur sur l'arête de ses lunettes y dessina un menu. Pour se détendre, il se connecta sur une chaîne de programmes de divertissement. Il s'esquiva dans un sentier discret, un œil sur l'écran et l'autre sur l'endroit où il mettait les pieds. L'émission était une table ronde d'invités du Grand Panthéon, et il ne lui prêta qu'une attention distraite.

Le Grand Panthéon rassemblait les avatars les plus célèbres de tout RÉEL, les véritables stars du monde virtuel, ceux qui avaient su se hisser au sommet de leurs panthéons. On parlait d'eux partout, on leur réservait des interviews, des fêtes magnifiques, des émissions spéciales, on se ruait sur les mods qu'ils achetaient... Nombreux étaient ceux qui rêvaient d'atteindre un jour cette élite formidable. Cependant, leurs débats sur les motifs décoratifs les plus en vogue du moment ne captivaient guère Neru.

Il émergea bientôt sur l'une des zones de loisirs, un vaste territoire boisé où l'on croisait parfois un terrain de football ou un court de tennis. Il choisit une promenade verdoyante qui faisait le tour d'un étang. Il marchait depuis quelques minutes quand ses lunettes émirent un tintement qui le fit sursauter. Il s'éclaircit la gorge et se lécha les lèvres, nerveux, avant d'accepter l'appel.

Le visage de sa mère remplaça l'animateur sur la partie supérieure de ses verres.

— Tu as réfléchi à ce que je t'ai dit ? demanda-t-elle de but en blanc.

Neru ravala une bouffée de frustration. Il faisait toutes les semaines l'effort de se déconnecter de RÉEL et de chausser ces lunettes qui n'étaient qu'un pâle substitut de connexion virtuelle pour lui parler, parce qu'elle refusait d'utiliser son avatar en ligne pour communiquer comme tout le monde... et jamais un bonjour ne lui échappait.

— Salut, Maman, dit-il vaillamment. Il fait beau aujourd'hui, non ? Je me suis dit que j'allais sortir marcher un peu...

Elle haussa un sourcil peu impressionné.

— Je sais très bien que tu ne mets le nez dehors que quand je t'appelle, Neru. Pas la peine de chercher à me duper. Qu'est-ce que tu as fait à tes yeux ? ajouta-t-elle en plissant les paupières. Tu les photomanipules ? Si tu utilisais un véritable écran et pas ces saletés d'hololunettes qui te zombifient un homme, tu te serais rendu compte d'à quel point c'est mal fait. Tu as encore passé la nuit sur tes jeux, c'est ça ?

Pris sur le fait, il déglutit et avoua :

— Oui... Mais c'était pour la bonne cause, Maman ! s'écria-t-il, excité. Je viens d'entrer au panthéon !

Il avait espéré voir de la surprise sur son visage, une étincelle de fierté, peut-être un bref sourire.

— Qu'est-ce que tu veux que ça me fasse ?

Neru trébucha sur un misérable caillou et se tordit la cheville. Il se laissa tomber par terre pour la masser, muet.

— Et je t'ai dit mille fois de m'appeler Adélaïde. Tu n'as plus cinq ans. Tu en auras vingt dans moins de deux mois, et tu sais ce que ça signifie. Il est temps que tu fasses quelque chose de ta vie.

Ses vingt ans signifiaient surtout qu'Adélaïde ne serait plus légalement obligée de rester en contact avec lui. Fini, le quota minimum de trente minutes de conversation par mois. La société voulait bien essayer de « remédier à la solitude des jeunes, trop tôt embrigadés dans le monde virtuel », mais elle ne pouvait pas grand-chose pour résoudre l'absence de toute bonne volonté de l'un des deux partis en présence.

— Ma vie me va très bien comme ça, marmonna-t-il.

L'amertume lui brûlait la gorge. Un joggeur le dépassa sans lui prêter la moindre attention, absorbé par les informations que lui débitaient ses lunettes.

— Ne sois pas ridicule. Tu ne vas pas passer le restant de tes jours à jouer à ces amuse-crétins.

— Et pourquoi pas ? s'exclama-t-il, piqué au vif. Il y a des tas de gens dans le panthéon des joueurs qui occupent tout leur temps avec les tournois !

— Pour quoi faire ? dit-elle lentement, comme si elle s'adressait à l'enfant qu'elle venait de lui rappeler ne plus être. Tu ne veux même pas entrer au Grand Panthéon — et tant mieux, qui voudrait être un de ces jet-setteurs irresponsables qui passent leur temps à boire, faire du shopping, coucher ensemble et alimenter les médias en scandales sexuels ?

Neru non plus n'avait pas une grande estime pour ces gens-là, mais il savait que plusieurs de ses amis, comme beaucoup de personnes de leur âge, rêvaient d'y entrer. Et les persiflages constants d'Adélaïde commençaient à lui échauffer les oreilles. Il se releva et s'aperçut que son pantalon était couvert de terre. Il grimaça, dégoûté. Ce genre de choses ne serait jamais arrivé dans

RÉEL.

— Eh bien ça ne m'intéresse pas, donc tout va bien, clama-t-il sèchement en s'époussetant.

— Ça ne va pas bien du tout, et tu le sais. Il est grand temps que tu te trouves un but dans la vie, Neru.

— Tu veux dire un boulot, gronda-t-il.

— Un travail, oui. Et ne me parle pas sur ce ton, je te prie. Je suis ta mère.

De toutes les hypocrisies qu'elle aurait pu lui jeter à la figure… Oh oui, Adélaïde était sa mère. Sa mère qui l'avait ignoré durant toute son enfance et s'était hâtée de le mettre dehors dès qu'il avait été en âge de vivre seul. Sa mère qui n'avait pas le temps de pouponner, d'élever un fils, parce qu'elle *travaillait*, elle, et entendait bien que sa descendance en fasse autant.

— Je n'ai pas besoin d'un travail, parvint-il à dire entre ses dents serrées.

— Bien sûr que tu n'en as pas *besoin*. Plus personne n'a *besoin* d'un travail. On est à l'ère de la robotique, il y a bien longtemps qu'on n'échange plus des heures de labeur contre de la monnaie artificielle pour obtenir à manger. Ce n'est pas une question de besoin physique, mais d'enrichissement personnel et de don de soi aux autres. Travailler n'est pas la torture que tous ces paresseux qui passent leurs journées sur RÉEL essaient de faire avaler aux jeunes impressionnables comme toi.

— Peut-être, mais je n'en ai pas *envie* non plus, rétorqua-t-il, et malgré lui, il commençait à hausser le ton.

Elle ne parut même pas s'en apercevoir, trop absorbée par son sujet préféré.

— Ne fais pas ta mauvaise tête. Il existe des centaines de milliers de sujets de recherche en cours, il y en a forcément un qui te plaira.

Ses yeux avaient quitté la caméra et parcouraient quelque chose, sans doute un écran d'ordinateur. Un ordinateur ; il n'y avait vraiment que les travailleurs pour utiliser un outil pareil.

— Ta spécialisation en biologie et mathématiques t'ouvre énormément de pistes. Je vais t'envoyer une liste de sujets possibles. Ce sera non exhaustif, évidemment. Je n'ai pas le temps d'entrer dans les détails. Je suis en pleine phase de tests sur mon projet, c'est la panique au labo.

— Ton projet, répéta Neru, morose.

— Il t'intéresse ? C'est un peu pointu pour ton niveau d'expertise, mais je peux voir à t'y faire accepter en tant que stagiaire. Mais dépêche-toi, les places qu'il nous reste sont très demandées. On parle de domaines d'application dans la médecine, l'aérospatiale…

— Je me fiche de ton projet ! explosa-t-il. J'en ai par-dessus la tête de t'entendre en parler. À chaque fois qu'on s'appelle, tu n'as que ton boulot à la bouche !

Elle le fusilla du regard.

— Cesse tout de suite cette crise d'enfant gâté, Neru. Tu n'as nul besoin de te montrer aussi grossier. Si la recherche ne t'intéresse *vraiment* pas, ajouta-t-elle, mais son ton suggérait qu'elle ne comprenait pas pourquoi ce ne serait pas le cas, d'autres métiers te seraient peut-être plus adaptés. Les robots ne peuvent pas tout faire dans la société. Ingénieur, par exemple, ou psychologue…

Elle semblait penser lui faire une grande faveur. Bien sûr, elle semblait toujours penser lui faire une grande faveur en interrompant ses recherches le temps d'une conversation à sens unique qu'elle passait à l'abreuver de remarques dédaigneuses et de conseils importuns. Et Neru finissait toujours par se mordre l'intérieur de la joue jusqu'au sang et la laisser monologuer en silence. Il n'aimait pas ce qu'elle avait à dire, mais au moins elle lui parlait. Pendant quelques minutes, il pouvait entretenir l'illusion qu'elle se souciait sincèrement de lui, qu'elle était là parce qu'elle le voulait.

Mais cette fois, sa rancœur était telle qu'elle déborda en un torrent de mots hargneux.

— Je te dis que je ne veux pas d'un travail ! cria-t-il, si fort qu'il provoqua une envolée d'oiseaux effrayés. Je ne veux pas passer ma vie comme toi, seule et sans amis, complètement lobotomisée par tes maudites recherches, enfermée dans un bureau du matin au soir. Je ne veux pas gaspiller mon temps sur des bêtises dont personne ne se soucie et qui ne me serviront à rien du tout ! Je n'en veux pas, point final !

De l'autre côté de l'étang, le joggeur le fixait, désapprobateur. Il mit le pied dans un nid de poule et faillit s'étaler. Adélaïde avait pincé les lèvres et paraissait furieuse.

— Je vois que tu as décidé d'être particulièrement immature aujourd'hui, dit-elle d'une voix polaire. Je vais te laisser réfléchir à ton comportement, Neru. Rappelle-moi quand tu auras grandi un peu.

Avant qu'il ne puisse ajouter un mot, elle mit fin à la communication. Il retint avec difficulté un hurlement de frustration. Il fit volte-face et rentra chez lui à grandes enjambées, ignorant le joggeur et les rires stupides de l'émission qui était automatiquement réapparue sur ses verres.

Il s'engouffra dans l'appartement, retira ses hololunettes et les rangea. Ses pieds parcoururent presque de leur propre chef le chemin familier jusqu'à son fauteuil de réalité virtuelle. Il se laissa tomber sur le cuir fatigué.

Le soleil couchant déposait des stries de lumière sur le parquet. Son discret robot ménager avait profité de son absence pour nettoyer le sol. Même la table basse était à nouveau propre. Neru songea, cynique, qu'Adélaïde avait eu raison de se déconnecter : leur conversation avait de toute évidence trop duré si l'engin avait trouvé le temps de faire la poussière, pour une fois.

Il pressa ses mains contre ses paupières et inspira fortement pour refouler la boule de chagrin qui lui obstruait la gorge. Qu'est-ce qu'il avait espéré ? Que son entrée au panthéon entraînerait une soudaine prise de conscience chez Adélaïde ? Qu'elle cesserait enfin de le traiter comme un enfant ? Quelle naïveté. Elle resterait persuadée qu'il ne savait pas ce qu'il faisait jusqu'à ce qu'il accepte de la laisser lui dicter sa vie. Elle se fichait de savoir s'il était heureux ou non. Elle voulait juste qu'il devienne une espèce de clone d'elle-même, quelqu'un qui n'aurait besoin de personne tant qu'il pouvait étudier des bactéries obscures ou bricoler des technologies complètement inutiles.

Il s'allongea sur le fauteuil et appuya d'un doigt furieux sur l'un des boutons qui parsemaient le côté des accoudoirs. Les capteurs se refermèrent sur son cou et le casque se déploya autour de sa tête. Avec un chuintement, les sangles se bouclèrent autour de ses poignets, de ses chevilles et de sa taille. La large visière devant ses yeux s'alluma.

— Bienvenue, Neru, lui lut le système d'une voix féminine avenante. Rappelez-vous que vos identifiants de connexion sont des données personnelles qui ne doivent en aucun cas être divulguées, ni à votre famille, ni à vos amis.

Le message habituel s'effaça et laissa place à son profil. Une représentation de son avatar tournait lentement sur elle-même au centre de l'écran.

Comparée à celle de Likaï ou même de Betti, l'apparence de Neru sur RÉEL était on ne peut plus banale. Il n'avait jamais pris la peine de changer les réglages par défaut du système. Son avatar avait donc été créé à partir d'une photo de lui-même qu'il renouvelait toutes les quelques années, quand il en avait la patience. Il ne l'avait pas eue depuis ses dix-sept ans, mais apparaître sous les traits d'un adolescent aux cheveux courts lui était égal.

L'icône de gestion de la réputation clignotait dans un coin de l'écran. Il la fixa un instant du regard. Il savait que s'il la sélectionnait, le système s'empresserait de lui demander d'entrer son nouveau rang.

Il aurait dû être excité. Obtenir un rang de réputation était un pas crucial vers la célébrité. Mais les mots méprisants d'Adélaïde tournaient en boucle dans sa tête. « Ces amuse-crétins » ; c'était ainsi qu'elle désignait la seule chose qui ait de l'importance pour lui.

Adélaïde était de ces travailleurs de l'extrême qui utilisaient très peu RÉEL. Le succès de ses recherches lui offrait son propre lot de points de réputation, mais elle s'en fichait complètement.

Neru serra amèrement les poings. Il avait envie de frapper

quelqu'un. Il savait qu'il fallait qu'il dorme ou mange quelque chose, mais il ne rêvait que d'une bonne partie de boxe. Il ignora sa fatigue et activa RÉEL d'un clignement d'œil. Les capteurs se synchronisèrent avec sa nuque. L'échange de signaux nerveux commença et Neru se sentit glisser dans un état second. Son corps physique s'éloigna jusqu'à n'être plus qu'une sensation fantôme à l'arrière de ses pensées. Il ouvrit les yeux dans son véritable univers.

CHAPITRE 3

Dans les jours qui suivirent, Neru refusa obstinément d'appeler Adélaïde. Il savait qu'il finirait par céder — il lui restait si peu de temps avant son anniversaire, avant que, selon toute vraisemblance, elle choisisse de quitter sa vie pour toujours… Mais il avait trop de fierté pour aller supplier son pardon si vite.

Il s'absorba plutôt dans la découverte du Salon des Joueurs, une zone de RÉEL entièrement dédiée aux panthéoniens comme lui. On y trouvait des boutiques, des forums de discussion, et surtout une myriade de jeux inédits dans lesquels il plongea avec allégresse. Le temps s'écoula presque sans qu'il s'en rende compte, et ce fut un e-mail quelque peu vexé de Seth qui lui rappela l'existence de ses amis. Il réalisa aussi qu'il n'avait pas suivi de cours à l'Université depuis un moment, ce qui risquait de mettre Adélaïde de très méchante humeur lorsqu'il se déciderait enfin à la contacter. À contrecœur, il quitta le Salon.

Un immense dôme apparut autour de lui. Le toit constitué de délicats triangles de verre donnait sur une vision fantasmagorique d'un espace intersidéral constellé d'étoiles et de nébuleuses colorées. D'innombrables arches s'ouvraient à la base des murs d'acier, encadrées de chiffres et de signes au néon qui identifiaient les jeux auxquels elles donnaient accès. Le centre de la pièce s'élevait en larges plateformes concentriques jusqu'à la marche supérieure où reposait le portail dont Neru venait d'émerger. À chaque étage, des joueurs se rencontraient, discutaient ou convenaient de leurs stratégies parmi un enchevêtrement de fauteuils et de canapés blanc et vert pâle.

Le Dôme Stellaire était l'une des plus grosses plates-formes de jeux publics de RÉEL. Neru et ses amis se donnaient souvent rendez-vous là pour leurs parties collectives. Il ouvrit son interface et consulta le registre de présence de la zone, mais ne vit pas leurs noms. Il hésitait entre les chercher ailleurs et filer à l'Université pour rattraper un peu de son retard lorsqu'il remarqua un avatar familier planté non loin du portail.

— Likaï ! s'exclama-t-il, stupéfait.

Ladite jeune fille se retourna. Elle braqua sur lui des yeux du même bleu que sa peau.

— Oui ? dit-elle lentement. On se connaît ?

Neru aurait voulu que le sol s'ouvre et l'avale tout entier. Il avait toujours admiré Likaï de loin, bien trop intimidé pour lui adresser la parole. Sans son éclat de voix, elle ne l'aurait même pas remarqué.

— Non, balbutia-t-il, mortifié. Je suis juste… Je t'ai déjà vue… à l'Université.

Elle s'approcha. Le cœur de Neru bondit dans sa poitrine, puis fit un salto arrière et plongea dans son estomac. Il ne savait pas s'il était aux anges ou terrifié.

— Oh ? fit-elle avec un sourire poli. On s'est croisés en cours ?

— Non, ah, pas du tout. J'ai juste… vu… ton examen, il y a quelques jours. Hum. C'était vraiment super, parvint-il à articuler dans un éclat de bravoure.

Il se trouva aussitôt banal à en pleurer. « Super » ? Vraiment ? Mais Likaï sembla apprécier le compliment. Son sourire devint plus sincère.

— Merci ! Tu aurais dû me rejoindre, si ça te tentait. C'était encore mieux de l'intérieur !

Dans le monde physique, Neru devait être rouge pivoine. Il bredouilla quelques mots incompréhensibles, puis changea désespérément de sujet :

— Tu joues ? Enfin, je veux dire… Tu viens ici souvent ?

Il savait parfaitement que non. C'était bien pour cela qu'il avait été si surpris de la trouver là. À sa connaissance, Likaï passait le plus clair de son temps à suivre des cours à l'Université sur tous les thèmes possibles et imaginables, à explorer les recoins les plus obscurs de RÉEL et à participer à des simulations diverses et variées. Il ne l'avait jamais vue se rendre sur une seule plate-forme de jeux.

— Oh, d'habitude, non. Mais je me suis dit que j'allais peut-être essayer. Après tout, tout ce tapage de Prodig sur leur fameux tournoi finit par titiller la curiosité, tu ne trouves pas ?

Elle indiqua les quelques panneaux d'annonce géants qui flottaient autour du dôme. Ils faisaient tous la promotion du « Tournoi du Futur » avec force effets spéciaux et lettres majuscules. L'évènement faisait un tabac sur la toile. Les forums du Salon des Joueurs ne résonnaient que de spéculations sur le déroulement du jeu et le grand prix, cette mystérieuse IA dernière génération.

Les IA étaient monnaie courante sur RÉEL. Elles géraient tout ce qui pouvait être automatisé, comme les ventes d'accessoires. Mais leur comportement se limitait généralement à un regard vide, un sourire affable et une réponse préprogrammée à une poignée des questions les plus fréquentes. Ce que Prodig annonçait cette fois, c'était la création d'une entité virtuelle si perfectionnée qu'on ne pourrait même pas la distinguer d'une véritable personne.

Une IA qui pourrait discuter avec vous de la pluie et du beau temps tout en paraissant parfaitement authentique : l'idée avait de quoi intriguer. La frénésie générale avait finalement poussé Neru à ajouter son nom à la liste sans cesse grandissante des participants.

— J'y suis inscrit, tu sais.

Les mots lui échappèrent avant qu'il n'ait le temps d'y réfléchir. Il se traita en son for intérieur de parfait imbécile. Il ne voulait pas passer pour un vantard devant elle !

— Ah oui ? s'exclama-t-elle en écarquillant les yeux. Je croyais qu'il fallait être dans le panthéon pour ç… Oh !

Elle s'interrompit, et il sut qu'elle venait d'ouvrir son profil pour se renseigner sur lui. Il baissa la tête, embarrassé.

— C'est tout récent, marmonna-t-il.

— Félicitations ! Tu dois être un vrai spécialiste, dis-moi. Mais du coup, qu'est-ce que tu fais dans les jeux publics ?

— Je cherchais… des amis. Mais ils ne sont pas là.

Il s'éclaircit la gorge. Frappé par un nouvel élan de courage, il dit soudain :

— Je peux t'aider, si tu veux. À démarrer. On doit être un peu perdu, au début…

Il eut peur qu'elle se vexe, mais elle sembla au contraire enchantée de sa proposition.

— Tu ferais ça ? Ce serait très sympa de ta part. Je ne sais vraiment pas par où commencer. Neru, c'est ça ? Je m'en remets à ton jugement éclairé !

Une bouffée de ravissement le parcourut de la tête aux pieds lorsqu'elle prononça son nom. Il hocha la tête avec enthousiasme et l'entraîna vers le bas des gradins, monologuant sur les différents types de jeux, et préférait-elle commencer par ceux de vitesse ou de réflexion ?

Il l'accompagna dans toutes les parties qu'il lui conseilla, prodiguant avec libéralité trucs et astuces. Neru pouvait obtenir de hauts scores sur ces petits jeux presque dans son sommeil. Mais à présent qu'il était panthéonien, ils ne lui rapportaient plus rien, même pas un ou deux malheureux points RÉEL. Il s'était attendu à s'ennuyer mortellement lorsqu'il y retournerait avec ses amis, mais cette corvée devenait un vrai plaisir en compagnie de Likaï. Elle plaisantait, riait, s'étonnait du moindre détail farfelu.

— Pourquoi des kangourous ? demanda-t-elle alors que, un marteau à la main, elle cherchait à frapper lesdits animaux lorsqu'ils sautaient de trous dans le sol. Depuis quand ça vit dans des trous, les kangourous ? Et d'ailleurs qu'est-ce qu'elles nous ont fait, ces pauvres bêtes ? Tu t'imagines, si un psychopathe planté devant ta porte te donnait un coup de marteau à chaque fois que tu sortais de chez toi ?

Ses protestations ne l'empêchèrent pas de balancer

vigoureusement son arme sur la tête d'un infortuné marsupial dont le vol plané lui valut un joli score.

— Je crois que le jeu de départ utilisait des taupes, parvint-il à dire entre deux éclats de rire.

— Oh, donc ça justifie tout. Waouh, Neru !

Cette exclamation lui fut arrachée par un coup particulièrement réussi de Neru et le score parfait qui s'ensuivit. Il sentit ses joues chauffer. Likaï ne cessait de s'extasier sur sa vitesse et la sûreté de ses gestes. Ses compliments le flattaient beaucoup. Ses amis étaient si habitués à son talent qu'il leur semblait généralement évident qu'il gagne. Il était rafraîchissant d'avoir l'opinion honnête de quelqu'un qui ne savait pas à quoi s'attendre de sa part. Il se prit au jeu et se lança dans des manœuvres plus risquées, un rien fanfaronnes, juste pour le plaisir de l'entendre rire ou pousser des cris d'admiration.

Malheureusement, toutes les bonnes choses ont une fin, et Likaï annonça qu'elle allait devoir se déconnecter. Neru s'efforça de ne pas laisser percer sa déception. Il échoua sans doute lamentablement. Il y avait des années qu'il ne s'était pas autant amusé. Il aurait voulu ne jamais s'arrêter.

— Merci pour ton aide, dit Likaï alors qu'ils regagnaient le Dôme. J'ai vraiment passé un bon moment.

Elle hésita.

— Si ce n'est pas trop te demander… on pourrait recommencer un de ces jours ?

Le visage de Neru s'éclaira. Il se serait trouvé pathétique si son bonheur avait laissé la moindre place à l'embarras.

— Oui… Bien sûr… bredouilla-t-il, le souffle court. Demain, si tu veux.

Elle le gratifia d'un sourire éclatant et disparut avec un « à demain ! » joyeux.

◆ ◆ ◆

Jouer avec Likaï devint très vite le moment favori de chaque journée de Neru. Elle était toujours de bonne humeur, toujours ravie de découvrir quelque chose de nouveau. Son enthousiasme l'entraînait dans son sillage sans qu'il songe le moins du monde à résister. Il s'attendait à tout instant à ce qu'elle se lasse de ce garçon laconique et maladroit qui ne savait parler que de jeux. Au lieu de quoi, elle le stupéfia en semblant sincèrement s'intéresser à lui. Il lui décrivit timidement ses études, ses amis, Adélaïde.

Avant qu'il ne le réalise, il s'entendit même lui avouer sa brouille avec sa mère, lui dire à quel point il était en colère contre elle. Il s'arrêta là, embarrassé d'avoir étalé ses petits soucis mesquins devant elle. Même Seth, Betti et Banon ignoraient tout de son histoire de famille. Ils ne parlaient généralement pas de leurs vies personnelles ensemble, et Neru ne voulait surtout pas qu'ils sachent que sa mère était une travailleuse, et une acharnée en plus. Il imaginait déjà leurs mines dégoûtées. Cependant, Likaï parut désolée pour lui et s'empressa de suggérer un jeu de combat pour « réguler toute cette agressivité rentrée, ce n'est pas bon pour tes chakras, Neru ! » Étrangement, il se sentit le cœur plus léger.

Mais il fallait tout de même qu'il se soucie un peu de sa spécialisation, s'il ne voulait pas finir par oublier tout ce qu'il avait été en train d'étudier jusque-là. Il se décida donc à retourner à l'Université lorsque Likaï était occupée ailleurs.

Il venait de passer quelques heures plongé dans un module de biochimie — qu'il avait terminé à 75 pour cent, d'après le système — quand il sentit une tape sur son épaule. Il quitta l'instance d'apprentissage pour trouver Seth debout près de sa station.

— Salut, fit-il, agréablement surpris.

— Salut, ô, être fantomatique, rétorqua son ami en dressant un sourcil sardonique.

Neru indiqua la sortie d'un mouvement de tête. Seth haussa les épaules, mais lui emboîta le pas.

La salle principale de la faculté de biologie avait été créée pour évoquer les entrailles d'un immense arbre. Un tapis de feuilles mortes bruissait sous les pieds des étudiants. Les murs avaient la texture de l'écorce et disparaissaient dans les hauteurs d'où la lumière du jour, teintée de vert, filtrait d'une source invisible. Chaque station avait ici l'apparence d'une racine s'élevant du sol pour s'enrouler autour d'un globe lumineux. Des centaines d'entre elles parsemaient l'espace caverneux. Neru préférait le manque d'imagination de la faculté de mathématiques et ses pupitres à écran tactile. Les stations n'étaient de toute façon que des interfaces vers le système d'apprentissage individuel. Ils passèrent devant le siège central, un trône de bois où le professeur d'astreinte paressait en attendant d'hypothétiques questions ou des exercices à corriger.

— Hé, Neru ! Félicitations pour ton entrée au panthéon.

Neru adressa un sourire crispé à un parfait inconnu.

— Dis, tu voudrais bien me donner quelques trucs pour les tournois ? lui lança un garçon aux yeux jaunes.

— Désolé, je n'ai pas le temps aujourd'hui ! clama-t-il. Une autre fois, d'accord ?

Il prit Seth par la manche et accéléra.

— Pourquoi tu te presses comme ça ? protesta son ami. Ralentis ! Tu ne vois pas que la moitié de la salle veut te parler ?

Il exagérait légèrement, mais pas autant que Neru l'aurait souhaité. Dès qu'il mettait les pieds hors du Salon des Joueurs, il ne cessait d'être interpellé par des étrangers. Son entrée au panthéon au beau milieu de l'annonce la plus médiatisée de l'année lui avait valu une attention dont il se serait bien passé. Au fur et à mesure des jours, il se sentait devenir agoraphobe.

— Pourquoi tu fuis tout le monde ? maugréa Seth. Ce n'est pas la bonne manière de faire augmenter tes points de réputation.

— Tu rigoles ? Il y a une semaine, tu étais la seule personne de l'Université qui me connaissait. Maintenant, ils sont des dizaines à vouloir me parler. Je crois que j'ai le droit d'avoir un peu la frousse !

Seth lui coula un regard peu impressionné.

— Tu es bizarre. Ce n'est pas toi qui voulais entrer au panthéon à tout prix ?

Il marmonna une réponse inaudible. Seth roula des yeux.

— Il va bien falloir que tu t'y fasses, fit-il sèchement remarquer.

Ils émergèrent sous le ciel bleu de l'Université et Seth dégagea son bras. Neru se tourna vers lui, étonné.

— Quelque chose ne va pas ?

— À toi de me le dire. Pourquoi est-ce que tu nous ignores comme des malpropres, dernièrement ? On n'est plus assez bien pour toi, c'est ça ?

Neru trouva sa réaction disproportionnée.

— Mais non ! s'excusa-t-il tièdement. Je sais que je n'ai pas été très disponible, mais tu sais ce que c'est… J'étais occupé… D'ailleurs, tu ne devineras jamais ce qui m'est arrivé !

Ses yeux se mirent à briller lorsqu'il changea de sujet. Il n'en fallut pas plus à son ami pour soupçonner ce qui lui passait par la tête.

— C'est encore à propos de ce Likaï ?

Il se sentit piquer un fard, embarrassé d'être aussi transparent.

— « Cette », corrigea-t-il dans un murmure.

— Qu'est-ce que tu en sais ? Tu lui as demandé ? rétorqua Seth, soudain franchement agacé.

Il ne lui laissa pas le temps d'expliquer que Likaï n'avait pas encore changé d'avatar.

— C'est pour ce type que tu nous as laissés tomber ? Et pour quoi ? Tu lui as adressé la parole, au moins ? Écoute, Neru, cette histoire, ça devient ridicule. S'il t'intéresse tant que ça, demande-lui franco si c'est une fille et si elle veut sortir avec toi.

Neru le fixa comme s'il avait perdu la raison.

— Je ne vais pas lui demander son sexe ! s'écria-t-il, indigné.

— Pourquoi pas ?

— Ça ne se fait pas !

Seth haussa les épaules.

— T'es vraiment du genre vieux jeu. Il y a des tas de gens qui le font quand quelqu'un leur tape dans l'œil. Il n'a pas à te répondre s'il ne veut pas, mais comme ça, au moins, tu sauras que tu ne l'intéresses pas.

Bien sûr que Neru ne l'intéressait pas. Likaï le connaissait à peine !

— Je ne veux pas nécessairement sortir avec elle, maugréa-t-il, rouge tomate sous son casque de RV. Je la trouve juste cool.

Seth parut excédé.

— Pourquoi est-ce que tu t'énerves comme ça ? demanda Neru, qui commençait lui-même à se vexer. Je n'ai pas fait exprès de vous éviter, d'accord ? C'est une catastrophe si on n'a pas joué ensemble pendant une semaine ?

— C'est une semaine pendant laquelle tu aurais pu essayer de m'aider à accéder au panthéon à temps pour le tournoi spécial, si tu avais été sympa.

Il haussa un sourcil incrédule.

— Mais tu es encore super loin du panthéon !

— C'était faisable, si on y avait bossé dur, insista-t-il. C'est trop tard maintenant, évidemment.

Faisable ? Il aurait fallu que Neru passe ces deux semaines à le hisser à bras-le-corps pour qu'il ait la moindre chance d'y parvenir. Seth était doué, mais bien moins que lui. Neru voulait bien donner un coup de main à ses amis de temps en temps, mais de là à faire tout le travail à leur place et leur servir les victoires sur un plateau d'argent ? Seth poussait le bouchon un peu loin. Néanmoins, il ne voyait pas l'intérêt de se brouiller avec lui.

— Oui, bon… Désolé, marmonna-t-il de mauvaise grâce.

Seth parut décidé à bouder encore un peu, mais finit par hausser les épaules.

— Tant pis, dit-il avec des manières de bon prince. J'irais bien me faire un jeu de traque. Ça te tente ? Betti doit traîner sur un forum quelconque à cette heure, on peut lui envoyer un message…

— Pas aujourd'hui, désolé. J'ai, hum, j'ai un rendez-vous.

Prononcer ces mots lui procura une bouffée de bonheur. Il avait rendez-vous avec Likaï ! Si on lui avait dit qu'il en arriverait là un jour…

Mais Seth prit assez mal la nouvelle. Son visage se crispa de frustration.

— Bon, grogna-t-il. Comme tu veux. Si tu changes d'avis, tu sais où nous trouver.

Il s'éloigna sans un mot de plus, les mains dans les poches, et Neru soupira d'impatience. Il n'allait tout de même pas s'excuser de ne pas passer tout son temps avec eux. Il se hâta plutôt de rejoindre le portail le plus proche.

Exceptionnellement, ce n'était pas sur une plate-forme de jeux que Likaï et lui avaient convenu de se retrouver. Le Marché apparut autour de Neru.

La zone du Marché existait dans le seul but d'utiliser ses points RÉEL. On les échangeait contre de la musique, des films, des vêtements, des modifications esthétiques, même des maisons virtuelles et toute la décoration intérieure que cela impliquait. Des avatars de toutes formes et de toutes couleurs allaient et venaient entre les boutiques, du simple étal de planches au bâtiment de cinq étages clignotant sous une multitude de néons, en passant par le magasin familial au paillasson propret. De loin en loin, une jolie fontaine en forme de pièce d'échiquier trônait dans l'avenue principale, offrant un point de repère aux clients perdus. Likaï l'attendait près de la statue du cavalier noir.

Neru eut une hésitation. Coïncidence du jour, Likaï venait justement de changer d'avatar. Neru reconnut celui-ci : c'était le centaure qu'elle — il — avait créé l'hiver dernier. La robe alezane de sa moitié chevaline se fondait avec la peau caramel de son torse de jeune homme. Les traits de son visage étaient fins et accueillaient de grands yeux noirs. Son crâne rasé était tatoué de motifs en spirale.

Likaï réutilisait souvent certains de ses anciens avatars, mais Neru était toujours déçu que ce ne soit pas une toute nouvelle apparence. Il s'amusa de son impatience.

Likaï lui jeta un regard vif quand Neru s'approcha.

— J'utilise des pronoms masculins, aujourd'hui, annonça-t-il tout de go.

— Oui ? fit Neru, surpris.

Cela lui semblait si évident qu'il lui fallut une seconde pour se souvenir que ça ne l'était que pour lui.

— Oh, balbutia-t-il. Enfin, je veux dire, oui, j'avais supposé…
C'est-à-dire que je préférais aussi…

Il se mordit la langue, confus. Pourquoi était-ce si difficile
d'expliquer comment il genrait Likaï ? Parce qu'il l'avait fait sans
son autorisation et qu'il lui venait à l'esprit que c'était peut-
être très grossier ? Parce que cela présupposait qu'il pensait à ou
parlait de lui lorsqu'ils n'étaient pas ensemble ? Quoi qu'il en soit,
il était au comble de l'embarras.

Likaï ploya ses quatre genoux et s'assit pour ne plus le
dominer de ses deux mètres cinquante. Il plissa les yeux avec un
sourire malicieux.

— Toi, tu m'as déjà vu changer d'avatar. Tu m'as reconnu tout
de suite quand tu es arrivé.

Neru pâlit sous son casque. Quel idiot ! Likaï allait le
prendre pour un harceleur ! Heureusement que le centaure avait
seulement été créé l'hiver dernier.

— Ça me change, tiens ! poursuivit Likaï sans paraître se
formaliser. D'habitude, les gens sont perdus. Mais tu pouvais me
demander mes pronoms, tu sais.

— Te demander tes…, dit Neru, décontenancé.

Peut-être que Seth avait raison. Peut-être qu'il était vraiment
vieux jeu. Même s'il avait été prêt à croire que les gens
discutaient librement de ce genre de sujet sur RÉEL, il n'aurait
jamais pensé à le formuler ainsi.

La queue châtain de Likaï battit l'air, distrayant Neru un court
instant. Waouh ! Six membres et une queue, et tout bougeait. Ça,
c'était de la programmation de haut vol.

— Bref, dit Likaï. Il y a des jours où je me sens fille, donc si
j'utilise un avatar de fille, c'est que je préfère « elle ». Et il y a des
jours où je me sens garçon, donc si j'utilise un avatar de garçon,
c'est que je préfère « il ».

— Ah, dit Neru.

Il ne s'était pas attendu à ce que l'énigme Likaï ait une telle
réponse. Le concept le rendait perplexe. Il haussa les épaules.

— D'accord.

Au moins, il n'avait pas à changer ses habitudes.

— Ou j'accepte aussi les pronoms neutres, si c'est plus simple pour toi.

— Les… ? s'exclama Neru, qui n'avait pas la moindre idée de ce qu'était un pronom neutre. Euh, non. Non, « il » et « elle », ça me va.

Likaï éclata de rire et se hissa sur ses sabots.

— D'accord, s'amusa-t-il. Allez, *sensei*, c'est parti ! Qu'allez-vous m'apprendre aujourd'hui ?

Neru sourit, comme toujours gagné par sa joie de vivre. Il l'entraîna vers la section sud et entreprit de lui présenter les accessoires de jeux.

— N'écoute pas les imbéciles qui te diront le contraire : les plus utiles, ce sont les mods. Évidemment, mieux vaut par exemple avoir des armes si tu veux te lancer dans un jeu de guerre, mais même avec les accessoires par défaut du jeu, tu t'en sortiras très bien si tu as de bons mods.

— « Mod », comme « modification » ?

— Non, comme « module ». Ça n'a rien à voir avec les modifications esthétiques. Ils agissent sur les capacités de ton avatar, pas son apparence. Tiens, essaie celui-là…

Il le guida à travers une sélection basique. Il fut heureux de réaliser qu'il ne trébuchait presque plus sur ses mots. Passer du temps avec lui devenait de plus en plus naturel.

Lorsqu'ils eurent terminé, ils reprirent le chemin du portail. Likaï bondissait et virevoltait, impatient de tester sa nouvelle maniabilité. Ses sabots claquaient sur les pavés. Il surprit Neru en s'arrêtant soudain.

— Tu sais, dit-il, les yeux rivés sur une boutique bigarrée qu'ils s'apprêtaient à dépasser, en parlant de modifications, je voulais justement voir ce qu'ils ont de nouveau. Tu m'accompagnes ?

La question se posait à peine. Pour la première fois de sa vie, Neru mit un pied hésitant dans une boutique d'esthétisme. Likaï parcourait déjà la sélection en fredonnant un air à la mode. Il le rejoignit, plus intéressé par ce qu'il allait choisir que par le reste du magasin.

— Regarde ça, s'exclama Likaï.

Une flamme noire prit naissance sur son cou et vint lécher sa joue et sa pommette. Il s'examina devant un miroir, tourna la tête d'un côté et de l'autre. Le tatouage bougeait de manière presque imperceptible sur sa peau, attirant irrésistiblement l'œil.

— Pas mal, dit Neru. Tu vas l'acheter ?

— Oh, non, rit-il. J'ai déjà fait une grosse dépense il y a peu, et ces mods ont achevé de me ruiner. Il va me falloir un peu de temps pour me refaire.

— Oh. Désolé…

Le prochain avatar de Likaï devrait attendre par sa faute.

— Mais non ! Les points sont faits pour être dépensés. Et puis, ça ne rend pas bien sur cette couleur de peau.

Il se tourna vers lui et le scruta du regard. Neru sursauta et faillit se liquéfier sous cet examen attentif.

— Quoi ?…

— À toi, par contre, ça irait très bien. Tu as la peau tellement pâle que ça ressortirait vraiment. Essaie, pour voir ?

Sous le poids de ses yeux noirs, la langue de Neru faisait des nœuds dans sa bouche. Incapable de refuser, il effleura le rayonnage de la main. Il vit dans le miroir la flamme apparaître sur sa joue.

— C'est parfait ! s'écria Likaï.

Force lui était d'admettre que le tatouage avait sur lui un impact dramatique qu'il n'avait pas eu sur Likaï. Neru se surprit à apprécier la sobriété et l'élégance discrète du modèle. Rien à voir ici avec le strass et les paillettes qu'il détestait tant. Il jeta un œil au sourire triomphant de Likaï.

— Je le prends, décida-t-il sur un coup de tête.

Le sourire de Likaï s'agrandit encore. Il semblait ravi.

— Vraiment ? Super !

Il se sentait un peu idiot à l'idée de dépenser ses précieux points pour pareille futilité quand il pouvait penser à cent mods ou accessoires plus intéressants, mais cette réaction acheva de dissiper ses derniers doutes. Quelques instants plus tard, il quitta la boutique avec sa nouvelle acquisition.

— Je suis content que tu l'aies pris, dit Likaï. Ce motif est parfait pour toi.

— Parfait ?

— Oui. Quand tu joues, tu es vif et souple comme une flamme. Ce tatouage est parfaitement approprié.

Il le gratifia d'un clin d'œil qui fit rougir son véritable corps de la tête aux pieds.

Plus tard, lorsque Neru se déconnecta de RÉEL après une longue séance de jeu, il consulta son profil. Il contempla son avatar pivotant au centre de la visière. La flamme lui léchait presque l'œil, noir d'encre sur sa peau blanche.

L'icône de réputation clignotait toujours. Il finit par obéir au signal insistant. Le menu de gestion s'ouvrit. S'y superposa aussitôt une nouvelle fenêtre.

— Bienvenue, Neru, dit le système. Conformément à votre entrée dans un panthéon, vous devez choisir votre rang de réputation. Quel sera-t-il ?

Il tambourina des doigts sur l'accoudoir. Il ne pouvait pas prendre cela à la légère. Il porterait ce rang pour le restant de sa vie.

À l'heure actuelle, la plupart des gens n'étaient désignés que par un simple prénom. Le principe des noms de famille, jugé trop chaotique, avait été abandonné presque un siècle auparavant. En conséquence, Neru partageait son nom avec des dizaines de milliers d'avatars sur RÉEL. Les services administratifs identifiaient les individus par un numéro de compte unique, mais il était trop long pour être utilisé couramment. « Neru » avait pendant longtemps été suffisant pour le désigner parmi son cercle d'amis et de connaissances, mais au fur et à mesure qu'il se faisait remarquer dans le monde des jeux, on avait commencé à le confondre avec des homonymes. Le système de rang visait à remédier à ce problème pour tous ceux qui devenaient assez illustres pour entrer dans un panthéon.

— Le Vif.

— Vérification en cours. Neru le Vif, rang accepté. Confirmer ?

— Confirmé.

— Rang confirmé. À bientôt sur RÉEL, Neru le Vif.

C'est le sourire aux lèvres qu'il éteignit son fauteuil.

CHAPITRE 4

Il y eut tant d'inscrits au Tournoi du Futur que, bien sûr, des éliminatoires furent nécessaires. Fraîchement arrivé parmi l'élite des joueurs, Neru craignait de n'avoir aucune chance. Pourtant, il franchit les obstacles haut la main et gagna sa place dans l'évènement. Il s'avéra que nombre de panthéoniens de longue date s'étaient laissés aller au fil des ans et ne pouvaient plus se mesurer à l'ambition d'un jeune acharné comme lui.

Après tout, il avait une raison de donner le meilleur de lui-même. Likaï — qui avait repris son avatar de jeune fille à la peau bleue — continuait à s'intéresser au tournoi. S'il perdait aussi facilement devant elle, pourrait-il jamais à nouveau la regarder dans les yeux ?

Après les épreuves, il rejoignit Seth, Betti et Banon qui ne tarirent pas d'éloges sur sa performance. Betti ne cessait de tendre la main pour toucher son nouveau tatouage. La première fois qu'elle l'avait vu, elle s'était déclarée ravie que Neru se préoccupe enfin de son avatar. Depuis lors, elle l'abreuvait de recommandations sur une foule d'autres modifications qui, selon elle, lui iraient merveilleusement bien. Elle affirmait qu'il était urgent qu'il se soucie de son look, maintenant qu'il devenait une personnalité reconnue.

Son rang avait en revanche reçu l'indifférence générale, surtout lorsque Neru avait avoué qu'il avait été inspiré par Likaï. Ses amis avaient de toute évidence un problème grandissant avec elle, ce qui le frustrait. Ne faisait-il pas de son mieux pour passer plus de temps avec eux ? Pourquoi se montraient-ils aussi butés ? Il était sûr que s'ils la rencontraient, ils s'entendraient tous très bien. Il était impossible de ne pas apprécier Likaï.

Plein de cette conviction, il avait volontairement demandé à sa nouvelle amie de le rejoindre au salon où ils conversaient avec les autres. Il se redressa, sourire aux lèvres, en la voyant entrer. Seth, Betti et Banon tournèrent la tête pour chercher ce qui avait capté son attention. Neru ne les avait pas prévenus de son initiative : il avait été incapable de trouver comment aborder le sujet. Aucun d'eux n'eut l'air très heureux de cette arrivée inattendue.

Neru bondit sur ses pieds et se porta à sa rencontre.

— Hé, champion ! lui lança Likaï. Félicitations pour les éliminatoires. Je n'ai pas encore eu le temps de visionner toutes les épreuves, mais on dirait que tu t'en es aussi bien sorti que d'habitude.

Il haussa modestement les épaules, bien que rien n'aurait pu empêcher ses compliments de flatter sa fierté.

— Ce n'était pas aussi compliqué que je le craignais. Oh, viens, laisse-moi te présenter…

Elle se laissa volontiers introduire à ses amis. Pourtant, au grand dam de Neru, ceux-ci réagirent froidement à sa bonne humeur. Banon la soupesa d'un regard peu avenant. Seth demeura impassible et, les bras croisés, Betti boudait.

Devant pareil accueil, l'enthousiasme de Likaï se transforma en un demi-sourire cynique. Au terme d'un silence qui parut interminable à Neru, Seth daigna demander :

— Ça veut dire que tu ne joues pas avec nous aujourd'hui non plus, j'imagine ?

Neru n'apprécia guère son ton, mais il fit de son mieux pour ne pas se laisser affecter.

— En fait, Likaï veut m'emmener essayer une simulation, avoua-t-il. Mais je me suis dit que vous pouviez venir ! C'est plus drôle à plusieurs. Vous avez déjà testé le deltaplane ?

Seth et Banon échangèrent un coup d'œil qu'il ne put

déchiffrer. Betti fixait toujours ses pieds avec une moue têtue.

— Merci, mais on va s'abstenir, finit par répondre Seth en leur nom à tous. Amusez-vous bien.

Il y avait du sarcasme dans sa voix. Choqué par leur attitude, Neru prit congé avec un hochement de tête sec et s'éloigna avec Likaï.

— Je suis désolé, lui glissa-t-il. Je ne sais pas ce qu'ils ont, ils ne sont pas comme ça d'habitude…

— Peut-être qu'ils étaient de mauvaise humeur. C'est pas grave, allez.

Likaï n'était pas du genre à se laisser abattre pour si peu. Elle retrouva vite le sourire et l'entraîna jusqu'à la zone de simulation.

Il s'agissait d'une vaste vallée boisée encadrée de hautes montagnes. Le portail les déposa sur une falaise. Là, une IA rondouillarde attendait de prodiguer ses conseils aux débutants. Neru la consulta tandis que Likaï, habituée des lieux, s'équipait.

Il rencontra vite un obstacle déconcertant.

— Tous mes mods ? répéta-t-il, estomaqué.

— Je suis désolé, je ne vous ai pas compris. Veuillez reformuler votre question.

Il soupira. Vivement l'intelligence artificielle révolutionnaire promise par Prodig.

— Pourquoi suis-je obligé de désactiver tous mes mods physiques pour obtenir l'accès au matériel ? insista-t-il.

— Une simulation n'est pas un jeu. Son but est avant tout d'offrir un haut niveau de réalisme à ses utilisateurs.

— Mais… pourquoi ? Si les gens veulent du réel, ils n'ont qu'à se déconnecter, non ?

Il entendit Likaï pouffer dans son dos. Il se sentit aussitôt idiot, mais il essayait désespérément de comprendre pourquoi on exigeait de lui une chose si absurde.

— En effet, mon créateur vous y encourage vivement si vous en avez la possibilité, dit sereinement l'IA. Nous ne sommes qu'une humble simulation.

— Mais alors… Oh, peu importe, grogna Neru, réalisant qu'il

argumentait contre un stupide programme.

À contrecœur, il obéit. Il se sentait presque nu sans sa multitude d'améliorations. Likaï le taquina et l'aida à mettre le harnais, le casque — qui avait besoin d'un casque dans la réalité virtuelle, enfin ? — et à saisir l'aile de deltaplane que l'IA fit aimablement apparaître pour lui.

Dix minutes après son envol, Neru s'écrasa à flanc de montagne. Ç'avait été une chute spectaculaire. Il aurait presque pu en être fier.

Likaï se posa non loin de lui, riant à perdre haleine. Son hilarité faillit lui faire rater son atterrissage. Il ne doutait pas que d'ordinaire, elle l'exécutait à la perfection. Les joues brûlantes, Neru s'efforça de se dépêtrer de son aile tordue tandis qu'elle débouclait son harnais et couvrait la distance qui les séparait avec une grâce qu'il lui envia.

— C'était une sacrée chute ! s'esclaffa-t-elle.

Il bougonna, mortifié. Elle se pencha pour l'aider à se dégager.

— Ne t'en fais pas, va ! Personne n'est très à l'aise la première fois.

Sa magnanimité lui donna le courage d'esquisser un sourire.

— C'était plutôt pathétique, admit-il.

— Assez, oui ! Mais il paraît que les gros joueurs ont plus de mal avec les simulations. C'est parce que vous avez l'habitude d'avoir vos mods constamment branchés, vous ne vous souvenez pas de ce que ça fait d'avoir un avatar avec une force et une liberté de mouvement standards.

Il haussa les épaules et se releva enfin. Il ôta son casque à présent inutile et le laissa tomber à terre. Likaï avait déjà fait de même. Elle s'écarta de quelques pas et se mit à tournoyer sur elle-même, les bras tendus. Elle semblait faire cela pour le simple plaisir de sentir le contact artificiel du vent contre sa peau. Neru l'observa un moment en silence, fasciné.

Finalement, il examina les alentours. Il était tombé bien loin de la falaise de l'IA.

— Comment on retourne au point de départ ?

— Tu peux appeler une voiture, si tu veux. Mais ce serait

dommage de partir aussi tôt, non ? C'est beau, par ici. Ça ne te dit pas d'explorer ?

Comme s'il avait déjà refusé de l'accompagner où que ce soit. Likaï s'élança vers les hauteurs et il lui emboîta le pas.

La pente était escarpée et rocailleuse. La seconde fois qu'il faillit tomber quand des pierres se délogèrent et glissèrent sous ses pieds, il se souvint de rebrancher tous ses mods. Likaï ne manqua pas de remarquer son brusque regain d'agilité. Elle lui jeta un regard boudeur.

— C'est de la triche, bougonna-t-elle.

— Mais je ne suis pas habitué à avoir un avatar avec une force et une liberté de mouvement standards.

Elle rit.

— D'accord. Je compte sur toi pour me rattraper si je tombe, monsieur le champion !

Il lui adressa un sourire timide. Likaï progressait en équilibriste sur une saillie rocheuse, les bras tendus de chaque côté du corps. Neru marchait en contrebas et gardait un œil sur sa silhouette, mais elle se débrouillait très bien sans son aide.

— Qu'est-ce que ça fait d'entrer au panthéon ? demanda-t-elle de but en blanc.

Il fut surpris par sa question. Ce n'était pas la première fois qu'il l'entendait ces derniers jours, mais Likaï était la première personne qui lui sembla réellement intéressée par sa réponse.

— Pas grand-chose, avoua-t-il, avec plus d'honnêteté qu'il n'en avait témoigné même à ses amis. Je voulais surtout y entrer pour les jeux exclusifs.

Likaï hocha la tête sans paraître étonnée. Elle croisa les mains derrière son dos et sauta gracieusement au bas de la corniche. Elle se remit en marche près de lui, si près que leurs épaules se touchaient. Il ne s'écarta pas, le cœur battant.

— Tu es vraiment passionné de jeux, dit-elle en lui souriant.

— Passionné ? s'étonna-t-il. Oh, non, pas du tout !

Il détestait ce mot, « passionné ». C'était le terme que tout le monde utilisait pour qualifier les travailleurs, non sans une certaine dose d'ironie ou de compassion. « Pauvres gens, faut-il qu'ils soient passionnés pour passer tant de temps à faire ces choses ennuyeuses quand ils pourraient s'amuser en ligne comme tout le monde. » « Passionnée », c'était la description de sa mère quand elle travaillait seize heures par jour et chronométrait ses conversations avec son fils pour qu'elles n'empiètent pas sur ses expériences.

— Ce n'est pas une passion, c'est juste un passe-temps, dit-il avec un rire qui sonnait faux. Il faut bien s'occuper, pas vrai ? Depuis le temps que je pratique, je suis devenu doué aux jeux en tous genres, alors autant continuer…

Il interrompit son babillage nerveux en se rendant compte que Likaï avait perdu le sourire. Elle gardait les yeux baissés, fixés sur ses pieds.

— Likaï… ?

— « Il faut bien s'occuper » ? Tu ne trouves pas ça… triste ? On croirait entendre un prisonnier.

— Comment ça ?

— Tu peux faire tout ce que tu veux. Pourquoi pas ce dont tu as vraiment envie ?

Il s'abstint d'avouer que c'était ce qu'il faisait à l'instant même, en passant du temps avec elle.

— Il n'y a rien dont j'ai vraiment envie, dit-il à la place.

Elle s'immobilisa pour le scruter. Neru eut l'impression étrange qu'elle le jugeait, le mesurant du regard contre des critères dont il ignorait tout. Il fit de son mieux pour ne pas gigoter, nerveux. Il vit quelque chose de sombre passer dans ses yeux.

Finalement, elle se détourna et changea de sujet.

— Hé, regarde ce plateau là-haut. On doit y avoir une vue splendide !

Elle avait repris son enthousiasme naturel. Il soupira muettement de soulagement. L'espace d'un instant, il avait craint de l'avoir mise en colère.

Ils grimpèrent une dernière pente raide et Neru aida Likaï à se hisser sur la corniche qu'elle avait désignée. Le rebord saillait haut sur le flanc de la montagne et offrait en effet un large panorama de la zone. Les contreforts se déployaient sous leurs pieds en rivières de roche abrupte parsemées de buissons maigres et de pins clairsemés. Ils s'échouaient bien plus bas dans les premières courbes douces couvertes de végétation de la vallée. De là où ils se trouvaient, ils pouvaient apercevoir le fin ruban bleu d'un ruisseau qui la parcourait.

— Ah ! fit Likaï, humant l'air avec une expression béate. C'est beau, non ?

Elle tendit les bras comme pour cueillir dans le creux de ses mains le vent qui soufflait dans leurs cheveux. Neru ne comprit pas son ardeur. La pression de la brise contre ses joues et l'odeur de résine et d'eau fraîche qui lui emplissait les poumons n'étaient pas désagréables, mais les sensations restaient distantes, comme assourdies. La réalité virtuelle était extraordinaire, mais pas encore parfaite. Peut-être ne le serait-elle jamais, mais qui s'en souciait ? À cette altitude, ils auraient dû grelotter dans leurs fines combinaisons. Neru sacrifiait volontiers un peu de réalisme contre son confort.

— C'est joliment programmé, concéda-t-il en désespoir de cause.

Likaï baissa les bras et lui jeta un coup d'œil peu impressionné.

— C'est tout ce que ça t'inspire ?

Pris de court, il ne sut pas quoi répondre. Likaï avait des bases de programmation. Est-ce qu'elle voyait quelque chose qui lui échappait ?

Elle saisit ses mains, lui faisant promptement perdre le fil de ses pensées.

— Quel rabat-joie tu fais ! Détends-toi un peu. Profite !

Elle l'entraîna dans une danse improvisée et il fut si surpris qu'il trébucha sur ses propres pieds. Elle rit et se moqua de ses précieux mods.

— Qu'est-ce que tu fais ? balbutia-t-il.

— Je danse avec toi, pardi. Allez, montre-moi cette fameuse agilité !

Ces mots firent naître une rougeur furieuse sur son visage et il vacilla quelques pas de plus, stupéfait. Comme Likaï persistait à les faire tournoyer au son d'une musique imaginaire, il s'efforça d'entrer dans le rythme et de ne pas lui marcher sur les pieds. Avant qu'il ne le réalise, il s'était pris au jeu et riait avec elle.

— Tu vois, ce n'est pas si difficile !

— Je n'ai pas la moindre idée de ce que je suis en train de faire.

— C'est pour ça que c'est drôle. La vie serait bien triste si on ne faisait que ce qu'on est censé faire !

Il ressentit cette affirmation innocente avec une telle force et une telle justesse qu'il en eut un instant le souffle coupé. Likaï lui fit lever le bras et tourbillonna sur elle-même en fredonnant un air fantaisiste. Il réalisa qu'il frôlait des doigts cette énergie sauvage qu'un corps artificiel tissé de pixels et de lignes de code ne parvenait pas à camoufler, ce maelström joyeux qui n'avait cessé de le fasciner depuis ce jour où il avait vu Likaï pour la toute première fois, un enfant pourvu de deux petites ailes blanches qui se jetait d'une falaise et plongeait avec un cri farouche vers la mer écumante en contrebas.

Derrière ce masque de peau lapis-lazuli, cette fine silhouette et ces courtes mèches noires qui dansaient au gré de ses mouvements, il ne pouvait qu'essayer d'imaginer son vrai visage. Il savait qu'elle avait environ son âge, mais était-elle petite, grande ? De quelle couleur étaient ses yeux ? Habitait-elle tout près de chez lui ou à l'autre bout du monde ?

Ces questions, il se les était déjà posées cent fois… Mais elles pâlissaient toutes face à la certitude qui venait de s'ancrer dans son cœur.

Seth avait raison. Il était en train de tomber amoureux de Likaï.

Elle mit soudain fin à leur danse et s'éloigna d'un pas. Neru s'alarma, pensant qu'il avait fait quelque chose de bizarre, mais elle porta la main à sa bouche et toussa, une, deux, trois fois.

— Ça va ? s'inquiéta-t-il.

Une activité physique virtuelle n'avait pas de raison d'affecter son véritable corps. Mais elle balaya la question d'un geste.

— Oui oui, juste une allergie.

— Oh, fit Neru, qui n'avait jamais eu la moindre allergie. Désolé d'entendre ça.

Elle haussa les épaules. Il aurait pu se mettre des claques devant la banalité de sa phrase.

Likaï paraissait distraite. Son allergie devait la déranger car elle ne souriait plus. Elle se frotta les yeux, et il se demanda si elle parvenait à reproduire ce mouvement dans la réalité sans se déconnecter. Lui en aurait été incapable. Avait-elle une main fine, avec de longs doigts ? À retardement, cette rêverie le mit mal à l'aise. Il se fit l'impression de devenir un voyeur et décida que c'était une très mauvaise idée de songer au corps de Likaï. Elle le connaissait à peine.

Il allait proposer qu'ils retournent au portail quand elle reprit la parole.

— Au fait, pour le deltaplane ! Qu'est-ce que tu en as pensé ?

Sa jovialité sembla quelque peu forcée à Neru. Elle se méprit sur le sens de son hésitation et tourna un regard outremer insistant vers lui.

— Oh, allez ! C'est en faisant qu'on apprend. Essaie une deuxième fois, au moins. Je t'aiderai.

Il risqua un sourire.

— OK, dans ce cas.

— Super ! Je peux même te donner un truc dès maintenant.

— Un truc ?

Likaï avait pris une expression rusée.

— Puisque tu n'es pas doué sans tes mods… le taquina-t-elle, et elle s'interrompit le temps de rire à sa moue boudeuse. Je peux t'en donner un que l'IA ne détectera pas.

— C'est vrai ? demanda-t-il avec espoir.

Ce n'était pas son genre de briser les règles, mais il ne pouvait pas nier qu'il était tenté. Son échec cuisant avait tout de même été particulièrement embarrassant. S'il pouvait ne plus jamais s'humilier de cette manière devant Likaï…

Il fronça les sourcils comme une pensée lui traversait l'esprit.

— Mais les instructeurs sont censés pouvoir détecter tous les mods physiques…

— Oui, enfin, pas tous…

La voix de Likaï avait un petit quelque chose de chafouin qui lui fit vite comprendre où elle voulait en venir.

— Un mod illégal ? s'exclama-t-il.

Elle dessina une rapide pirouette, faussement désinvolte.

— Illégal, c'est vite dit. Il n'a jamais été validé par Prodig, c'est tout.

Il en resta stupéfait. Il aurait dû se douter que Likaï était assez douée en programmation pour créer un mod de toutes pièces, mais de là à l'utiliser en parfaite infraction avec les règles de RÉEL… Était-ce pour cela qu'elle lui semblait aussi gracieuse aujourd'hui ? L'idée le déçut.

— Alors ? le pressa-t-elle. C'est juste pour les simulations, il ne te servirait à rien pour les jeux, de toute façon. Et les simulations ne t'apportent ni points RÉEL, ni réputation. On ne peut pas dire que ce soit de la triche si tu n'y gagnes rien, non ?

Bon… Elle n'avait pas tort. Ce n'était qu'une manière de se simplifier la vie. Tout de même, il aurait refusé si qui que ce soit d'autre le lui avait proposé, mais puisqu'il s'agissait de Likaï…

— D'accord, capitula-t-il.

Elle le récompensa d'un sourire éclatant.

— Parfait ! Je vais juste avoir besoin de tes identifiants pour l'installer.

Il cilla, soudain mal à l'aise. Ses identifiants de connexion sur RÉEL ? S'il y avait bien une chose qu'il était strictement interdit de partager avec une tierce partie, c'était celle-là. Personne ne risquait de l'oublier quand l'écran de bienvenue le serinait à tout bout de champ. Mais il avait déjà accepté son offre… Il n'allait pas se dégonfler maintenant. Si elle s'aventurait à enjamber quelques règles, ce ne devait pas être si grave que ça. De quoi aurait-il l'air à ses yeux s'il changeait d'avis en pleurnichant ?

Il décida qu'il pourrait toujours modifier son mot de passe dès que l'installation serait terminée. Elle ne s'en offenserait sûrement pas.

— Bon, juste une seconde, murmura-t-il en s'efforçant

d'ignorer sa nervosité.

Il rédigea un message privé rapide et l'envoya à Likaï. Il la vit cligner de la paupière pour l'ouvrir. Ses yeux parcoururent un texte invisible pour Neru. Ils revinrent ensuite à lui.

Il fut frappé par l'incongrue gravité de ses traits.

— Tu es un peu trop naïf, déclara-t-elle.

Neru la fixa sans comprendre, un sourire timide encore figé sur ses lèvres.

Une sonnerie stridente lui creva les tympans. Le souffle du vent sur sa peau et l'odeur de la montagne disparurent. En un instant, il fut avalé par l'obscurité.

CHAPITRE 5

Neru revint à lui-même avec la brutalité d'un élastique qu'on aurait trop tendu.

La moiteur de sa nuque lui causa de violents frissons. Son cerveau peina à dissocier la pénombre confuse de son appartement du flanc de montagne inondé de soleil où il s'était trouvé une seconde auparavant. Le sifflement assourdissant qui lui vrillait les tempes acheva de lui arracher un haut-le-cœur. Il eut à peine la force de pencher la tête à côté du fauteuil avant que le contenu de son estomac ne lui échappe douloureusement.

Il n'avait rien mangé depuis des heures et il ne fallut pas longtemps avant qu'il ne crache plus que de la bile. Il hoqueta, luttant contre les spasmes qui lui déchiraient encore le ventre. Une atroce migraine avait pris naissance à la base de son crâne. Il tressaillit en entendant les persiennes pivoter. Heureusement, elles ne laissèrent pénétrer que la lueur diffuse et artificielle de l'éclairage public nocturne.

Il tâtonna à l'aveugle le long du pied du fauteuil, ignorant les éclaboussures de vomi dans lesquelles ses doigts glissèrent. Il trouva le panneau d'accès et l'ouvrit d'un geste maladroit. Sa main tremblante saisit le câble d'alimentation et l'arracha. Immédiatement, le silence retomba. Neru s'effondra contre le cuir, hors d'haleine, épuisé, au bord de l'inconscience.

Il avait entendu parler des effets nocifs d'une éjection forcée de RÉEL, mais n'aurait jamais cru en faire un jour les frais.

Son esprit déboussolé peinait à comprendre ce qui venait de se passer. Était-ce parce que Likaï avait dû pirater son compte pour y installer le mod ? Avait-elle fait une mauvaise manipulation, ou simplement oublié de le prévenir que cela risquait de se produire ?

Une angoisse glacée s'était lovée dans son ventre. Il ne voulait pas imaginer qu'il y eût une autre explication.

Il mit un long moment à reprendre le contrôle de lui-même. Finalement, il se redressa. Il lutta contre un vertige et se laissa glisser du fauteuil sur ses jambes flageolantes.

— Nettoyage, dit-il d'une voix rauque.

Le vrombissement sourd du robot ménager résonna et s'approcha avec obligeance de la flaque de bile. Neru le chercha du regard et devina plus qu'il ne vit le mouvement de sa silhouette trapue. Il se dirigea en trébuchant dans l'obscurité vers la salle de douche. Il se lava les mains d'un geste mécanique et passa de l'eau froide sur sa nuque.

Lorsqu'il retourna à l'espace à vivre, le robot avait disparu, mais une forte odeur de produits nettoyants flottait dans l'air. Neru se laissa tomber à genoux devant le fauteuil et rebrancha l'alimentation. Il se rallongea en ignorant le tremblement compulsif de ses membres. Likaï avait sûrement eu le temps de finir l'installation. Il pouvait sans doute se reconnecter.

Il appuya sur le bouton de mise en route. Le casque se déploya devant son visage. La visière s'alluma et lui demanda poliment de fournir ses identifiants. Il s'exécuta.

— Identifiants incorrects, lui annonça la machine. Veuillez les ressaisir.

Il frotta ses mains moites contre son pantalon et réessaya.

— Identifiants incorrects. Veuillez les ressaisir.

Les larmes menacèrent de poindre au coin de ses yeux. Il les ignora et entra furieusement ses identifiants, une troisième fois, puis une quatrième.

Au cinquième essai, le système marqua une pause. Le cœur de Neru bondit. Ça y est, se dit-il. Je paniquais pour rien, je les tapais mal, voilà tout.

— Vérification du numéro de compte effectuée. Ce compte est actuellement en activité sur une autre machine. Veuillez immédiatement cesser de chercher à vous connecter sur ce compte. Toute nouvelle tentative de connexion sera interprétée comme un acte de piratage.

Sa main retomba mollement sur l'accoudoir.

Impossible… Quelqu'un d'autre utilisait son compte ? Impossible !

— Si ce compte vous appartient, vous êtes victime d'un acte de piratage. Veuillez contacter sans attendre le centre de police le plus proche.

Neru repoussa le casque avec tant de force qu'il manqua l'arracher de l'appui-tête. Il se précipita vers ses hololunettes et les chaussa maladroitement. La police… contacter la police…

Tous ses faux-semblants s'étaient effondrés. Il n'avait pas rêvé cette dernière seconde avec Likaï, son regard froid et cette phrase évocatrice.

Likaï venait de lui voler son compte.

Il n'arrivait pas à y croire. Il s'appuya de tout son poids contre le mur le plus proche, les jambes coupées. La même question tournait en boucle dans sa tête, menaçant de le rendre fou. Pourquoi ? Pourquoi, pourquoi, pourquoi avait-elle fait ça ? Il lui avait fait confiance et elle avait… Les lunettes finirent de s'initialiser. Mais au lieu de lui afficher le menu d'accueil, elles annoncèrent en grosses lettres noires : « ERREUR DE CONNEXION. VEUILLEZ ENTRER VOS IDENTIFIANTS. » Neru fixa le message sans comprendre.

Il lui fallut un moment pour réaliser ce qui se passait. Tous les appareils personnels de communication, y compris les hololunettes, s'appuyaient sur le réseau Prodig. Ils étaient conçus pour se synchroniser et se connecter sur le compte particulier de leur utilisateur. Pas de compte, pas de RV… et pas de lunettes.

Neru les jeta dans leur étui en jurant. Il allait devoir se rendre à un centre de police physique. Il n'était même pas sûr de se souvenir de la localisation du plus proche commissariat. Il songea à appeler un taxi… puis se rappela qu'il ne pouvait pas. Une carte de la ville ? Le tracé des lignes de tram ? Non, non et non, il n'avait accès à rien sans son compte.

À contrecœur, il sortit de chez lui et prit l'ascenseur. Dehors, sous un ciel bleu sombre piqueté d'étoiles, les allées lui apparurent désertes, la cité silencieuse. À cette heure-ci, ceux qui ne dormaient pas étaient connectés sur RÉEL.

Neru se mit en marche dans la direction qui lui sembla être la bonne, peu rassuré. Il quittait rarement son appartement et ne se rappelait pas l'avoir jamais fait de nuit. Il se serait souvenu du silence oppressant, à peine rompu par le frémissement du vent dans les arbres et le cri distant d'un hibou en chasse. De vieilles histoires d'avant la robotisation lui revinrent en mémoire, d'individus sans foi ni loi qui profitaient de la nuit pour attaquer des passants sans défense. Il avait beau savoir que plus personne ne volait pour survivre, à présent que chacun avait un accès égal à la nourriture et aux équipements, il restait toujours quelques malades qui brutalisaient leur prochain par pur plaisir. Ils étaient si médiatisés sur RÉEL que Neru s'attendait à en voir surgir un à chaque coin de rue.

Il quitta la zone résidentielle parsemée d'espaces verts et franchit un pont au-dessus d'une rivière au délicat tracé. Il ne s'était pas autant éloigné de chez lui depuis qu'il avait emménagé là à ses seize ans. Il n'avait pas pensé à se vêtir chaudement et frissonnait autant de froid que d'angoisse.

Il s'enfonça dans des rues encadrées de bâtiments trapus aux fenêtres aveugles dans la nuit. L'obscurité déformait tout et il tourna en rond un bon quart d'heure, veillant toujours à revenir à la rivière quand il commençait à se perdre. Sa nervosité ne fit qu'augmenter. Avait-il tort ? Le commissariat ne se trouvait-il pas par ici ? Il ne put retenir l'immense soupir de soulagement qui lui échappa lorsqu'il avisa enfin l'enseigne au néon accrochée à une façade d'un blanc austère. Il se hâta d'entrer.

L'établissement comprenait en tout et pour tout deux pièces. L'accueil n'était pas bien grand. Une poignée de chaises à l'allure inconfortable étaient alignées contre un mur. Le seul autre mobilier de la salle était un comptoir de bois et plexiglas derrière lequel siégeait un robot d'aspect humanoïde en veille. Une porte béait sur un bureau désert.

Neru avança timidement. Il eut à peine fait deux pas que le robot détecta sa présence et s'activa.

— Bienvenue, dit-il d'une voix plaisante. Veuillez avancer jusqu'au comptoir et sélectionner le motif de votre venue. Sachez qu'à tout moment, si notre service automatique ne vous satisfait pas, vous pouvez demander la venue de l'agent de police en service.

Neru approcha. Un écran tactile encastré dans le comptoir s'alluma et énuméra une liste de propositions. Il appuya sur « vol ».

— Vol, répéta l'assistant. Que vous a-t-on volé ?

Un deuxième menu se déroula. Il sélectionna « compte RÉEL ».

— On vous a volé votre compte RÉEL. Comment ce vol est-il survenu ?

Neru hésita. Son doigt vacilla au-dessus de « abus de confiance ». Il risquait de gros ennuis s'il avouait avoir transmis lui-même ses identifiants à Likaï. Il choisit « hacking ». Une diode verte s'alluma sur le côté de la tête du robot, ce qui n'aida pas à le rassurer. Avait-il fait une bêtise ?

— Appel en cours. L'agent de police en service est en route et sera très bientôt là. Il vous interrogera sur les circonstances exactes du piratage afin que nos services puissent prendre les décisions appropriées.

La nervosité de Neru redoubla. Comme à tout le monde, il lui arrivait de mentir, mais seulement sur RÉEL. Ici, le système ne se chargerait pas de masquer ses joues rouges ou le tremblement de ses mains. Qu'allait-il bien pouvoir raconter à l'agent puisqu'il n'avait pas été hacké au sens propre du terme ? Il voudrait savoir comment le pirate s'y était pris pour déjouer les systèmes de sécurité de RÉEL. Que répondrait-il ?

— On ne pourrait pas finir sans lui ? supplia-t-il presque.

— Veuillez nous excuser, cet assistant n'a pas compris votre demande, déclara la machine. Sa reconnaissance vocale ne comprend que des commandes très simples. Veuillez dire « liste des commandes » pour en obtenir la liste. Veuillez attendre l'arrivée de l'agent de police en service pour développer votre problème. En attendant sa venue, veuillez entrer votre numéro de compte RÉEL.

Il s'exécuta machinalement. Sitôt qu'il eut saisi les derniers chiffres sur l'écran tactile, la diode verte de l'assistant se ralluma. Après une pause que Neru trouva étrange, le robot annonça :

— Merci de votre coopération. Veuillez prendre un siège et patienter.

Neru obéit, mais il était si nerveux qu'il se releva aussitôt et se mit à faire les cent pas. Et si le policier découvrait la vérité en l'interrogeant ? Quelle était la peine qu'il encourrait pour avoir partagé ses identifiants ? Est-ce qu'il risquait de la prison ? Il serait au moins interdit de connexion pendant des mois... Il n'y survivrait jamais ! Non, mieux valait mentir.

Après un long moment, il aperçut le faisceau de deux phares qui s'arrêtaient devant le commissariat. Il voulut se porter à la rencontre de l'agent, espérant que l'air frais de l'extérieur l'aiderait à éclaircir ses pensées embrouillées par une migraine insistante, mais il faillit se cogner à la porte vitrée quand elle refusa de s'ouvrir pour lui. Il fit un pas en arrière et réessaya. Le sas resta fermé. Neru jeta un regard hésitant à l'assistant, muet et immobile derrière son comptoir. Il commençait à avoir un mauvais pressentiment.

Une silhouette en uniforme surgit de la nuit, comme recrachée par les ombres. À mesure qu'elle approchait, la lumière crue du poste de police dessina à grands coups de pinceaux un nez aquilin, une paire d'hololunettes sous une arcade sourcilière prononcée, des pommettes saillantes et une courte barbe bien taillée.

La porte s'ouvrit sans hésitation devant l'agent. Neru recula, d'abord pour le laisser entrer, puis sous la force du regard sévère qui lui fût adressé à travers les verres.

— Bon, mon garçon, à quoi tu joues ? lui demanda-t-on

d'emblée.

Neru en resta hébété quelques secondes.

— C… comment ça ?

L'homme consulta quelque chose sur ses lunettes.

— Le propriétaire de ce compte nous a signalé une tentative de piratage il y a une demi-heure. Prodig a vérifié et confirme que quelqu'un a essayé un accès frauduleux à partir d'une machine non enregistrée connectée tout près d'ici.

— Non enregistrée ? balbutia-t-il. Bien sûr que ma machine est enregistrée ! Avec…

Avec son numéro de compte. Qu'avait fait Likaï ?

— Donc c'était bien toi ! tonna l'agent d'une voix de stentor. Ce n'était pas très malin de ta part, mon petit gars ! Tu t'imaginais que la sécurité du système était si faible que tu allais pouvoir pirater le compte de quelqu'un en essayant de deviner son mot de passe au hasard ?

— Puisque je vous dis que c'est mon compte ! C'est mon mot de passe que j'essayais d'entrer, mais la personne qui m'a volé a dû le changer. Vous n'avez qu'à demander à Prodig de vérifier l'historique. Ils verront bien que toutes les connexions précédentes ont été faites à partir de ma machine, et non de celle de mon voleur !

L'officier eut l'air sceptique. Neru le vit projeter un clavier sur sa main et y taper quelques commandes. L'affichage sur ses lunettes se modifia. Quoi qu'il lût, cela ne sembla pas le mettre de meilleure humeur.

— L'historique est parfaitement en règle.

— Comment ça, parfaitement en règle ? chevrota Neru, abasourdi.

Il utilisait le même fauteuil de réalité virtuelle depuis plus de dix ans. L'historique de son compte aurait dû être sans appel. Est-ce qu'on pouvait hacker ce genre de données ? Il n'y connaissait absolument rien, mais une chose était sûre : Likaï savait s'y prendre pour effacer ses traces.

Devant le choc inscrit sur son visage, l'agent de police se radoucit quelque peu.

— Écoute, mon garçon, je veux bien te donner une chance de prouver que tu ne mens pas. S'il y a un doute raisonnable, je peux ouvrir une enquête.

— Un doute raisonnable ? dit-il avec un regain d'espoir.

— Si tu peux contacter une personne qui témoignera que ce compte t'appartient bien, on va s'arranger.

Neru sentit à nouveau ses traits se décomposer.

— Ça veut dire… quelqu'un qui me connaît dans le monde physique ?

— Eh bien oui, quelqu'un qui peut reconnaître ton visage, s'impatienta le policier. Un ami ou de la famille, n'importe qui.

Il n'y avait qu'une seule personne qui connaissait à la fois son visage et son numéro de compte. Il s'imagina demander de l'aide à Adélaïde. Il aurait préféré disparaître six pieds sous terre. Elle commencerait par exiger de lui des excuses pour leur dispute, ce qui serait déjà bien assez humiliant. Puis elle voudrait entendre tous les détails de l'affaire. Il se battait depuis des années pour qu'elle le voie comme un adulte responsable et libre de ses choix. Que penserait-elle de lui si elle apprenait qu'il s'était fait pirater comme un débutant ? Pire, si elle découvrait qu'il ne s'était *pas* fait pirater ?

Son hésitation dut signer sa culpabilité aux yeux de l'agent.

— Je n'apprécie guère les menteurs, jeune homme, et encore moins les tricheurs ! cria-t-il. Ça doit faire plutôt envie, le compte d'un panthéonien, mais ça ne justifie pas le vol, tu m'entends ?

Terrifié par la large carrure qu'il penchait vers lui, Neru recula en trébuchant. Il buta contre le mur et glissa vers la porte. À son grand soulagement, elle coulissa avec un sifflement et le laissa se jeter dehors. Le policier se planta dans l'encadrement pour le fusiller du regard.

— Pour une tentative de débutant comme celle-là, je laisse couler. Mais ne t'avise pas de recommencer, ou tu auras affaire à la justice !

Neru resta paralysé sur le trottoir.

— File ! lui hurla l'homme, et sa grosse voix provoqua en lui un accès de panique qui le propulsa loin du poste de toute la force de ses jambes.

CHAPITRE 6

Neru ne dormit pas du reste de la nuit. Blotti dans un nid de couvertures au centre de son lit, il attendit, le regard fixe, que le soleil se lève derrière la baie vitrée. Son esprit fatigué ne cessait de ressasser les mêmes raisonnements circulaires.

Qu'allait-il faire ? Il avait besoin de son compte. Il lui était impossible d'en créer un nouveau sans le justifier à Prodig. Mais même s'il avait été prêt à retourner au commissariat, ce policier ne le laisserait plus placer un mot. Maudite Likaï ! Elle avait pensé à tout !

Il s'en voulait d'avoir été aussi naïf, il s'en voulait d'avoir gobé tous ses mensonges sans un instant d'hésitation... Il la connaissait à peine et avait été si prompt à la croire au-dessus de tout soupçon ! Comment avait-il pu faire preuve d'autant de bêtise ? Mais à sa colère se mêlait la cruelle morsure de la trahison. Il avait beau se répéter qu'elle lui avait montré exactement ce qu'il souhaitait voir, qu'elle s'était joué de lui comme d'un enfant, ses sentiments refusaient de se dissiper comme les illusions dont ils étaient nés. Ils cognaient contre ses côtes comme des oiseaux blessés et tordaient sa gorge en un nœud de chagrin.

Devant lui, les étoiles pâlirent peu à peu. Le ciel se para d'ambre et d'or, absorbant lentement le rayonnement du soleil rampant au-dessus de l'horizon. Cette aube terne n'avait rien à voir avec la perfection et l'explosion de couleurs chaudes d'un lever du jour sur RÉEL. Pourtant, l'inexorable défaite de la nuit calma Neru et apaisa un peu la tristesse et l'angoisse qui le tenaillaient.

Il se redressa et frotta ses yeux las. Il n'allait pas rester là à se morfondre éternellement. Il fallait qu'il trouve une solution. Qu'il le veuille ou non, il allait devoir contacter Adélaïde et lui demander de l'aide. Même si elle désapprouvait le temps qu'il passait sur RÉEL, elle ne pourrait pas nier qu'il en avait besoin pour terminer ses études.

Une pensée lui vint soudain. Cet appartement aussi lui était alloué via son numéro de compte. Il parcourut les lieux d'un regard écarquillé, comme si l'agent de police allait à tout moment apparaître et l'accuser de squatter là. Et pourquoi pas ? Si Likaï décidait de lui gâcher la vie, elle n'avait qu'à porter plainte pour son occupation du studio. Il serait à la rue avant d'avoir pu dire ouf. Il commença à réaliser que son sevrage forcé de RÉEL était le dernier de ses soucis.

Il se leva en trébuchant, prit une douche rapide et enfila des vêtements au hasard. Il n'avait plus le choix, il était urgent qu'il parle à sa mère. Le centre public de la ville proposait forcément des visiophones en accès libre. Bien sûr, il ignorait comment aller au centre public… Il grogna. Pourquoi fallait-il que tout soit si compliqué sans compte ?

La matinée était déjà bien avancée lorsqu'il descendit enfin du tram devant l'une des multiples entrées du complexe. Dénicher les lignes de transport en commun lui avait pris une éternité. Pour la première fois de sa vie, il regrettait sa tendance à ne jamais mettre les pieds dehors.

Il s'approcha des bâtiments, circonspect. Autour d'une coupole centrale s'agglutinaient des ailes secondaires oblongues, réparties comme les rayons d'une roue et chacune peinte d'une couleur différente. Des jardins bien entretenus les séparaient. Leurs allées résonnaient du ronronnement des robots et du murmure de dizaines de gens. Leur nombre augmenta la nervosité de Neru. Il baissa la tête pour ne croiser le regard de personne et s'engouffra par la première porte venue.

Les modes de vie avaient été complètement bouleversés lorsque les gouvernements du siècle dernier, poussés par une crise de grande envergure, avaient aboli le système économique monétaire et s'étaient tournés vers la robotisation pour résoudre leurs problèmes de production. À l'époque, l'humanité avait depuis longtemps atteint un stade de développement assez avancé pour procurer à chacun toutes les ressources dont il avait besoin au quotidien : eau, nourriture, vêtements, logement, énergie, même loisirs… L'« argent », cet artefact du passé, avait déjà perdu sa raison d'être première : la répartition de ressources limitées selon un ordre de priorité axé sur le mérite. Pourtant, il avait persisté durant une bonne partie du vingt-et-unième siècle en raison de l'inertie de la société et des intérêts privés des plus gros profiteurs du système.

Il avait fallu du temps pour que les nations regroupent leurs ressources et abolissent leurs frontières afin de construire un avenir meilleur, et certaines revendiquaient encore leur indépendance. Cependant, dans la Zone Unie, le niveau de vie avait monté en flèche. Plus personne ne mourait de faim ou ne manquait d'un logement. L'éducation était accessible à tous et uniformisée, puisqu'elle s'effectuait en ligne et rassemblait les élèves du monde entier. Le crime avait également diminué, puisqu'il ne « payait » plus.

La gestion des ressources était devenue la priorité de tous. On avait créé Prodig, une énorme organisation paragouvernementale, pour accomplir cette tâche. À la naissance, chaque citoyen recevait un numéro de compte unique qui lui permettait d'obtenir tout ce dont il pourrait avoir besoin. Les centres publics existaient pour garantir la bonne distribution des biens au niveau local. RÉEL était venu plus tard, mais s'était très vite élevé comme la principale infrastructure d'échanges et de communication de la nouvelle société.

Heureusement pour Neru, la coupole au cœur du complexe recelait une carte des lieux très utile. Il eut tôt fait de trouver la salle des communications. Il y pénétra à petits pas et examina les installations. À son grand dam, il ne vit aucun fauteuil de RV. Il se morigéna d'avoir seulement espéré. Sans compte, pas d'accès à RÉEL, point barre.

Les visiophones, en revanche... Les appareils s'alignaient contre le mur du fond. Des boxes étroits garantissaient un peu d'intimité aux quelques utilisateurs. Neru aperçut parmi eux deux vieilles femmes, une adolescente en plein flirt et un type à la mine peu avenante. Les machines se voulaient à la disposition de quiconque refusait pour une étrange raison d'avoir du matériel chez soi, oubliait ses identifiants — comme c'était sans doute le cas des petites vieilles — ou se voyait interdit d'accès à son compte par décision de justice. Neru contourna l'individu patibulaire de loin, au cas où. Quant à la gamine, il ignorait ce qu'elle faisait là, jusqu'à ce qu'il passe derrière elle et aperçoive un homme bien plus âgé qu'elle à l'écran. Il détourna les yeux en rougissant et prétendit n'avoir rien vu. Pas étonnant qu'elle évite ses parents.

Humilié de devoir se mêler à ces gens, il s'assit tout au bout de la rangée. Le visiophone était déjà connecté sur un compte public possédé par le centre. Il s'empressa d'entrer le numéro d'Adélaïde. De longues secondes durant, l'appareil tenta d'établir la ligne.

— Votre correspondant n'est pas disponible, finit-il par lui annoncer.

Neru essaya encore, agacé. Quand le résultat demeura le même, il laissa sa tête tomber entre ses mains. Fichue Adélaïde. Bien sûr, s'il ne la joignait pas à une heure très précise à une date convenue d'avance, le risque qu'elle ne s'aperçoive même pas de l'appel était élevé. Quant à utiliser un compte anonyme ? Il l'imaginait parfaitement capable d'ignorer un numéro inconnu.

Mais bon sang, elle représentait sa dernière chance. Il fallait qu'il la contacte !

Il réfléchit longuement. Il eut beau se creuser la cervelle, la mort dans l'âme, il ne trouva qu'une seule solution : il allait devoir se rendre chez elle. Depuis qu'ils habitaient séparément, Adélaïde avait déjà déménagé deux fois pour suivre ses précieux projets. Il se souvenait à peine du nom de la ville dans laquelle

elle résidait à présent, quant à son adresse…

Son estomac gronda. Neru réalisa qu'il n'avait rien mangé en vingt-quatre heures. Il se releva avec un soupir. S'il devait voyager, il lui faudrait de toute façon des provisions. Il songea un instant à retourner chez lui, mais y renonça. Il avait trop peur de trouver l'officier de la veille devant sa porte. Il prit plutôt la direction de l'aile des ressources alimentaires.

Ordinairement, puisqu'il avait la chance d'habiter dans un immeuble et de bénéficier de ses services communautaires, Neru se faisait livrer à domicile. Tous les jeudis à heure fixe, un robot lui déposait un panier de denrées standardisé pour la semaine. Mais ceux qui possédaient une maison ou souhaitaient choisir leurs produits eux-mêmes venaient se ravitailler directement au centre public. Il y avait donc foule lorsqu'il pénétra dans l'immense hall et prit place, nerveux, dans une file d'attente.

Bientôt, la personne devant lui daigna terminer — qui se souciait à ce point de la qualité des patates, franchement ? — et il s'avança face au comptoir. Un problème inattendu se présenta aussitôt.

— Veuillez entrer vos identifiants, ânonna l'assistant robotique.

Neru fusilla l'écran tactile du regard comme s'il était responsable de tous ses maux.

— Veuillez entrer vos identifiants, répéta bêtement la machine.

— J'avais compris, gronda-t-il. Pourquoi est-ce que j'ai besoin de mes identifiants ? Il y a assez de nourriture pour tout le monde, non ?

La reconnaissance vocale de l'intelligence artificielle devait être plus perfectionnée que celle du poste de police, car elle répondit :

— Cette demande d'identification n'a pas pour but de vous nuire de quelque manière que ce soit. Nous ne faisons que comparer le volume de nourriture que vous requérez au nombre de personnes recensées dans votre logement. Si des irrégularités sont constatées à plusieurs reprises, vous serez enjoints à assister à une conférence sur la prévention du gaspillage alimentaire. Si vous recevez des amis ou de la famille, veuillez nous le signaler à l'écran suivant.

Neru grinça des dents. Magnifique. Absolument magnifique ! Il allait donc aussi mourir de faim.

— Hé, il y a un problème ? lui demanda-t-on soudain.

Il se retourna et faillit avaler sa langue. La jeune femme qui patientait juste derrière lui avait de courts cheveux noirs et des yeux d'un bleu profond et familier.

— Likaï ? s'exclama-t-il.

L'inconnue pencha la tête et cligna des paupières.

— Qui ? Désolée, tu dois me confondre avec quelqu'un d'autre.

Neru hésita. Sa voix ne ressemblait pas du tout à celle qu'il avait entendue si souvent récemment, mais il savait que Likaï utilisait une application pour la modifier à chaque fois qu'elle changeait d'avatar. Elle poussait très loin le souci du détail. Tout de même, quelle était la probabilité qu'il tombe complètement par hasard sur sa voleuse ?

— Oh… marmonna-t-il.

La surprise passée, les mots lui manquèrent. Adresser la parole à un étranger sur RÉEL le rendait nerveux, mais c'était bien pire dans le monde physique. Et comble de malchance, il s'agissait d'une jolie fille de son âge. Il n'avait pas beaucoup d'expérience hors ligne avec cette espèce-là. Il fut horrifié de sentir un début de rougeur colorer ses joues.

— Alors ? insista-t-elle. Un problème ? Tu sais, si, je ne sais pas… si ton compte était suspendu, par exemple… ça ne t'empêche pas de demander à manger.

— Non ! s'écria-t-il, outré. Non, ce n'est pas du tout ça !

— D'accord, d'accord, dit-elle en riant. C'était juste une hypothèse, ne te vexe pas.

Devant son amusement, il se sentit parfaitement idiot d'avoir réagi ainsi. Avait-il vraiment le droit de se draper dans sa dignité offensée ? Si on lui suspendait son compte à l'issue de toute cette histoire, il l'aurait bien mérité. Vite, il broda un mensonge maladroit :

— C'est juste que j'ai changé mon mot de passe il n'y a pas longtemps, je ne le connais pas encore par cœur.

— Ah, c'est pour ça ! C'est si dur à avouer ? Il n'y a pas de honte à ne pas se souvenir de son mot de passe, je ne me rappelle jamais le mien.

Neru en resta abasourdi. À part les petites vieilles de la salle des visiophones, quelle sorte de gens étranges utilisaient si peu souvent leur compte qu'ils ne mémorisaient pas leur mot de passe en un rien de temps ? Il avait cru son excuse complètement bidon.

Pour la première fois, il remarqua que, contrairement à la majorité des personnes autour d'eux, la fille ne portait pas d'hololunettes. Pourtant, tout le monde aimait rester connecté dans le monde physique et avoir accès à toutes les informations du réseau en un clin d'œil. Se pouvait-il qu'elle soit dans une situation similaire à la sienne ?

Il eut à peine le temps de ressentir une bouffée d'espoir malvenue. Déjà, elle le contournait pour s'approcher du comptoir.

— J'ai une idée : si je disais que je t'invite chez moi et que je prenais ta portion pour toi ?

Neru eut l'extrême surprise de la voir sortir un bout de papier de la poche de sa veste et l'agiter dans sa direction avec un clin d'œil. Il la regarda copier son contenu sur l'écran tactile. Le système lui souhaita la bienvenue et la pria de faire son choix. Non, se dit-il, déçu. C'était juste une excentrique ; tellement bizarroïde à vrai dire qu'il aurait à nouveau pu être tenté de la prendre pour Likaï, qui ne faisait jamais rien comme tout le monde. Mais la personne qui lui avait volé son compte n'aurait pas été assez naïve pour écrire ses identifiants sur un misérable bout de papier.

Le poids de ces yeux bleus le ramena à l'instant présent.

— Alors ?

— Oh, euh… Ce serait super sympa de ta part, bredouilla-t-il.

— Aucun problème. Moi, c'est Fasia.

— Neru.

— Enchantée. Je te prends quoi, Neru ?

— Juste… deux ou trois sandwiches, si possible. Quelques fruits et de l'eau.

Elle se tourna vers lui, surprise.

— C'est tout ? Tu pars en voyage, ou quoi ?

Il haussa les épaules sans se mouiller. Fasia sembla interpréter cela comme une réponse positive. Son visage s'éclaira et ses yeux se mirent à briller.

— C'est vrai ? s'exclama-t-elle en entrant distraitement sa liste de course dans le système. Où ? Quand ? Tu prends le train, l'avion ? Tu pars tout seul ?

— Euh…

— Oh, excuse-moi. Je t'assomme avec mes questions. C'est juste que les voyages, c'est mon dada ! Tu sais quel itinéraire prendre ? Je peux t'aider, si tu veux. J'ai une espèce d'encyclopédie des voies ferrées à la place du cerveau. Ah, ça y est, je recommence à t'ennuyer. Ne te gêne pas pour me demander de me taire, sinon je suis partie pour trois heures sur un sujet pareil.

— Non, c'est… balbutia Neru, qui osait à peine croire à une telle aubaine. En fait, ça m'aiderait beaucoup. Je ne sais pas du tout quoi faire.

Fasia parut absolument ravie.

— Alors tu t'adresses à la bonne personne ! Où est-ce que tu veux aller ?

— Ben… Je n'en suis même pas sûr, avoua-t-il, penaud. Une ville qui s'appelle Ber-quelque chose.

Elle cligna des yeux.

— Ah oui, dit-elle lentement. Effectivement, tu n'es pas rendu. Tu sais quoi ? Tu n'as qu'à venir vraiment déjeuner chez moi. On sera plus à l'aise pour discuter de tout ça. Qu'est-ce que tu en dis ?

Il en disait qu'il se voyait très, très mal mettre les pieds chez une parfaite étrangère ainsi, sans prévenir, mais qu'il avait trop besoin de son aide pour risquer de la vexer en refusant. Il marmonna quelque chose qui pouvait passer pour un accord. Un robot vint déposer les courses de Fasia sur le comptoir.

— Parfait, claironna-t-elle.

Elle s'empara d'un des paniers et le lui fourra d'autorité dans les bras.

— Alors on est partis !

Il régnait dans la pièce un désordre extraordinaire. Des tables et des tréteaux éparpillés alentour disparaissaient sous une montagne de sciures de bois, d'instruments étranges, de pots de peinture, de ficelle et de sculptures à moitié terminées. Une odeur de poussière et de vernis flottait dans l'air. Des rideaux de lumière pleuvaient des fenêtres rondes comme des hublots encastrées dans le plafond et les murs inclinés de la maison, illuminant ici une petite main finement ciselée, là un oiseau à l'œil noir brillant, les ailes à demi déployées. Seules deux étagères près de la porte d'entrée, bien que croulant sous leur chargement, présentaient une vision d'ordre parmi le chaos. S'y alignaient rangée après rangée de sculptures de bois : jouets pour enfants, statuettes, marionnettes aux fils soigneusement démêlés, même des vases et de la vaisselle.

Cette pièce seule était plus grande que tout l'appartement de Neru, et il n'y avait pas une surface vide où poser le regard. Débordé par ce déluge de signaux visuels, Neru suivit Fasia de près et faillit trébucher sur une perceuse qui gisait par terre.

— Ah, hume-moi ce parfum de sciure de bois, dit Fasia en joignant le geste à la parole, un sourire aux lèvres.

Neru s'abstint. Il avait déjà envie d'éternuer.

— Qu'est-ce que c'est que cet endroit ?

Elle s'arrêta et étendit fièrement les bras, comme pour étreindre la pagaille tout autour d'elle.

— L'atelier de mon grand-père ! Il crée des choses merveilleuses, tu as vu ? Je l'aide de temps en temps, mais seulement pour les petits travaux : le ponçage, le vernissage, un peu de peinture… Je ne pourrais jamais faire tout ça…

Elle se pencha sur un bloc de bois à moitié dégrossi dont commençait à émerger la forme d'un animal, peut-être un chat.

— Mais à quoi ça sert ? demanda Neru.

— Comment ça, « à quoi ça sert » ?

— À quoi ça lui sert de fabriquer tous ces… machins ? Qu'est-ce qu'il en fait ?

Elle haussa les épaules.

— On les donne aux gens que ça intéresse. C'est à ça que servent les étagères là-bas : à présenter les sculptures finies. À force de bouche à oreille, Den est plutôt connu dans le voisinage. On a des tas de gens qui viennent, jettent un œil et repartent avec ce qui leur plaît.

Elle débordait de fierté en disant cela, mais Neru ne comprenait toujours pas.

— Vous les donnez ? répéta-t-il, incrédule. Vous ne les échangez même pas contre des points RÉEL ? Et vos points de réputation ? Ils ne risquent pas d'augmenter si vous faites tout ça hors ligne.

— Et alors ? demanda-t-elle en clignant des yeux.

Sans aucun doute une excentrique.

— Dans ce cas, pourquoi s'embêter avec tout ce bazar ? s'exclama-t-il avec un large geste du bras. Pourquoi se donner tout ce mal ? Ça ne vous apporte rien ! À quoi bon tout ce travail…

Travail. C'était exactement ça. Ça n'entrait sans doute pas dans ce qu'Adélaïde aurait défini comme tel, mais ces deux-là travaillaient. Ils trimaient des heures durant sur quelque chose dont le reste du monde pourrait ensuite profiter sans bouger le petit doigt. Qui pouvait avoir envie de gâcher sa vie de cette manière ?

— Personne ne t'oblige à t'y intéresser. On ne demande pas l'avis des paresseux, incapables de faire quoi que ce soit de constructif de leurs dix doigts.

Cette voix acariâtre le fit sursauter. Il tourna la tête pour voir un homme entrer par une porte latérale. Neru aurait été bien en peine de deviner son âge, mais il avait de profondes rides au coin des yeux et des cheveux poivre et sel coupés très courts. Il était pourtant mince et musclé, avec une peau hâlée et de grandes mains noueuses. Il portait une salopette fatiguée et dardait sur Neru un regard peu amène. Ses mots lui rappelèrent si fort Adélaïde à cet instant que Neru se hérissa. Seule la pensée qu'il avait besoin de l'aide de Fasia l'empêcha de sortir ses quatre vérités au vieil homme.

— Den, voici Neru, intervint Fasia, brisant le silence lourd qui menaçait de s'installer. Il va rester un peu, je lui donne un coup de main pour quelque chose.

« Den » grogna et s'approcha d'un tréteau devant lequel il s'assit. Il saisit un pinceau et se mit à l'ouvrage sans un mot de plus.

Fasia entraîna Neru vers la cuisine, une alcôve séparée de la salle principale par un rideau de perles de bois colorées qui cliqueta doucement sur leur passage. Ils déposèrent leurs paniers sur une table.

Neru resta planté dans un coin tandis que Fasia rangeait les denrées à leurs places respectives. Il se dandina, mal à l'aise. Fasia avait été intarissable durant le trajet en taxi jusque chez elle, babillant des histoires de cartes et des conseils de voyage auquel il n'avait compris goutte, mais soudain elle ne disait plus rien.

— Tu passes beaucoup de temps sur RÉEL ? demanda-t-elle enfin de but en blanc, sans lever les yeux de son paquet de farine.

— Bien sûr ! répondit-il, sans hésitation et d'un ton de parfaite évidence.

— Ah… J'avais cru que… Enfin.

Elle daigna lui adresser un coup d'œil et un sourire crispé.

— Au moins, tu mets le nez dehors, je suppose.

Pas si on lui laissait le choix.

— Il y a un problème ? grogna-t-il, piqué au vif par son attitude.

— Non, non.

Il ne fallait pas être un génie pour deviner qu'elle mentait. Neru s'emmura dans un silence froid.

Fasia termina son rangement et mit de côté le sac de provisions de Neru. Elle fit réchauffer une barquette de chili con carne au micro-ondes, en versa le contenu dans trois assiettes et les chargea sur un plateau avec des couverts et trois verres d'eau.

— Viens, on va faire ça là-haut.

Elle retraversa l'atelier en s'arrêtant au passage pour déposer le déjeuner de Den près de son coude. Le vieux sculpteur s'interrompit et la remercia d'un hochement de tête laconique. Il ignora Neru, qui lui rendit la pareille et suivit Fasia dans un escalier au fond de la pièce.

Ils montèrent d'un étage et gagnèrent ce qui devait être l'espace à vivre de la maison. Il y avait un large écran de télé accroché à un mur, devant un divan d'un rouge si passé qu'il tirait vers le rose. Une vieille paire d'hololunettes traînait sur les coussins. Face à une bibliothèque contenant rien de moins que des livres en vrai papier, un fauteuil de réalité virtuelle avait été calé dans un coin. Il était de mauvaise qualité et Neru en chercha en vain un second. Si Fasia et Den vivaient tous les deux ici, ils ne se contentaient quand même pas d'une seule installation ?

Fasia l'invita à prendre place sur des coussins autour de la table basse et fit un détour pour extraire un énorme volume de l'étagère. Neru écarquilla les yeux. Le bruit que le livre produisit quand elle le posa à côté du plateau fut presque comique.

Ils mangèrent tandis que Fasia, entre deux bouchées, consultait l'index de l'ouvrage et lui listait toutes les villes commençant par « Ber ». Heureusement, l'une d'entre elles sonna familière à ses oreilles.

— Bertrad, répéta Fasia. Tu es sûr ?

— Presque… répondit-il avec réticence.

Elle parut sur le point de lui rire au nez, mais réussit à s'abstenir. Au moins, elle avait retrouvé sa bonne humeur. Dommage que ce soit à ses dépens.

— Bon, j'espère pour toi que c'est la bonne… Ce n'est pas très loin d'ici, en fait. Le mieux serait que tu y ailles en train. Par contre, la ligne n'est pas directe…

Neru grogna de contrariété. Pourquoi rien n'était-il jamais simple dans le monde physique ? Les portails de RÉEL lui manquaient…

Fasia s'apprêtait à lui expliquer le trajet, mais à sa grande honte, il dut lui couper la parole et lui demander, pour commencer, où se trouvait la gare. Bien sûr, cela ne fit que redoubler son amusement. Il se concentra sur son assiette en rougissant.

Il s'efforçait de mémoriser les indications qu'elle lui donnait quand la voix de Den retentit dans les escaliers, interrompant Fasia. Elle se redressa et ses yeux cherchèrent l'heure au-dessus de l'écran de télévision.

— Oh, zut, s'exclama-t-elle en bondissant sur ses pieds. J'avais complètement oublié ! Je suis désolée, Neru, je vais devoir te laisser là un moment.

— Quoi ? s'indigna-t-il. Comment ça ?

Elle cueillit les hololunettes sur le sofa et les examina d'un air dubitatif, comme si elle doutait qu'elles fonctionnent.

— Den est en train de préparer une exposition au centre-ville. C'est un grand honneur pour lui, mais ça lui prend beaucoup de temps. Je suis rentrée à la maison pour l'aider. Les types de la mairie doivent être arrivés pour discuter de la décoration et tout avec nous. J'arrive ! lança-t-elle comme Den l'appelait à nouveau.

— Mais… et moi ?

— Tu n'as qu'à attendre là ! dit-elle en s'éloignant déjà. Regarde la télé, lis un livre si tu veux. J'en ai pour… je ne sais pas, une petite heure ?

Elle lui adressa une grimace désolée, comme si elle savait qu'elle dépassait les bornes, mais cela ne l'empêcha pas de disparaître à l'étage inférieur malgré les protestations de Neru. Il resta planté là, seul et outré. Une heure ? Il n'allait pas attendre une heure pour des renseignements qu'elle aurait pu lui donner en cinq minutes !

Il finit son déjeuner à grands coups de fourchette, puis tira l'atlas à lui. Au bout de quelques minutes, démoralisé, il dut déclarer forfait. Il ne comprenait rien du tout à ces cartes. Et puis, qui lui disait qu'elles étaient à jour ? Quel âge avait ce fichu bouquin ? Il ne pouvait pas avoir été édité récemment ; pas à l'ère de RÉEL, quand toutes les informations se trouvaient en ligne, proprement indexées et disponibles en un rien de temps.

Démuni, il examina la pièce. Que pouvait-il faire d'autre qu'attendre Fasia ? Il allait admettre sa défaite et allumer la télévision lorsque la veste de Fasia, abandonnée sur le dossier du canapé, attira irrésistiblement son regard.

Il se mordit la lèvre et tendit l'oreille. Il n'entendit que le murmure d'une conversation lointaine. Silencieusement, comme si quelqu'un s'apprêtait à surgir de l'escalier pour le surprendre, il se leva et s'approcha du vêtement. Il ignora la petite voix de sa conscience et fouilla les poches. Son cœur bondit dans sa poitrine lorsque ses doigts se refermèrent sur un bout de papier. Il l'ouvrit. Deux lignes de chiffres, de lettres et de symboles y avaient été gribouillées d'une main peu soigneuse : un mot de passe *et* un numéro de compte.

Il n'avait jamais vu un pousse-au-crime pareil.

Neru gagna le fauteuil de RV. Il effleura le tissu synthétique, balayant une fine couche de poussière qui le laissa sans voix. Des extra-terrestres. Il avait atterri chez des extra-terrestres.

C'était si facile qu'il hésita un long moment. Finalement, il ne put résister à la tentation. Il avait désespérément besoin de retrouver la familiarité de RÉEL, de regagner un univers censé et logique dans lequel les règles de l'espace et de la physique ne semblaient pas déterminées à avoir sa peau. Il s'allongea et alluma la machine.

CHAPITRE 7

Aussitôt connecté sur le compte de Fasia — qui était enregistrée sous ce nom, et n'avait donc en effet rien à voir avec Likaï — Neru fut frappé par une intense vague de soulagement.

Les sensations diffuses que les capteurs envoyaient à son système nerveux l'enveloppèrent comme un cocon protecteur contre l'affreuse réalité du monde extérieur. Ici, il maîtrisait ce qui lui arrivait. Ici, il n'avait pas à craindre les mouvements d'humeur d'un policier stupide. Il ne se perdait jamais. Il dominait son environnement, savait exactement où se rendre et que faire pour obtenir le résultat qu'il voulait. Ici, il était libre et en sécurité.

Soupirant d'aise, il fit un tour sur lui-même pour observer les alentours. Il se trouvait dans une section du Marché qu'il ne reconnut pas, un peu plus sombre et moins fréquentée que les allées dont il avait l'habitude. Les boutiques vantaient des artistes musicaux dont il n'avait jamais entendu parler. Plus loin, il vit la statue d'un pion blanc au centre d'une fontaine.

C'était sa chance ! réalisa-t-il. Tant qu'il était en ligne, il pouvait contacter n'importe qui ! Ses amis auraient sûrement des conseils à lui donner, et ils pourraient surveiller les faits et gestes de Likaï pendant qu'il travaillait à récupérer son compte. Il tremblait à l'idée des actes que sa voleuse pouvait avoir déjà commis en se faisant passer pour lui.

Il ouvrit l'outil de recherche et fouilla dans sa mémoire pour retrouver le numéro de compte de Seth. Il ne se souvenait que de quelques chiffres et dut se battre avec les critères de sélection jusqu'à ce qu'enfin, l'assistant ne lui renvoie plus qu'un seul résultat. Par bonheur, Seth, Banon et Betti ne tenaient pas autant à leur vie privée que lui : leurs comptes étaient configurés de telle manière que n'importe qui pouvait savoir où ils se trouvaient à n'importe quel moment.

Le système dénicha sa cible. Neru remonta la série de fontaines en courant jusqu'à atteindre le portail le plus proche. Il s'y précipita et sélectionna sa destination d'un doigt fébrile.

Le Dôme Stellaire apparut autour de lui. Il se dit avec espoir que si Seth traînait dans les parages, Betti et Banon ne devaient pas être loin.

Avant de les rejoindre, il s'examina du regard. L'avatar de Fasia était encore plus simpliste que le sien. Il avait de toute évidence été généré aléatoirement et représentait une jeune femme aux traits parfaitement banals, à la peau mate et aux cheveux bruns d'une coupe très classique. Elle ne ressemblait en rien à Neru, mais il n'avait pas d'autre choix que de faire avec. Il arriverait bien à persuader ses amis de son identité.

Il descendit les escaliers en direction du forum 30, la zone ouest du troisième gradin, leur point de rencontre habituel. Il ne lui fallut pas longtemps pour repérer trois avatars familiers parmi la foule parsemant les canapés. Il sourit, excité, et s'approcha à grandes enjambées.

Betti était lovée dans un fauteuil ; là où sa tête reposait contre le dossier, ses cheveux mouvants se confondaient presque avec le revêtement anis. Le crâne chauve et bronzé de Banon reflétait la lumière. Assis penché en avant sur ses genoux, il avait la mine encore plus sombre et revêche qu'à l'accoutumée. Seth était carrément allongé sur un sofa, les mains croisées derrière la nuque. Ils semblaient en grande discussion.

— … n'arrive pas à croire qu'il nous ait fait ça. Cette enflure de Neru !

Betti donna un coup de talon vicieux à une table basse. Neru s'arrêta non loin d'eux, surpris. Il ne l'avait jamais vue aussi furieuse.

— Ne me dis pas que tu es vraiment étonnée, gronda Banon. Il nous traitait comme ses larbins. Ça se voyait comme le nez au milieu de la figure qu'il n'en avait rien à faire de nous. Toujours en train de nous laisser dans la poussière pour courir je ne sais où avec ses mods de frimeur…

Choqué, Neru attendit que quelqu'un prenne sa défense.

— On s'attendait à ce que ça arrive dès qu'il aurait atteint le panthéon, de toute façon, dit Seth, les yeux nonchalamment fermés. Ce qui m'agace vraiment, c'est qu'il ne l'a même pas fait pour aller traîner avec d'autres panthéoniens, cet imbécile. La soif de gloire, j'aurais pu comprendre. Tandis que ce… Likaï…

Il prononça ce nom avec un dégoût qu'il n'essayait même plus de masquer.

— Moi, je dis que ce lâcheur est gay, annonça tout de go Banon, stupéfiant Neru. Ça expliquerait son obsession pour ce type.

Betti leva haut son petit nez pointu.

— Tu parles ! C'est soit un travelo, soit une fille un peu dérangée, celui-là.

—Jalouse ? Mademoiselle s'est pourtant donné du mal, ricana Banon en lui adressant une œillade évocatrice. Et que je te papillonne des yeux, et que je m'accroche à son bras, et que je te le flatte à tout va… « Neru la Victoire », non, mais vraiment. Tu as été la chercher loin, celle-là.

Les oreilles de chat de Betti se couchèrent en arrière et elle le fusilla du regard. Neru ne savait plus sur quel pied danser. Qu'avait fait Likaï ?

— Bref, dit Seth en s'asseyant d'un mouvement fluide, il ne veut plus de nous, tant pis pour lui. On n'a pas besoin de lui.

—Non ! s'écria enfin Neru.

Il avait parlé sans réfléchir, sous le coup de la peur. Likaï n'allait pas lui coûter ses trois seuls amis ! Ils se tournèrent vers lui d'un seul bloc.

— T'es qui, toi ? demanda Betti, un sourcil méprisant haussé, en toisant l'avatar de Fasia.

Il ne se laissa pas le temps d'hésiter et s'avança dans leur cercle.

— Écoutez, je sais que c'est difficile à avaler, mais je suis Neru. Likaï m'a volé mon compte ! Je ne sais pas ce qu'elle vous a dit ou fait, mais ce n'était pas moi, il faut me croire. Je n'avais pas du tout l'intention de vous laisser tomber. Comment est-ce que vous avez pu vous imaginer ça une seule seconde ? D'accord, ça ne m'enchante pas de continuer à jouer avec vous dans la cour des petits, mais j'ai dit que je le ferai. Je tiens mes promesses ! Pour qui vous me prenez ?

Seth leva une main et il s'interrompit à contrecœur. Aucun d'eux n'avait l'air très convaincu.

— Je ne sais pas d'où tu sors, dit Seth, mais ça ne tient pas debout, ton histoire. D'abord, où Neru aurait-il trouvé un autre compte si le sien était piraté ?

— Fasia, lut Betti sur le profil de Neru.

Elle fronça le nez.

— Jamais entendu parler.

Bon sang, mais il fallait qu'ils le croient. Il avait besoin de leur aide !

— Attendez ! Vous ne reconnaissez pas ma voix ?

Jamais il n'avait autant regretté de ne pas avoir un accent ou un zézaiement quelconque. Sans signe distinctif, son timbre se fondait dans le brouhaha des conversations alentour.

Mais Seth fronça les sourcils. Il connut un regain d'espoir.

— Oh, on s'en fiche, déclara soudain Banon.

Il se leva brusquement, obligeant Neru à reculer, et darda sur lui un regard peu commode.

— Même si tu étais ce pauvre type, qu'est-ce que ça changerait ? J'en ai marre de rester accroché à ses basques pour ramasser les miettes de réputation qu'il laisse tomber. J'en ai marre de ses grands airs. J'en ai marre qu'il ne se souvienne qu'on existe que quand ça l'arrange. T'as raison Seth. Tant mieux s'il ne veut plus de nous, parce que je ne peux plus le supporter. Vous faites ce que vous voulez avec cette dinde, mais moi, je vais jouer.

Sur ces mots, il tourna les talons. Neru le regarda s'éloigner, la bouche bêtement ouverte. Betti se glissa à son tour hors de son fauteuil.

— Tu crois ses bêtises ? demanda-t-elle à Seth, indiquant Neru d'un mouvement de tête.

Seth resta silencieux plusieurs secondes. C'était sa chance.

— Seth, allez ! T'as le droit de dire que vous me l'aviez bien dit. Likaï m'a vraiment roulé dans la farine, parvint-il non sans mal à admettre. Mais vous n'allez pas me laisser tomber comme ça. On est amis, non ?

Seth tiqua. Même Betti parut douter.

— Neru ? fit-elle.

Avant qu'il ne puisse s'engouffrer dans la brèche, Seth posa une main sur le bras de la jeune femme.

— Si tu es vraiment Neru, alors j'attends.

— Quoi ? dit-il sans comprendre.

— J'attends tes excuses.

Était-ce un test ? Il ne voyait vraiment pas de quoi il aurait à s'excuser.

— Quoi, pour ce que Likaï vous a dit ? Je ne sais même pas ce que c'était, et je n'en suis sûrement pas responsable.

Encore une fois, ce fut visiblement la mauvaise réponse. Le visage de Seth se ferma.

— Et traîner avec un voleur plutôt que de m'aider à entrer au panthéon ? Tu n'en es pas responsable, peut-être ?

Neru le fixa un long moment avec la plus parfaite stupéfaction.

— T'es sérieux ? explosa-t-il. Tu m'en veux encore pour ça ? Tu t'imagines quoi, que je suis une machine à points RÉEL ? Tu ne serais jamais monté aussi haut dans le classement sans moi, et tu le sais ! Apprends un peu à te débrouiller tout seul !

Il sut aussitôt qu'il était allé trop loin. Les yeux de Seth se mirent à briller d'un éclat dur.

— J'en ai autant pour toi, mon pote. *Sayonara*, et ne t'avise plus de me contacter.

— Attends ! s'écria Neru comme il s'éloignait. Seth !

Il ne se retourna pas. Pendant ce temps, Betti n'avait pas

bougé. Il posa un regard implorant sur elle.

— Betti…

Elle secoua la tête, imprimant des mouvements fantasques à ses cheveux. À son expression, on aurait dit qu'elle venait d'avaler un citron.

— Si tu crois qu'on traînait avec toi pour le plaisir de ta compagnie, il va falloir arrêter de rêver, Neru. Je me serais bien vue petite amie d'un panthéonien, mais tu es vraiment trop gonflant. D'abord tu m'ignores pour ce travelo, ensuite tu empruntes un avatar de fille ? Je préfère me trouver un mec avec des fantasmes plus sains, merci bien.

Elle prit la même direction que Banon et Seth et disparut bientôt. Neru était trop secoué pour la retenir. Il se sentait mal, un brin nauséeux. C'était ses amis, ces parfaits étrangers ?

Il aurait voulu que tout cela ne soit qu'un immense cauchemar. Il allait se réveiller et tout serait comme avant. Ses amis l'inviteraient à jouer et ils plaisanteraient sur la qualité des graphismes de ce casse-tête horrible mis en ligne un mois plus tôt. Likaï ne lui aurait jamais volé son compte. Mieux, Likaï n'existerait même pas.

Il recula et faillit percuter quelqu'un arrêté juste derrière lui.

— Pardon, marmonna-t-il machinalement.

L'homme, blond, plutôt large d'épaules, vêtu d'une tenue d'inspiration militaire du siècle dernier modifiée pour laisser apparaître une jambe et un bras de métal richement travaillés, fixait sur lui des iris rouges.

— Neru, c'est ça ? dit-il de but en blanc.

Neru, qui s'apprêtait à s'éloigner, resta figé sur place.

— Q… quoi ?

Oh non… Il risquait de gros ennuis si quelqu'un dénonçait son « emprunt » de l'avatar de Fasia.

— Je t'ai entendu parler à tes amis, avoua l'étranger, confirmant ses pires craintes. Si on peut encore les appeler comme ça. Ne fais pas cette tête. J'essaie de t'aider, là. Tu as dit que tu avais été piraté ?

Il hocha la tête lentement, prudemment. Il ne faisait pas

confiance à cet inconnu. Un passage discret sur son profil révéla son nom : Ace.

— Et tu connais le nom de ton voleur ? Laisse-moi deviner. Tu lui as filé tes codes de ton plein gré, c'est ça ? Du coup, tu n'oses pas aller voir la police.

Neru fit un pas en arrière, déjà prêt à se déconnecter. Sentant sans doute sa panique, Ace le prit par le bras.

— Attends ! Je te dis que je peux t'aider.

Il l'examina avec méfiance, mais hésita.

— Comment ?

— J'ai pas mal d'expérience avec les pirates. Si c'est après tes points RÉEL qu'il en avait, il a probablement déjà siphonné tout ce qu'il pouvait, abandonné le compte et disparu dans la nature…

— Ça m'étonnerait, l'interrompit-il sans réfléchir.

Ace haussa un sourcil.

— Qu'est-ce que tu veux dire ?

Il se mordit l'intérieur de la joue, réticent. Finalement, il dit :

— Je connais Likaï depuis longtemps, même si on n'a commencé à parler que récemment. Elle n'est pas du genre à se cacher. Elle a toujours été très facile à trouver. À mon avis, c'est la première fois qu'elle fait ça… Et je ne crois pas que ce soit mes points qui l'intéressent. Elle est très douée à l'Université. Elle pourrait en avoir une tonne si elle ne passait pas son temps à acheter des modifications pour son avatar.

— Bizarre, concéda Ace. Mais qu'est-ce qu'elle voulait, dans ce cas ? Tu le sais ?

— À part me brouiller avec mes amis ? ironisa Neru d'un ton grinçant.

— Elle est du genre à faire ça ?

Il lui adressa un regard incrédule.

— Tu veux dire, risquer une condamnation pour vol de compte, un délit super grave, juste pour que je me dispute avec des amis ? Qui serait assez stupide pour faire ça ?

Ace eut l'air blasé.

— Tu serais surpris. On rencontre vraiment de tout, en ligne.

Si ce n'est pas ça, alors quoi ?

— Hum…

Il réalisa qu'il ne s'était même pas posé la question. Que lui importait de savoir pourquoi elle avait trahi sa confiance ? La blessure était toujours là, la douleur indéniable. Mais malgré lui, cette partie de son être qui refusait de croire en la duplicité de Likaï finit par céder à la curiosité. Après tout, oui. Pourquoi diable avait-elle fait ça ? Que Neru possédait-il sur ce compte qu'elle puisse désirer au point de le voler ? Quelque chose auquel elle n'avait pas accès par elle-même…

La surprise explosa sur ses traits.

— Quoi ? s'enquit Ace. Tu as trouvé ?

— Le tournoi, murmura Neru sans lui prêter la moindre attention. Je trouvais ça étrange qu'elle soit si intéressée par ce fichu tournoi… Et comme par hasard, le jour des éliminatoires… !

Ace le prit brusquement par les épaules, le ramenant à l'instant présent. Ses yeux rouges brûlaient d'une lueur indéchiffrable.

— Le tournoi ? Tu parles du Tournoi du Futur, le jeu anniversaire de Prodig qui commence demain ?

— Elle est complètement stupide si elle s'imagine pouvoir le gagner, s'indigna-t-il. Elle croit que parce qu'elle a un peu, un chouïa, un rien du tout d'entraînement et mon avatar suréquipé, elle va faire le poids ? J'étais déjà bien content d'avoir franchi les éliminatoires !

— C'est pas vraiment la question, dit Ace, une nuance d'urgence étonnante commençant à filtrer dans sa voix. Je vais avoir besoin de ton numéro de compte, et vite. Si vraiment elle…

Neru n'entendit pas la suite. Il ressentit un violent sentiment de vertige et le monde devint noir et silencieux autour de lui. La nausée le saisit. Il fut frappé par une terrifiante impression de déjà-vu.

Très vite, ses sens lui revinrent.

Une lumière pâle lui poignarda les yeux et forma l'image trouble d'un visage. Fasia était penchée sur lui, et elle avait l'air furieuse. Un grondement vague parvint à ses oreilles.

— Je peux savoir ce que tu fais ?

CHAPITRE 8

Neru semblait sur le point de vomir tout le contenu de son estomac. En temps normal, Fasia s'en serait voulu de l'avoir rendu malade, mais il l'avait bien mérité.

Elle le saisit par le col et le força à se lever. Son teint tira encore un peu plus sur le vert pâle, mais il parvint à retenir sa nausée. Il marmonnait des « attends » et des bouts de phrases incohérents. Fasia ne l'écouta même pas.

— Dehors, gronda-t-elle en le poussant dans l'escalier.

Lorsqu'elle était revenue au premier étage plus tôt que prévu, Fasia avait été étonnée de trouver Neru sur leur fauteuil, rarement utilisé. Puis elle avait réalisé avec une certaine amertume qu'elle aurait dû s'y attendre, puisqu'il avait lui-même confessé son penchant pour le monde virtuel. Elle ignorait pourquoi il avait décidé de descendre parmi eux simples mortels, mais ce devait être important. Un accro ne se déconnectait pas pour des broutilles, après tout. Elle s'était approchée pour lui annoncer son retour. Elle avait aperçu un morceau de papier familier dans sa main. Il lui avait fallu de longues secondes de surprise glacée avant que la colère ne prenne le pas et ne lui fasse débrancher sauvagement l'alimentation.

On ne pouvait vraiment pas faire confiance aux gens comme lui.

Heureusement, Den n'avait pas encore quitté la cuisine où il fignolait quelques détails sur les documents que lui avaient laissés leurs visiteurs. Fasia tira Neru au pas de course à travers l'atelier. Elle ne voulait pas que son grand-père voie ça. Ils avaient tous deux assez souffert de la réalité virtuelle.

— Attends, balbutia Neru. Je peux t'expliquer !...

Fasia ouvrit brutalement la porte d'entrée. Elle l'examina du regard. Il parut soulagé, comme s'il la pensait prête à l'écouter, mais elle se contenta de lui arracher le papier que ses doigts crispés tenaient toujours.

— Je ne veux pas le savoir, siffla-t-elle. Vous êtes vraiment tous pareils, vous, les accros : égoïstes et égocentriques ! Ne t'avise pas de remettre les pieds ici !

Elle lui claqua la porte au nez et la verrouilla. Ses mains tremblaient sous la force de sa frustration.

— Fasia ? entendit-elle depuis la cuisine. C'est toi, ma fille ?

Elle prit une profonde inspiration pour se calmer. Quand elle fut certaine que sa voix ne trahirait rien d'autre que sa bonne humeur habituelle, elle lança en retour :

— Oui, je raccompagnais juste Neru ! Je reviens dans cinq minutes, je dois ranger là-haut.

Den poussa un grognement d'assentiment. Vite, avant qu'il ne puisse regagner l'atelier et la voir plantée là, le trouble inscrit en toutes lettres sur son visage, elle se hâta vers l'espace à vivre.

Une odeur de chili con carne flottait dans l'air. La vaisselle et l'atlas traînaient sur la table basse. Fasia les ignora et s'approcha du fauteuil. Elle n'avait aucune envie de se connecter. En règle générale, elle détestait cela. Mais Neru avait utilisé *son* compte, et il fallait qu'elle évalue les dégâts. Elle rebrancha la machine et s'y installa. À première vue, les informations sur son profil n'avaient subi aucune modification. La mort dans l'âme, elle se résigna à lancer RÉEL.

Elle ne reconnut pas du tout la zone dans laquelle son avatar apparut, avec son plafond de Voie lactée et ses gradins concentriques. En tout cas, ce n'était plus le Marché. Elle s'imaginait déjà le pire, mais lorsqu'elle interrogea le système, il lui apprit qu'elle se trouvait tout simplement dans une section de jeux. Elle fronça le nez. Quel gamin...

— Te voilà de retour ?

Fasia fit volte-face. Un grand type blond à l'allure peu rassurante la fixait avec circonspection. De toute évidence, c'était bien à elle qu'il parlait. Elle recula d'un pas. Le soin manifeste qu'il avait mis à personnaliser son avatar ne lui inspirait que méfiance. Celui-là passait beaucoup de temps en ligne.

— Pardon… ?

Le type ferma ses yeux rouges et soupira d'agacement.

— C'est bien ce que je craignais. Il t'avait piqué ton compte, hein ?

Elle croisa les bras, sur la défensive.

— Qui êtes-vous ? Qu'est-ce que vous voulez ? Si vous êtes un ami de ce petit imbécile de Neru…

— Pas vraiment, l'interrompit-il. Mais je n'ai pas le temps de t'expliquer. Je me doute que tu n'en as aucune envie, mais tu vas devoir m'aider…

Au moins, les informations de Fasia lui avaient permis de trouver la gare. C'était ce que Neru s'efforçait de se dire tandis que, tassé sur l'un des bancs du modeste hall d'accueil en compagnie d'une dizaine d'autres voyageurs et d'autant de pigeons roucoulants, il attendait ce qu'il espérait être le bon train. Cela ne l'empêchait pas de ruminer sur sa situation peu reluisante.

Si jamais Fasia portait plainte contre lui, il était fichu. Certes, elle ne connaissait pas son numéro de compte. Mais lorsque Neru dénoncerait Likaï, quelle était la probabilité qu'un policier, enquêtant à la demande d'un garçon accusé d'avoir voulu pirater un compte qu'il prétendait être le sien, ne tombe pas sur un second cas de vol commis dans la même zone le lendemain ?

Bon sang, qu'il avait été stupide. Il n'aurait jamais dû faire quelque chose d'aussi illégal qu'utiliser l'avatar de Fasia sans son accord.

Des éclats de voix le tirèrent de sa spirale de remords. Un groupe de jeunes gens venait de franchir les portes du hall. Leurs conversations et leurs rires apportèrent de la vie à la gare jusque-là somnolente.

Saisi de stupeur, il les observa tandis qu'ils s'attroupaient autour d'un banc près duquel ils laissèrent tomber leurs sacs de voyage. Que faisaient ces filles et ces garçons de son âge tous ensemble ? Profitant du chaos, l'un d'eux se glissa derrière un second et lui subtilisa une boîte de friandises dans laquelle il piochait machinalement. La course-poursuite qui s'ensuivit déclencha une nouvelle avalanche de rires.

Neru replia ses jambes juste à temps pour que les deux coureurs ne lui pas trébuchent dessus.

— Oups ! Pardon mec, lui dit l'un d'eux.

Il lui sourit largement, comme pour l'inviter à partager la plaisanterie. Neru piqua du nez sur ses chaussures et ne répondit pas.

Ils étaient amis, réalisa-t-il, et une pierre lui tomba au fond de l'estomac. Tous ces gens étaient amis et s'apprêtaient à partir en excursion ensemble, dans le monde physique. Il essaya de s'imaginer à leur place avec Seth, Betti et Banon. Il n'y parvint pas.

Jamais il n'avait ressenti l'envie de rencontrer ses trois compagnons en dehors de RÉEL. À quoi bon ? Un avatar était bien suffisant pour passer du bon temps avec quelqu'un. Tous trois partageaient son avis sur la question. Ce ne pouvait pas être la raison de leur revirement soudain.

Il enfouit son visage dans ses mains et fit de son mieux pour ignorer le bruit, mais trop tard. À présent qu'il avait commencé, il lui était impossible de cesser d'y penser.

Qu'est-ce qu'il avait fait de mal ? Était-ce un crime de ne pas vouloir passer tout son temps avec eux ? Ou bien ne l'avaient-ils fréquenté que pour gagner en réputation ? Il ne savait plus que croire. Qui était en faute ? Eux ? Lui ?

D'accord, il n'avait jamais été très proche d'eux… Il savait qu'il se montrait distant. Il avait toujours peiné à s'ouvrir aux autres.

Il ne brillait pas en société, trop peu bavard et maladroit dans ses conversations. Mais il connaissait ces trois-là depuis des années. Ils avaient passé des centaines d'heures ensemble, en jeu ou ailleurs. Il avait cru qu'ils s'entendaient bien, qu'ils partageaient des moments amusants et se respectaient à travers leurs points communs.

De toute évidence, il ne les connaissait pas aussi bien qu'il le pensait. Jamais il ne les avait vus se montrer aussi cruels, aussi insultants, aussi… aussi…

Non, se dit-il avec un regain de colère. Quoi qu'il ait à se reprocher, cela ne justifiait pas leur comportement. Les mots de Betti le hantaient. Si passer du temps avec lui représentait une telle corvée, il ne s'imposerait pas à eux plus longtemps. Il se débrouillerait sans eux.

Un sac atterrit à ses pieds. Par réflexe, il en chercha l'origine. La vision de Fasia, debout bras croisés devant lui et armée d'un féroce froncement de sourcils, acheva de le convaincre qu'il traversait la pire journée de sa vie.

Il bondit sur ses jambes et fila de l'autre côté du banc, prêt à détaler. Il ne vit aucun policier derrière elle. Étaient-ils en embuscade ?

— Qu'est-ce que tu veux ? demanda-t-il d'une voix blanche.

Elle désigna le sac d'un mouvement de menton sec.

— Tes provisions. Je ne vole pas la nourriture de la bouche des autres.

Il tressaillit devant son utilisation délibérée de ce verbe. Son regard revint au paquet. Il ne pouvait pas nier que l'idée de ne pas jeûner durant son voyage avait un certain charme. Pour autant, il n'osa pas s'approcher d'elle pour récupérer son bien. Elle n'avait sûrement pas fait tout ce chemin pour le lui rendre.

— Qu'est-ce que tu faisais avec mon avatar ?

Il détourna les yeux sans répondre. Fasia n'apprécia pas du tout qu'il l'ignore. Vive comme l'anguille, elle l'empoigna par l'oreille.

— Dis donc ! s'exclama-t-elle, sourde à ses protestations. J'ai quand même le droit de savoir ce que tu as bidouillé sur mon compte ! Je te préviens, si tu as fait quelque chose de stupide comme un strip-tease dans un lieu public…

— Mais non, s'écria-t-il en se dégageant. Je voulais juste parler à des amis. C'est tout !

Tout le monde dans la gare les fixait. Le groupe de jeunes s'était tu. Même le robot de maintenance qui bourdonnait dans un coin s'était interrompu. Neru se sentit rougir comme une tomate et maudit pour la énième fois sa peau pâle.

Fasia ne sembla pas s'apercevoir qu'ils avaient un public. Elle fit la moue, peu convaincue.

— Comme ce type de Prodig ? Tu m'expliques pourquoi tu ne pouvais pas tout simplement utiliser ton compte ?

— Prodig ? Comment ça, Prodig ?

— Oui, le blond, là. Avec les yeux rouges. Réponds à ma question.

Neru perdit toutes les couleurs que sa gêne lui avait values.

— Il était de Prodig ? s'étrangla-t-il.

Fasia parut décider qu'elle ne tirerait rien de lui dans l'immédiat. Avec un soupir impatient, elle le prit par la manche d'une main, récupéra le sac de l'autre et l'entraîna dehors. Il trébucha sur les marches du parvis de la gare. Il coula des regards affolés aux alentours, mais aucun officier ne surgit de derrière la petite poubelle bleue, ni ne bondit des jardinières de fleurs au bas de l'escalier. Rasséréné, il se campa sur ses jambes et refusa d'aller plus loin.

— Qu'est-ce que tu fais ? J'ai un train à prendre !

— Ton « ami » insiste pour te parler. Il m'a bassiné avec une histoire de sécurité du réseau et nous somme de coopérer tous les deux. Il m'a même envoyé un e-mail officiel et tout, dit-elle en grimaçant.

Cela ne le rassura pas du tout. Un agent de Prodig l'avait surpris en train d'utiliser illégalement l'avatar de quelqu'un d'autre. Curieusement, il n'avait aucune envie de retourner discuter avec lui. Il jeta un coup d'œil éperdu aux portes vitrées de la gare, aux sièges confortables à l'intérieur, aux robots d'accueil en veille, au panneau d'affichage au-dessus du passage qui conduisait aux quais. Il devait être facile de lire ses intentions sur son visage, car Fasia raffermit sa prise sur son bras.

— Et moi, je veux des réponses, ajouta-t-elle, péremptoire.

S'il fuyait, cela ne ferait qu'aggraver sa situation, n'est-ce pas ? Il s'était déjà mis dans de beaux draps. Pouvait-il vraiment prendre le risque d'en rajouter dans le vain espoir qu'on ne l'identifierait pas ? Il baissa les épaules, vaincu, et la laissa le tirer jusqu'à un taxi automatique qui les attendait à quelques pas de là. Ils montèrent dans le véhicule et Fasia sélectionna « trajet retour » sur le tableau de bord. Les portes se fermèrent et ils s'éloignèrent du trottoir.

Fasia se rencogna dans son siège, satisfaite.

— Alors ? insista-t-elle. Pourquoi est-ce que tu as pris mon compte ? Réfléchis bien à ce que tu vas dire. Je n'ai toujours pas décidé si j'allais porter plainte.

Il marmonna quelque chose d'inaudible. Elle se pencha plus près et plaça une main en cornet autour de son oreille.

— Quoi ?

— On m'a volé le mien ! lui hurla-t-il presque dans le tympan.

Après tout, perdu pour perdu…

Elle cilla, perplexe.

— On t'a volé ton… Mais, tu as été voir la police ?

— C'est plus compliqué que ça, soupira-t-il.

Contre toute attente, il se mit à lui raconter toute l'histoire. Il n'était pas aussi ouvert avec les autres, d'ordinaire, mais il y avait quelque chose dans la manière dont elle posa sur lui ses yeux bleus, dans l'attention étonnante qu'elle porta à chacun de ses mots, qui le poussa à se justifier devant elle. Elle sentait bon. Assis si près d'elle, il percevait son parfum et peut-être même un peu de sa chaleur. Il bredouilla sur la fin et se tut, le cœur battant. Alors seulement, il réalisa à quel point partager toute cette folie qui lui était arrivée depuis la veille l'avait soulagé.

La voiture serpentait à flanc de colline. À l'horizon, derrière les frontières de la ville, Neru pouvait voir les zones agricoles. Les champs de céréales dansaient dans la brise. Le dôme lisse des serres reflétait le soleil.

— Hum… dit enfin Fasia. D'accord, t'as pas eu de chance… Mais ça ne justifie pas ce que tu as fait.

Neru marmonna une excuse.

— Mais aussi, ne put-il s'empêcher d'ajouter, ça n'arriverait pas si tu n'étais pas aussi naïve avec tes identifiants.

Elle parut mal le prendre. Il détourna les yeux, embarrassé, mais n'en démordit pas.

Le taxi quitta la route et bifurqua dans un sentier de gravier encadré d'arbres. Il pénétra dans une clairière. La maison de Fasia et Den était, comme la plupart des logements individuels de construction récente, lovée au cœur d'un bosquet qui la séparait des voisins et garantissait l'intimité des habitants. Ses murs en bois se fondaient remarquablement bien dans l'environnement. Quelques feuilles mortes flottaient à la surface de la piscine qu'on devinait derrière le bâtiment.

Le véhicule vint s'immobiliser devant la porte d'entrée. Fasia émit un grognement et sortit.

— Dépêche-toi, qu'on en finisse avec ce type bizarre.

Dès que Neru s'extirpa de l'habitacle, en l'absence d'instructions supplémentaires, le taxi fit demi-tour et s'éloigna.

— Qu'est-ce qu'il avait de bizarre ?

— Je ne sais pas, sa tête ne me revient pas.

Sa tête ? Il doutait qu'elle ait vu autre chose que son avatar. Plutôt que de le faire remarquer, il adopta un silence prudent, décidant qu'il l'avait assez agacée pour l'instant.

Le vieil homme leva les yeux quand ils entrèrent. Il ne sembla pas très heureux de revoir Neru.

— Déjà de retour ? ironisa-t-il, et Neru se mordit la langue pour ne rien répliquer.

— Désolée, Den, dit Fasia. J'ai encore un truc à régler avec lui. Je t'aide juste après, promis.

Il haussa les épaules et reprit sa tâche. Le vrombissement de la perceuse emplit l'atelier.

Neru s'accrocha à son sac de provisions et suivit nerveusement Fasia dans les escaliers. Elle s'approcha de la télévision et l'alluma. De quelques gestes de la main devant la caméra, elle accéda au mode visiophone. Quand elle lui fit signe de s'asseoir, il posa une fesse sur le canapé. Il craignait le pire de la conversation qui s'annonçait.

La ligne s'établit. Ce fut l'avatar aux yeux rouges d'Ace qui apparut à l'écran.

— Vous auriez au moins pu vous déconnecter de RÉEL pour décrocher, râla Fasia. C'est la moindre des politesses, quand même.

Neru ne voyait pas trop où elle voulait en venir. Ace devait être du même avis, car il ignora ses reproches.

— Ah, tu l'as trouvé. Parfait. Elle t'a expliqué qui je suis, Neru ?

Il hocha la tête sans un mot.

— Écoute, j'ai besoin de ton numéro de compte, et fissa. Depuis le temps qu'on bosse sur ce tournoi, il est hors de question qu'il soit gâché par une stupide pirate kamikaze.

Le visage de Neru s'éclaira. Il n'était pas là au sujet du compte de Fasia ?

— Ce n'est pas… ? Oh, oui, s'interrompit-il, juste avant de lui rappeler bêtement son infraction.

Il lui dicta docilement le numéro. Ace lui adressa un coup d'œil acéré.

— Je n'ai pas oublié ton lot de responsabilités dans l'histoire, si c'est ce que tu t'imagines, dit-il, brisant ses espoirs. Je ne suis pas policier, il revient à ton amie de porter plainte. Mais je veux bien ignorer que tu aies divulgué tes propres identifiants à la pirate, si tu te rachètes en me donnant un coup de main.

— C'est réglementaire, ça ? s'enquit Fasia, dubitative. Vous ne pouvez pas régler ça en interne ?

Ace n'eut pas l'air enchanté d'être interrogé. Neru lui aurait volontiers filé un coup de pied pour la faire taire. Elle risquait de lui coûter sa chance !

— Prodig mise énormément sur ce tournoi. On veut qu'il soit propre, nickel chrome. Si vous voulez mon avis, certains dans l'organisation seraient prêts à aller un peu trop loin pour s'en assurer. Je préfère m'occuper de ça tout seul.

— Vous ne pouvez pas juste la virer du tournoi ?

— Ha ! Surtout pas. Déjà, je n'ai pas les accès pour faire une chose pareille ; je suis programmeur, pas administrateur. Ensuite, Neru a déjà passé les éliminatoires. Ça ferait beaucoup de bruit sur la toile. On n'a vraiment pas besoin de ce genre de publicité. La hiérarchie me tomberait sur le crâne, je serais mis dehors avant d'avoir pu dire ouf.

— Et… simplement me rendre le compte ? Ce serait envisageable ? osa suggérer Neru d'une petite voix.

La mine un brin condescendante d'Ace sonna le glas de cette fantaisie peu réaliste.

— La meilleure solution, dit Ace, c'est encore de l'expulser du tournoi le plus tôt et de la manière la plus naturelle possible.

Donc, de la forcer à perdre. Mais si Likaï perdait… Ce serait sur l'historique de Neru que cela rejaillirait. De quoi aurait-il l'air s'il se plantait dans les grandes largeurs dès son premier tournoi de panthéonien ? Il serait la risée de tous ! Il entendait déjà Seth, Betti et Banon rire de lui, sans même parler de Tane.

— Ça m'étonnerait qu'elle aille très loin, de toute façon, dit-il, nerveux. Likaï n'est pas une joueuse. Elle n'y connaît rien. On n'a pas besoin d'intervenir, elle perdra bien assez vite…

Ace resta sourd à ses arguments.

— Je ne veux prendre aucun risque, insista-t-il à son grand désarroi. Je crois que je sais comment la handicaper sans que personne ne s'aperçoive de rien. Tu m'aides, ou pas ?

Comme s'il avait vraiment le choix. Il hocha la tête à contrecœur.

— Mais je ne peux pas retourner chez moi. Likaï peut m'expulser à n'importe quel moment. Je peux trouver un hôtel et utiliser un visiophone au centre public…

Ace fronça les sourcils.

— Non. J'ai besoin de toi sur RÉEL, annonça-t-il, ce qui combla Neru de joie. Tu peux le laisser accéder à ton fauteuil ? demanda-t-il à Fasia.

Elle le gratifia d'un regard incrédule.

— T'as pas l'impression d'abuser un peu ? s'indigna-t-elle, et pour le coup, elle se mit à le tutoyer. La dernière fois qu'il l'a pris, il a quand même emprunté mon compte avec !

Neru grimaça, mais Ace ne parut pas perturbé.

— Tu as changé ton mot de passe, non ?

Elle se dandina.

— Euh…

Neru et Ace furent tout aussi stupéfaits l'un que l'autre.

— Non ? Mais qu'est-ce que tu as dans la cervelle ? s'étonna Ace.

— C'est ta faute, tu m'as distrait et j'ai oublié ! répliqua-t-elle, mais elle rougit si fort que Neru était certain qu'elle n'y aurait pas pensé même en d'autres circonstances.

Une extra-terrestre.

Sous le poids de leur incrédulité combinée, elle explosa :

— Bon ! D'accord, il n'a qu'à carrément prendre la chambre d'amis si ça lui chante. Mais c'est bien parce que votre histoire me rend curieuse.

Elle croisa les bras et se drapa dans sa dignité offensée. Ace secoua la tête, perplexe.

— Neru, je te recontacte demain matin. Sois prêt.

CHAPITRE 9

Le monde se teinta soudain de rouge. Une lumière éclatante poignardait ses yeux à travers ses paupières. Arraché à un sommeil lourd, Neru grogna et se retourna maladroitement. Il se roula en boule et chercha la torpeur bénie qui l'enveloppait un instant auparavant.

On l'attrapa par l'épaule et le secoua.

— Allez, debout, gros paresseux ! Il est presque dix heures !

Incapable de se rendormir avec tout ce remue-ménage, Neru ouvrit un œil somnolent. Fasia était penchée sur son lit d'emprunt, par bonheur stratégiquement placée entre lui et la lumière matinale qui se glissait à flots par la fenêtre.

— Seulement dix heures ? balbutia-t-il, incrédule.

— Comment ça, « seulement dix heures » ? se récria-t-elle. Je te signale que ton fameux tournoi commence dans une demi-heure ! Tu as à peine le temps de te préparer et de petit-déjeuner.

Petit quoi ? Elle s'attendait à ce qu'il mange quelque chose au saut du lit ? Le simple fait d'y penser lui donna la nausée. Et qui avait besoin d'une demi-heure pour se préparer ?

Mais Fasia le tira debout. Une fois Neru privé de son ombre providentielle, à son grand dam, le beau soleil de début de journée acheva de le réveiller. Fasia le poussa vers la salle de bain et il se laissa faire, trop engourdi de fatigue pour protester.

Il avait lutté un temps fou pour trouver le sommeil, déstabilisé par la chambre et le lit étranger. La pièce était trop petite ; la fenêtre, ovale et trop proche de lui ; il ne cessait d'oublier la présence de la table de chevet en bois massif et sursautait à chaque fois qu'il l'apercevait ; le matelas ferme n'épousait pas la forme de son corps comme il l'aurait dû, et il avait l'impression que les tableaux de paysages accrochés aux murs le regardaient, leurs détails avalés par la nuit et remplacés par des yeux invisibles. Il se souvenait avoir eu tout autant de mal à s'habituer à son appartement lorsqu'il y avait emménagé. Dans le monde physique, Neru était une créature casanière. Sa tanière lui manquait.

Quand il eut terminé une toilette sommaire, il regagna le palier du second étage. Rond comme une bulle, il donnait directement sur trois portes : la salle d'eau, la chambre d'amis et celle de Fasia. Den devait dormir au rez-de-chaussée : il l'avait vu disparaître derrière l'atelier après le dîner de la veille. Il s'avança dans le halo du puits de lumière au plafond. Un arôme de café et de pain chaud émanait des escaliers.

Il suivit son nez jusqu'à l'espace à vivre où il trouva Fasia lovée sur le canapé. La télévision était allumée et diffusait des clips musicaux. Fasia portait des vêtements un peu trop grands pour elle. Le col de son t-shirt maculé de peinture avait glissé, dévoilant une épaule bronzée. Neru se sentit rougir et détourna les yeux.

— Te voilà. Mange quelque chose, tu n'as que la peau sur les os. Le monde virtuel ne peut pas tout faire à ta place, tu sais.

— Pas faim, bougonna-t-il.

Il s'empara de la tasse de café chaud qui l'attendait sur la table basse, mais ignora l'assiette de tartines beurrées. Fasia fit la moue, vexée. Elle s'appropria l'une des biscottes et lui donna un coup de dent vengeur. Il s'assit près d'elle. Elle ne sentait plus le parfum, mais la sciure de bois. Il osa à peine imaginer depuis combien de temps elle était debout.

Alors qu'un silence menaçait de s'installer entre eux, la sonnerie d'un visiophone au rez-de-chaussée fit sursauter Neru. L'icône d'un appel en attente s'afficha aussi sur l'écran de télévision. Fasia leva la main pour attirer l'attention du système de reconnaissance de mouvement. La télé interpréta sa paume comme un curseur. Elle déplaça celui-ci jusqu'à l'icône clignotante, puis replia les doigts pour cliquer. L'avatar d'Ace remplaça un clip dans lequel des cônes de crème glacée géants chantaient un air à la mode.

— Alors, c'est quoi le plan ? demanda Fasia de but en blanc.

Neru la trouva un peu sèche. Ace eut un regard envieux pour les tartines.

— Super, maintenant je meurs de faim, se lamenta-t-il.

Sa voix était lasse. Neru se demanda s'il avait aussi peu dormi que lui. Fasia roula des yeux en finissant son encas.

— C'est ça de ne pas prendre de petit déjeuner. C'est si dur de se déconnecter pour manger un morceau ?

— Je n'ai pas le temps, figure-toi, gronda Ace en se frottant les paupières. Bon, Neru, mémorise ça.

Un champ de texte apparut sous la vidéo. Deux séries de lettres et de chiffres s'y inscrivirent. Neru obéit, ignorant Fasia qui protestait que personne ne pouvait se souvenir d'un charabia pareil. Il plissa les yeux.

— Le truc du haut n'a pas le format d'un numéro de compte.

Ace sembla agréablement surpris.

— Bien vu. C'est l'un des logins réservés à la gestion de RÉEL. Ceci dit, ne va pas t'imaginer que tu auras accès à des fonctions spéciales. Un compte normal n'aurait pas accepté cet avatar, c'est tout.

— Comment ça ? demanda avidement Neru.

— Tu connais le principe des « compagnons » ?

— Ce sont des Intelligences Artificielles basiques qu'on donne aux participants de certains jeux, répondit-il aussitôt. Leur rôle est de nous fournir des astuces, d'enregistrer notre progrès, parfois même de nous mettre des bâtons dans les roues. J'en ai déjà utilisé à plusieurs occasions.

— Parfait, ça te servira. Pour ce tournoi, chaque joueur obtient un compagnon dès le départ. Ils sont surtout là pour ajouter un peu de vie aux épreuves, il paraît que c'est bon pour l'audimat. J'ai passé tout mon temps depuis hier à bidouiller leur code. Avec ça, tu vas pouvoir guider notre pirate dans tous les pièges sans qu'elle ne se doute de rien.

Il fallut un petit moment de réflexion à Neru pour comprendre où il voulait en venir.

— Attends, s'exclama-t-il, dérouté, tu veux dire que je vais me connecter en tant que compagnon ?

— Qu'est-ce que tu t'imaginais, que j'allais magiquement te sortir un avatar classique de mon chapeau ?

Bon, certes non, mais…

— Ils ont apparence humaine, au moins ?

— Absolument pas, asséna Ace. Leur but est d'ajouter de l'attrait visuel, pas d'embrouiller les spectateurs. Les humains sont les joueurs ; le reste, le jeu.

— Mais comment est-ce que je vais commander un avatar non humain ? se plaignit-il.

— Ça se fait très bien. Tu me prends pour qui ? J'ai fait des tests. Maintenant, si tu as fini de m'interrompre ? Oui ? On a encore un dernier problème. Chaque joueur doit choisir son compagnon. Évidemment, je ne peux pas tous les modifier, il faut que les autres fonctionnent comme convenu. Ça veut dire que je vais être obligé d'attendre que cette Likaï se décide avant de coller ma nouvelle interface dans le moule esthétique de son choix. Niveau timing, c'est pas génial, surtout que j'ai du travail pendant le tournoi…

— Je peux voir ? l'interrompit Neru.

— Voir quoi ?

— Les « moules esthétiques ». La tête de ces fameux compagnons.

Ace eut l'air dubitatif.

— Tu ne crois pas qu'il a le droit de savoir quel genre d'avatar il va se coltiner ? intervint Fasia.

Ace hésita un moment, mais finalement, il céda. Son image disparut. À la place, une multitude de modèles vint s'aligner sur un fond noir.

— Dépêche-toi, on n'a plus beaucoup de temps, dit la voix désincarnée d'Ace.

Neru se leva et examina les créatures avec avidité. Il approcha la main de la télévision pour zoomer, puis fit des gestes du bras, de droite à gauche, pour les parcourir l'une après l'autre. Il y en avait de toutes sortes : des humanoïdes, comme une fée aux ailes translucides ou un petit androïde monté sur roues crantées ; d'autres inspirés d'animaux, dont une méduse colorée qui flottait à hauteur d'épaule et un drôle de rhinocéros pourpre pas plus grand que le genou ; ainsi que des êtres plus hétéroclites : un mini dragon violet, une espèce de… flaque de vomi radioactif ? Neru espéra qu'Ace ne s'était pas chargé du graphisme des IA…

Il s'arrêta sur un compagnon.

— Celui-là.

C'était un félin de la taille d'un chat ordinaire, avec de larges oreilles triangulaires et une silhouette très longiligne qui rappelaient la race des sphynx. Il aurait pu paraître tout à fait banal si son corps n'avait été entièrement constitué de lumière dorée. Seuls ses yeux, d'un beau bleu, ressortaient parmi tout ce jaune.

— Oh, joli ! fit Fasia, conquise.

— Eh bien, quoi ? demanda Ace.

— C'est celui-là que Likaï va choisir, j'en suis sûr.

Ace reprit sa place à l'écran, sourcils froncés.

— À cent pour cent ? Pas de doute possible ? Si tu te plantes…

— J'en suis sûr, répéta-t-il avec plus de conviction qu'il n'en ressentait.

Il aimait croire qu'il connaissait très bien les goûts de Likaï, depuis le temps qu'il l'observait… Mais il avait aussi cru qu'il pouvait lui faire confiance, et cela ne l'avait pas mené très loin.

— Bon, parfait ! Il me reste cinq minutes pour m'en occuper, marmonna Ace, du ton de celui qui réfléchissait tout haut. Va t'installer.

Il n'eut pas besoin de le lui dire deux fois. Neru déposa sa tasse et fila au fauteuil, vibrant presque de fébrilité. Tout ce temps passé sans se connecter lui pesait.

— Qu'est-ce que je fais ?

— Tu te connectes et tu attends.

— Mais après ? Je ne sais même pas à quoi le jeu va ressembler, comment est-ce que je suis censé la guider ?

— Le but, c'est que tu ne la guides pas, justement ! Et fais attention à ne pas éveiller les soupçons, le tournoi est filmé.

Il coupa l'appel sans un mot de plus. Fasia eut l'air aussi offusquée que Neru.

— Il en a du toupet, celui-là. Tu parles d'instructions ! J'espère qu'il ne va pas t'attirer des ennuis, Neru.

De toute façon, il y était déjà jusqu'au cou, dans les ennuis. Avec un haussement d'épaules fataliste, il s'allongea.

— Pour l'instant, je n'ai pas vraiment le choix…

Il appuya sur le bouton de démarrage. Juste avant que la visière ne se déploie devant ses yeux, il vit Fasia zapper sur la chaîne de télévision qui diffuserait le tournoi. Il entra les identifiants qu'Ace lui avait donnés. Les capteurs se refermèrent sur son cou et il fut propulsé dans RÉEL.

D'abord, il n'y eut rien. Tout autour de lui était sombre, immobile et silencieux, d'un silence qui lui perçait les tympans. C'était le vide d'une instance virtuelle nue. Quelques instants de cette non-existence suffirent à le mettre très mal à l'aise.

Heureusement, dans un flash de lumière aveuglante, il fut connecté à une zone construite.

Désorienté, Neru secoua la tête. Il s'efforça de s'habituer aux flux sensoriels étrangers que lui envoyaient les capteurs. Il commença par s'examiner : quatre pattes motrices et une queue, un corps doré… Tout semblait en ordre. Bon sang, il avait une queue ! Il la fit bouger, fasciné. Le fait que son cerveau accepte sans broncher qu'il dirigeait à présent un membre supplémentaire en disait long sur la qualité du système virtuel. Enfin, ça ne valait pas le centaure de Likaï. Il se rembrunit.

Une salve d'applaudissements retentit. Il se souvint qu'il ne devait pas attirer l'attention et s'immobilisa.

La zone d'accueil du Tournoi du Futur était un vaste hémicycle aux hauts gradins de pierre plongés dans l'ombre. On n'apercevait des spectateurs assis que des formes indistinctes. Neru savait que c'était volontaire : cette fois, il y avait trop de personnes observant le tournoi pour qu'il soit possible de représenter tous leurs avatars. Prodig « trichait » en faisant d'eux une foule sans noms et sans visages.

Leurs acclamations avaient éclaté lorsque Roman Saut d'Étoile était apparu dans une gerbe d'étincelles au centre du plateau. La flaque de lumière vive autour de lui se reflétait sur son haut de forme de soie et sur les minuscules diamants qui pailletaient son gilet sans manches et son pantalon moulant argentés. Il fit tournoyer sa canne, blanche pour l'occasion, d'une main habile, exposant le réseau de tatouages couleur de lune qui s'enroulaient le long de ses bras nus.

Neru se trouvait tout au fond de la scène. Roman lui tournait donc le dos, mais il devina le sourire de star inscrit sur ce visage lorsque l'animateur s'exclama :

— Merci ! Merci à vous tous de vous être connectés si nombreux pour assister à cet évènement très spécial. Pour ceux d'entre vous qui ne me connaissent pas, je suis Roman Saut d'Étoile, présentateur de longue date de tournois de jeux virtuels sur RÉEL. Un parmi tant d'autres, me direz-vous. Et vous aurez raison ! Mais Prodig m'a offert l'immense honneur d'animer aujourd'hui, pour vous, un jeu exceptionnel… Chers tous ! Ensemble, faisons de ce Tournoi du Futur un succès dont on parlera encore longtemps !

Des ovations s'élevèrent. Le volume de spectateurs était tel que les bandes-son de réactions préenregistrées que Neru avait l'habitude d'entendre dans les tournois publics, boudés par l'audience, se révélèrent ici complètement inutiles. Devant tant de monde, il se sentit soudain pris d'un trac affreux. Il lui semblait que quelqu'un allait forcément se rendre compte qu'il n'était qu'un faux compagnon et le dénoncer.

— Mais assez parlé de moi, ajouta Roman. Place aux véritables héros de cette extraordinaire aventure. Place à nos joueurs !

Un demi-cercle de petits projecteurs encastrés dans le sol s'alluma d'un coup, parsemant l'obscurité qui baignait encore le plateau de pinceaux de lumière verticaux. Dans chacun d'eux, un joueur. Le public s'enflamma. Le cœur de Neru fit un bond dans sa poitrine et il tendit le cou pour chercher Likaï. La mise en scène dramatique donnait à cet alignement d'avatars des visages sinistres.

Il la trouva un peu sur la gauche, entre deux concurrents plus grands qu'elle. Ou plutôt, « que lui ». Neru ressentit un choc violent. Bien qu'il ait su que Likaï avait besoin de son compte pour participer, il n'avait pas pleinement réalisé ce que cela signifiait.

C'était son avatar qui apparaissait dans cet éclairage lugubre. Son propre visage.

La flamme noire sur sa joue semblait lécher sa peau au rythme de sa respiration. Dans la pénombre, ses yeux se chargeaient d'une lueur dure que ceux de Neru n'avaient jamais eue. C'était ses traits banals, ses iris gris sans attrait… mais bien que Likaï n'en ait rien modifié, pour Neru, la différence était palpable, flagrante. Cette personne n'avait rien à voir avec celle qu'il contemplait chaque jour dans le miroir.

Pendant qu'il luttait contre un vertige, Roman se lança dans une description sommaire de chaque participant dont il n'entendit pas un traître mot. Tout juste vit-il Likaï incliner la tête lorsqu'on parla de lui. L'esquisse de sourire maladroit qui traversa ces lèvres pâles fut une imitation si parfaite de Neru qu'il se sentit encore plus mal.

Alors il avait eu raison. Likaï jouait la comédie comme personne. Durant tout le temps qu'ils avaient passé ensemble, elle l'avait simplement mené en bateau.

— À présent, les règles ! proclama Roman, et Neru fut bien obligé de lui prêter attention. Nous avons gardé le mystère jusqu'à aujourd'hui sur le déroulement exact du tournoi. Le voici : l'évènement comportera trois manches.

Trois manches ! L'appréhension l'envahit. Il ne pouvait pas rester collé durant trois manches aux basques de Likaï. Il ne le supporterait pas. Cela ne lui plaisait pas, mais il allait vraiment devoir s'assurer qu'elle… qu'*il* perde le plus tôt possible.

Un avatar masculin, se martela-t-il de mauvaise grâce. Likaï utilisait un avatar masculin, à présent. Il n'était pas convaincu que les règles normales s'appliquent ici, mais il ne pouvait pas franchement aller lui poser la question. Tant pis ; il n'avait pas le temps de s'embrouiller dans les pronoms.

— La première aura lieu dès la fin de cette séquence d'introduction. Les deux suivantes se dérouleront respectivement demain et après-demain, elles aussi à partir de dix heures trente — ne soyez pas en retard, chers spectateurs ! À l'issue de chaque manche, les joueurs recevront un score de zéro à cent. À moins, bien sûr, qu'ils ne soient éliminés au cours de l'épreuve ; auquel cas ils seront automatiquement expulsés du tournoi. La moyenne de ses trois scores déterminera le rang final de chaque survivant. Et au rang le plus élevé correspondra… notre grand gagnant !

Roman poursuivit en rappelant le prix en jeu. Aucun des participants n'avait besoin de l'entendre à nouveau. À la lueur de convoitise dans leurs yeux, on devinait qu'ils savaient pourquoi ils étaient là. Neru examinait distraitement les concurrents lorsque, à quelques places de Likaï, il buta sur un visage familier.

Sasha était l'un des meilleurs joueurs du panthéon : bien sûr qu'il prenait part à l'évènement. Il aurait dû s'en douter. Cela ne faisait que rendre la défaite de Likaï plus inéluctable encore.

Roman frappa le sol de sa canne. Un fauteuil écarlate dépourvu de pied se matérialisa aussitôt derrière lui et, lorsqu'il s'y fut assis, monta jusqu'à flotter à une hauteur de deux hommes.

— Un dernier détail avant de passer aux choses sérieuses, dit le présentateur, et Neru entendit un sourire rusé dans sa voix. Valeureux combattants, nous ne vous donnerons ni indices, ni instructions quant au contenu des manches. Mais ! Afin de vous seconder dans les épreuves que vous vous apprêtez à traverser, Prodig vous offre généreusement le petit présent que voici.

Une nouvelle série de spots s'alluma, si proche de Neru qu'il faillit sursauter. La lumière éclairait par en dessous la paroi arrière du plateau, un muret de pierre noire sur lequel patientait tout le catalogue des compagnons disponibles. Maintenant qu'il n'était plus plongé dans l'obscurité, Neru constata qu'il se trouvait au beau milieu de la rangée, flanqué par la fée et le mini rhinocéros. La première fit un clin d'œil mutin au public et le second émit un grognement menaçant. En les voyant bouger, il se détendit et s'autorisa à remuer la queue.

C'était toujours aussi bizarre.

La foule murmura et les joueurs s'agitèrent. Neru essaya de croiser le regard de Likaï, mais il n'eut aucune réaction visible. Savait-il seulement de quoi il retournait ?

— Preux chevaliers, gentes dames, veuillez vous avancer et choisir votre compagnon pour cette aventure !

Roman se rencogna dans son fauteuil. Le cœur de Neru bondit dans sa poitrine. Les joueurs s'ébranlèrent d'un même élan et se mêlèrent pour s'approcher de la créature de leur choix. Il perdit brièvement Likaï de vue. Pourvu qu'il ne se soit pas trompé…

— Et n'oubliez pas ! ajouta soudain Roman. Si votre compagnon venait à périr, vous seriez immédiatement déclaré perdant et éjecté du tournoi !

Les concurrents s'immobilisèrent, aussi stupéfaits que Neru. Roman eut un rire déconcertant d'assurance.

—Oups, aurais-je négligé de le préciser ?

Il y eut un mouvement de foule comme chacun changeait tout à coup d'avis. La joueuse qui s'était apprêtée à saisir la voisine de Neru se détourna et partit à la recherche d'une créature plus solide. La fée continua à sourire et à faire des gestes de la main aux avatars qui l'ignoraient. Il aurait presque eu pitié d'elle s'il n'avait été occupé à pester en son for intérieur contre Ace. Comment voulait-il qu'il parvienne à quoi que ce soit s'il ne lui donnait pas les bonnes cartes pour truquer cette partie ?

Il finit par apercevoir Likaï. Il était tout près et s'était de toute évidence dirigé droit vers Neru avant l'annonce de Roman. À présent il observait ses concurrents, les sourcils froncés. Oh, non ! Si jamais il se ravisait…

Likaï reporta son attention sur lui. À ses côtés, la fée

s'acharnait à saluer tout le monde et le rhinocéros baissait les cornes d'un air mauvais. Tous les compagnons affichaient leur personnalité. Neru regarda Likaï droit dans les yeux. Le cœur battant, il se dressa sur ses pattes arrière comme pour l'inviter à avancer.

Fut-il hypnotisé par la fixité de son regard bleu électrique ? Likaï s'approcha et tendit la main vers lui. Neru sauta sur son bras et alla se lover autour de son cou, soulagé et triomphant.

Un éclat de rire familier retentit alors. Il se hérissa, sa bonne humeur tranchée net à l'instant où il la retrouvait. Juste à côté d'eux, un grand type brun qui ne lui était pas inconnu s'empara du rhinocéros rouge et le posa à ses pieds. Tane adressa un sourire narquois à Likaï.

— Sympa, ton compagnon de gonzesse, Neru. T'es tombé bien bas. Si tu ne perds pas cette pauvre carpette dès la première manche, je me ferai un plaisir de t'en débarrasser moi-même…

Neru jura pour lui-même. Roman n'avait donné aucune règle interdisant qu'un participant tente de détruire le compagnon d'un autre. Tous les joueurs expérimentés savaient reconnaître ce genre d'omission… Tane y compris. Dire qu'il avait espéré en finir avec cet imbécile en entrant au panthéon…

Likaï ne répliqua pas. Ses yeux filèrent un court instant sur le côté, sans doute pour lire le profil de son adversaire.

— Surpris de me voir ? ajouta Tane devant son silence. Je t'avais prévenu que je ne te lâcherais pas. Crois-moi, tu vas me payer la victoire que tu m'as volée !

Le pachyderme miniature renforça cette menace peu originale d'un barrissement. Likaï eut un rictus de mépris.

— Compte là-dessus.

Neru savait ce que Likaï venait d'apprendre sur lui : le champ d'avertissement de différence d'âge de Tane était levé. Bien que RÉEL permît de donner à son avatar l'apparence, et donc l'âge, que l'on souhaitait, le profil de chaque utilisateur contenait un champ d'avertissement destiné à ceux qui le côtoyaient. Le signal s'affichait automatiquement lorsque l'âge de l'avatar et celui de son propriétaire présentaient un écart de plus de cinq ans, afin entre autres de protéger les mineurs contre la prédation de détraqués sexuels. Grâce à cela, Neru était au moins certain que Likaï avait environ son âge.

En revanche, il avait toujours soupçonné Tane de n'être qu'un adolescent arrogant et puéril. Pour autant, son culot ne cessait jamais de le mettre en colère. Il avait remporté cette victoire légitimement, et cet amateur pouvait aller se rhabiller !

Il feula avec vigueur. Ses poils se dressèrent et il se sentit grossir jusqu'à presque deux fois sa taille. Tane eut un mouvement de recul apeuré.

Likaï parut agréablement surpris par son initiative. Il lui tapota le flanc, sourire aux lèvres.

— Au plaisir, lança-t-il à Tane, sarcastique.

Il lui tourna le dos et Neru sinua derrière son cou pour jeter un ultime regard mauvais au joueur qui le lui rendit bien.

Les participants reprirent un à un leurs places au-dessus des projecteurs. Roman attendit que le dernier revienne dans le rang, son nouveau compagnon à ses côtés, pour leur sourire avec malice.

— Mesdames et messieurs, votre première manche !

Les jambes croisées, il ouvrit les bras en un geste grandiloquent. Sans aucune autre transition, la salle plongea dans l'obscurité la plus totale. Neru sentit Likaï se tendre.

Un fort vent se mit à souffler dans sa fourrure. La lune s'alluma à l'horizon. Pleine et énorme, elle répandait une lumière diaphane sur un ciel nocturne sans étoiles et illuminait des chemins d'argent parmi les nuages.

Ce n'était pas simplement une formule poétique. À perte de vue s'étendait devant eux un tapis de nuages entrelacés sur lequel l'œil exercé de Neru devinait avec peine des passerelles et des escaliers d'apparence guère plus solides que la brume.

Ce ne pouvait être qu'un type de jeu : une course. Le premier arrivé obtenait le meilleur score. Neru avait craint pour la première épreuve une mêlée générale où les moins scrupuleux se jetteraient sur les compagnons de leurs voisins, mais tous les joueurs réalisèrent la même chose que lui. Après une seconde d'acclimatation, la plate-forme de départ se vida en un clin d'œil.

Seul demeura Likaï, immobile et déboussolé. Lui n'avait pas encore compris ce qui se passait.

Neru ne réfléchit pas : son instinct lui hurlait de se précipiter après ses concurrents avant qu'ils ne prennent trop d'avance. Il sauta à terre et se jeta en avant. Ce ne fut que lorsqu'il entendit Likaï se mettre à courir derrière lui qu'il se rendit compte de sa bourde. Il était censé le handicaper, pas lui montrer la voie ! Et s'il continuait à agir de manière aussi indépendante, Likaï allait finir par avoir des soupçons.

Heureusement, quand son voleur le rattrapa, il se contenta de lui lancer un coup d'œil appréciateur.

— Utile, ce truc… murmura-t-il.

Un hurlement l'interrompit. Un concurrent venait de passer au travers du sentier qu'il suivait. Le sol s'était évanoui sous son poids, changé en langue de brouillard qui s'enroula, espiègle, autour du trou béant dans lequel il avait disparu. Likaï s'arrêta net au moment de mettre le pied sur le premier nuage.

— Super. En plus il y a des pièges. Tu ne pourrais pas me montrer le chemin ? ajouta-t-il à l'intention de Neru.

Il s'assit et cligna des yeux ingénus.

De fait, il avait bon nombre de pistes pour démasquer le faux du vrai dans ce jardin d'illusions. Les tournois de ce genre n'étaient pas des lotos. Ce n'était pas simplement une question de chance, il y avait des astuces, des trucs qu'une longue expérience vous apprenait. Son sang bouillait presque dans ses veines à l'idée de défier lui-même le labyrinthe. Il avait tellement envie de jouer !

Mais non. Pas question qu'il l'aide une seconde fois.

Il ne savait pas lequel était le plus déçu d'eux deux.

Likaï hocha la tête en soupirant et le fit remonter sur son épaule.

— Ç'aurait été trop beau. Plus qu'à prier, dans ce cas.

Il se jeta en avant sans plus hésiter. Malgré toute la rancœur qu'il ressentait pour lui, Neru fut obligé de se l'avouer : la force de volonté et la détermination de Likaï forçaient le respect.

Tout s'opposait pourtant à lui. S'imaginait-il vraiment avoir la moindre chance de gagner ? Et surtout, pourquoi se donnait-il tant de mal ?

Plus d'une fois, Neru crut qu'ils allaient plonger à leur tour dans le vide. Il repérait une zone dont il était sûr qu'elle allait s'effondrer sous leur poids, sentait son estomac se décrocher d'avance en pensant à la chute libre qui allait suivre... mais Likaï l'enjambait sans même s'en rendre compte, ou bien le sol s'avérait parfaitement solide. À plusieurs reprises, il le vit bien froncer les sourcils et éviter délibérément un appui qui lui paraissait suspicieux, mais très souvent, Likaï bénéficia d'une chance insolente. Le fait qu'il traîne bon dernier derrière le peloton de joueurs survivants l'aidait également : plus d'un piège avait déjà été révélé par des concurrents qui n'étaient plus là pour en parler.

Neru avait du mal à croire qu'un parfait débutant puisse aller aussi loin dans un tournoi de cette envergure. C'était un vrai miracle, auquel l'intéressé semblait pourtant très peu sensible.

Plus la course progressait et plus l'expression de Likaï s'assombrissait. On pouvait facilement en deviner la raison. Bien qu'il figure encore en lice, l'écart entre lui et les autres demeurait écrasant. Seul son avatar volé truffé de mods lui permettait de ne pas l'augmenter, mais il ne l'aidait pas non plus à le réduire.

Soudain, les joueurs disparurent à leurs yeux. Likaï sursauta.

— C'est pas vrai ! s'exclama-t-il.

Neru fut surpris par la véritable note de panique et d'angoisse dans sa voix. Likaï accéléra au maximum de ses capacités. Neru ne put s'empêcher de pousser un petit cri d'alarme en les voyant foncer vers un piège. Likaï l'enjamba par réflexe et lui jeta un coup d'œil intrigué. Il se remit cependant vite à l'ignorer, trop concentré sur son problème. Si les autres concurrents avaient déjà terminé la course...

Il gravit un escalier quatre à quatre et déboucha sans prévenir sur une large plate-forme.

Le labyrinthe de nuages s'arrêtait face au vide. Le monde disparaissait dans un tapis de vapeur cotonneuse quelques milliers de mètres en contrebas. Droit devant eux, à l'horizon, l'énorme lune soulignait une tour noire flottant dans le ciel. Une vingtaine de silhouettes fendaient les vents vers elle comme autant d'oiseaux.

D'un même accord, Neru et Likaï fouillèrent la plate-forme des yeux, mais elle était nue et déserte. Seule une caméra voletait dans un coin, irisée comme une bulle de savon et pourvue d'un unique œil noir. Ce n'était pas une caméra physique, bien sûr, mais après un certain nombre de plaintes pour atteinte à la vie privée lors des premières années d'existence de RÉEL, quiconque souhaitait aujourd'hui enregistrer des images en ligne avait obligation légale de représenter son point d'observation par un signal visible et interprétable.

Quelques éclairs silencieux fendaient la nuée sombre sous leurs pieds. Rien d'autre ne bougeait. Likaï s'avança vers le bord, fébrile.

— Allez, marmonna-t-il entre ses dents. Il y a une énigme à résoudre, quelque chose ? Ne me dites pas que les autres se sont débrouillés pour me barrer la route…

À cet instant, le carré de sol sur lequel il venait de poser les pieds s'illumina d'une lueur bleu électrique. Il voulut reculer, craignant sans doute un nouveau piège, mais ses semelles restèrent clouées à terre. La lumière les enveloppa comme un halo et Neru ferma les yeux, tendu. Il ne les rouvrit que quand Likaï poussa une exclamation joyeuse.

De grandes ailes venaient d'apparaître dans le dos du joueur. Noires et luisantes comme du cuir tanné, elles avaient la structure membraneuse d'ailes de chauve-souris.

Likaï était ravi.

— Ça, je sais faire…

Ce fut le seul avertissement dont Neru bénéficia avant qu'en quelques enjambées puissantes, Likaï les propulse dans le vide.

Neru enfonça les griffes dans son épaule et crispa la mâchoire de toutes ses forces pour retenir un glapissement. Il se croyait de retour dans la simulation de deltaplane : les vents qui le ballotaient en tous sens et sifflaient dans ses oreilles, le vertige qui lui retournait l'estomac et le sol réduit à une masse indistincte et sans doute inexistante en contrebas. Combien de temps les perdants précédents avaient-ils chuté avant d'être expulsés du jeu ? Trente secondes, dix minutes ? Assez longtemps pour s'écorcher les cordes vocales en hurlant comme un damné ? Raide de terreur, il n'osait plus faire un mouvement.

Likaï, lui, avait pris le coup de main en un clin d'œil. Il battait des ailes comme s'il était né avec elles, naviguant les courants avec une aisance qui ne pouvait venir que de sa vaste expérience des simulations. Lorsque Neru parvint à cesser de fixer les volutes de nuages loin en dessous d'eux, il s'aperçut avec surprise qu'il commençait à combler son retard. Les autres joueurs, plus maladroits, grossissaient à vue d'œil. Neru distinguait de mieux en mieux la hiérarchie qui s'était formée : le peloton de tête, le gros des concurrents qui se tournaient autour en essayant de porter des coups à leurs voisins, les traînards…

Malheureusement pour Likaï, la tour aussi se rapprochait. À son sommet se dessinait une esplanade qui reflétait la lumière de la lune. L'astre était à présent si large que son disque d'ivoire avalait la nuit.

Lorsque le premier joueur atterrit, un feu d'artifice explosa au-dessus de lui en gerbes de bleu et d'argent. Likaï serra les dents et tenta encore d'accélérer. Blotti contre son cou, Neru pouvait entendre sa respiration saccadée. Encore son allergie ? Ou bien…

Le visage de Likaï était tordu par le désespoir et la frustration. Neru ne comprenait pas. Pourquoi accordait-il donc tant d'importance à ce fichu tournoi ? Pourquoi avait-il été jusqu'à voler un compte, avec les risques considérables que cela impliquait ? Pourquoi s'acharnait-il, même à présent qu'il devait réaliser ne pas être de taille ?

Les concurrents fondirent un à un sur l'arrivée. Dès qu'ils se posaient, des chiffres de lumière apparaissaient au-dessus de leurs avatars. Au fur et à mesure qu'ils approchaient, Neru les vit plus clairement. 79 pour cent, 77 pour cent… 71 pour cent…

Lorsque Likaï toucha enfin terre, avec tant d'élan qu'il faillit tomber, un « 58 » s'alluma au-dessus de lui. Neru ne put retenir une grimace d'humiliation. Il n'en revenait pas qu'un score aussi mauvais soit maintenant inscrit dans son historique. Le pire était qu'il ne parvenait même plus à en vouloir à Likaï tant son voleur semblait bouleversé. Il s'était recomposé une expression impassible, mais Neru voyait bien la force avec laquelle il crispait les mâchoires et l'émotion qui tourbillonnait dans ses yeux.

Il battit de la queue, morose. Il sauta à terre, bien que son plaisir de retrouver le plancher des vaches soit irrémédiablement gâché. Les autres joueurs dévisageaient Likaï avec dérision. Neru aperçut Sasha. Auréolé d'un magnifique 100 en chiffres d'or, un grand faucon bleu et blanc perché sur son épaule, il toisait Likaï de haut en bas, sourcils froncés. Il se détourna. Dévasté, Neru se demanda s'il avait imaginé la déception sur son visage. L'un des joueurs qu'il respectait le plus au monde le prenait pour un incapable.

Pour ne rien arranger, Tane s'approcha avec un rictus de joie. Un 88 le surplombait. Likaï le dépassa en le bousculant avec force.

— Occupe-toi de tes oignons, cracha-t-il sans le regarder.

Même la honte de vaciller sous le coup d'épaule d'un avatar plus petit et d'apparence bien plus chétive que lui n'entama pas la bonne humeur de Tane.

— Ça n'a pas l'air d'aller fort, Neru ! lui cria-t-il, hilare. Pourquoi est-ce que tu n'abandonnes pas tout de suite ? Je prends le relai pour toi, si tu veux !

Il n'y eut que Neru pour voir Likaï serrer si fort les poings que ses jointures en devinrent blanches. Son cœur se tordit dans sa poitrine.

CHAPITRE 10

A ce rappela à l'instant où Neru se redressait sur le fauteuil. Allongée de tout son long sur le canapé, Fasia agita la main à l'intention du poste de télé et accepta la communication sans prendre la peine de s'asseoir.

Le programmeur n'avait pas l'air ravi.

— Tu aurais pu te débrouiller un peu mieux, dit-il d'emblée. J'avais espéré me débarrasser de ce problème dès la première manche.

— Parlons-en, des manches, s'indigna Neru. Tu aurais pu me prévenir qu'il y en avait trois. Je te signale que Fasia n'a accepté de m'héberger que pour aujourd'hui !

— Ça n'aurait pas été un souci si tu avais réglé l'affaire, insista Ace, accusateur.

Neru ne se laissa guère émouvoir par ce reproche. Morose, il se leva et étira ses jambes.

— Il a eu une chance à peine croyable. Rien que toute la seconde moitié de la course aurait aussi bien pu être un cadeau que vous lui auriez fait sur un plateau d'argent. Likaï a l'habitude de voler.

Pour le coup, Fasia dressa la tête.

— « Il » ? fit-elle, intriguée.

Neru haussa les épaules sans répondre.

— Tu crois qu'elle — ou il — connaissait à l'avance le contenu de la course ? demanda Fasia.

— Toute la structure du tournoi est confidentielle, nia Ace.

Même moi, je n'y ai pas accès.

Neru et Fasia le fixèrent.

— Même toi ?

— Qu'est-ce que vous croyez ? gronda-t-il d'un ton que Neru trouva bien défensif. Je suis juste chargé des compagnons. Je sais ce que j'ai besoin de savoir pour faire mon boulot, c'est tout. Des évènements pareils, c'est trop gros pour que chaque programmeur en connaisse tous les détails.

Neru eut une moue de dédain. Il comprenait mieux pourquoi Ace n'avait pas daigné lui donner la moindre information sur les « pièges » dans lesquels il était censé faire tomber Likaï.

— Autrement dit, tu ne te débrouillerais pas mieux que moi à ma place. T'as du culot de monter sur tes grands chevaux.

Le visage d'Ace s'assombrit.

— N'oublie pas à qui tu t'adresses, tu veux ? Je te rappelle que mon silence n'est pas gratuit.

Neru se tut et le fusilla du regard. Fasia semblait dubitative.

— Mais si Likaï avait accès à ces informations d'une manière ou d'une autre, dit-elle, ça expliquerait pourquoi il s'en est si bien sorti, non ? Et puis, ça justifierait qu'il se soit lancé dans le tournoi même s'il sait ne pas avoir le niveau pour y participer. Il a volé un compte, pourquoi n'aurait-il pas aussi piraté Prodig ?

Ace émit un grognement incrédule.

— Les gens qui n'y connaissent rien confondent tout. Un pirate n'est pas forcément un cracker. Demander ses identifiants au premier naïf venu, c'est du piratage. Il y a juste besoin d'un peu de jugeote et d'audace. Mais passer à travers la sécurité des systèmes de Prodig, les cracker, ça implique des compétences techniques bien plus poussées. Il faudrait qu'il soit carrément brillant, et je pèse mes mots.

Neru prit un instant de plus pour y réfléchir. La chance de Likaï avait-elle pu venir d'une connaissance préalable du terrain ? En le revoyant bondir entre les pièges avec une bienheureuse ignorance, la réponse était évidente.

— Non. Il a juste eu un bol de cocu.

— Bon, dit Ace. La chance ne dure jamais longtemps. Dès

demain, il est cuit. Je compte sur toi, Neru.

Et il raccrocha.

— Hé ! protesta Neru. Non mais… Il fait tout le temps ça !

— Des cailloux. On est des cailloux pour lui, Neru, ironisa Fasia. Qui se soucie de ce qu'on a à dire ?

— Mais d'où est-ce que je suis censé me connecter demain ? En supposant que j'arrive chez ma mère à temps, elle va se poser de sérieuses questions si j'utilise son fauteuil juste après lui avoir avoué m'être fait voler mon compte !

Il se mit à faire les cent pas, angoissé. Pourtant, il fallait qu'il participe à la seconde manche. Au-delà même de la menace d'Ace le dénonçant, il ne cessait de revoir dans son esprit les poings serrés de Likaï. Cela lui faisait comme une pierre au fond de l'estomac. Il devait savoir ce qui allait lui arriver. Il ne se comprenait pas lui-même, mais il fallait qu'il soit là.

Fasia soupira.

— Au point où on est… Tu n'as qu'à rester jusqu'à la fin de cette histoire.

— C'est vrai ? s'exclama-t-il, osant à peine y croire.

— Si tu n'es pas là demain, c'est à moi qu'il va avoir le toupet de le reprocher. Je ne veux pas d'ennuis avec Prodig pour des bêtises pareilles.

Comme il se répandait en remerciements, elle étrécit les yeux.

— Mais ce ne sera pas gratuit.

Il se figea. C'était la deuxième fois qu'il entendait cela en quelques minutes, « ce n'est pas gratuit ». Elle était idiote, cette expression. « Ce » n'était sûrement pas *payant* non plus.

— Comment ça ?

Fasia bondit sur ses pieds et s'étira. L'ourlet de son t-shirt se souleva et dévoila un peu de peau lisse. Malgré lui, Neru se découvrit hypnotisé.

— Tu vas nous donner un coup de main à l'atelier, à Den et à moi, déclara-t-elle, brisant le charme.

— Quoi ?

— C'est la maison de Den, ici. Je suis revenue pour l'aider, par pour ramener un parfait inconnu sous son toit. Ça me semble la moindre des choses que tu mettes la main à la pâte.

Il en resta bouche bée de longues secondes.

— Tu me demandes de... de *travailler* contre le gîte et le couvert ? dit-il d'une voix blanche.

Il se serait cru au Moyen Âge. Est-ce qu'il allait aussi voir débarquer le bourreau avec sa hache, ou trouver une guillotine dans la chambre de Den ? Ces gens étaient complètement fous !

Fasia posa les mains sur ses hanches et fronça les sourcils.

— Je te demande un échange de bons procédés, rectifia-t-elle sèchement. Si tu n'es pas content, tu sais où est la porte. Den ne te tolère ici que comme une faveur pour moi. Il ne te porte pas vraiment dans son cœur. Je ne vais pas me mettre mon grand-père à dos pour tes beaux yeux. Si tu veux rester, tu vas lui donner une raison de supporter ta présence.

— Mais...

Il jeta un regard éperdu au fauteuil de RV. Ce marché barbare lui faisait horreur, mais il n'avait pas d'autre solution... Fasia roula des yeux.

— Non, mais vraiment. On jurerait que je t'oblige à noyer des chatons dans une baignoire. Cesse de faire ton bébé.

Elle le prit par le bras et l'entraîna dans les escaliers. Impuissant, il se laissa tirer jusqu'à une table à tréteaux devant laquelle elle l'assit d'office. Den releva la tête de son ouvrage et cligna des yeux en les voyant là.

— Désolée, Den ! Il va rester un ou deux jours de plus, alors en échange, il va se rendre utile. Hein, Neru ?

Le vieil homme n'eut sans doute besoin que d'un coup d'œil au visage décomposé de Neru pour comprendre qu'il ne s'agissait pas d'une initiative généreuse de sa part. Il se renfrogna. Neru s'attendait à ce qu'il le mette dehors sur-le-champ, mais il se contenta de grogner :

— C'est pas avec ces mains de paresseux qu'il va être utile à grand-chose. Il n'a pas intérêt à saloper mon travail.

Neru fut si vexé qu'il en oublia presque l'emploi de ce mot honni. Il était aussi capable qu'un vieillard à demi-sénile de peinturlurer des bouts de bois !

— Je vais le surveiller ! promit Fasia, histoire de verser du sel sur la plaie.

Elle s'installa près de lui et rapprocha un pot de produit visqueux, un pinceau et quelques chutes de bois.

— Je vais t'apprendre comment vernir les sculptures. Regarde bien…

Il se mordit la langue pour ne pas répliquer qu'elle n'avait nul besoin de le traiter comme un enfant. Qu'est-ce qu'il pouvait bien y avoir à apprendre ? Tiens le pinceau par le bon bout, n'oublie pas de le tremper dans le pot ? Ridicule. Malgré tout, il écouta avec attention et alla même jusqu'à s'appliquer lorsqu'elle l'invita à faire quelques essais. Il allait faire ravaler ses paroles au vieil homme.

— Non, tu vois, là c'est trop épais.

— Trop épais ? répéta-t-il, incrédule.

— Oui, juste ici. Ça va faire un pâté en séchant.

Avant qu'il ne s'en rende compte, Fasia l'abreuvait de conseils sur le sens du bois, la consistance du vernis, le choix du pinceau selon la surface, la meilleure manière de tenir l'outil… Près d'une heure plus tard, Neru réalisa, à sa grande surprise, qu'il s'était pris au jeu. À tel point que lorsque Fasia le félicita pour ses résultats, il ressentit une bouffée de fierté.

Il s'arrêta, troublé. Qu'est-ce qui lui arrivait ? C'était juste un peu de bricolage. Du bricolage pour lequel on lui avait forcé la main, en plus.

Fasia dut remarquer sa distraction, car elle choisit cet instant pour s'interrompre.

— Bon, si on déjeunait ? Viens m'aider à la cuisine, Neru.

Il la suivit sans mot dire. Elle commença à sortir des ingrédients du frigo pendant qu'il se lavait les mains puis restait planté là, en attente d'instructions.

— Il a l'air de s'en passer, des trucs dans ta tête, dit-elle de but en blanc.

Il ne répondit rien, pris de court. Elle lui jeta un coup d'œil.

— Allez, Neru. J'ai bien vu que tu faisais la tête quand tu t'es déconnecté tout à l'heure. Et juste quand je croyais que tu commençais à t'amuser, pouf, retour à la case départ. Tu es si déterminé que ça à rester de mauvaise humeur ?

Elle avait rassemblé jambon, beurre, tomates et pain pour une platée de sandwiches. Neru se fit à l'idée que Fasia n'était pas vraiment un cordon bleu.

— C'est juste que je ne comprends pas… murmura-t-il.

Il ne s'adressait pas à elle, mais il n'avait pas dû baisser assez la voix.

— Comprends pas quoi ?

— Tout ! explosa-t-il soudain. Pourquoi Den et toi vous démenez sur ces bouts de bois, pourquoi Ace gaspille son temps sur un pirate qui ne causera aucun dégât à son fichu tournoi, pourquoi *Likaï* agit comme si perdre serait la fin du monde !

Un silence tendu suivit son accès de colère. Fasia poussa les tomates vers lui. Il les saisit sans se faire prier et battit en retraite à l'évier où il les passa consciencieusement sous l'eau.

Il ouvrait la bouche pour s'excuser quand elle reprit la parole.

— Il n'y a rien qui te soit important ?

Il lui jeta un regard méfiant.

— Comment ça, « important » ?

Elle beurra sa seconde tranche de pain, pensive.

— Tu sais… quelque chose qui te donne envie de te lever le matin, qui te fait sourire ou te pousse à te dépasser… De nos jours, on peut occuper notre temps comme on veut. On s'est complètement détaché des animaux ou de nos ancêtres qui devaient passer leurs journées à chasser ou se battre pour survivre. Ça laisse beaucoup de temps pour réfléchir à la raison pour laquelle on est là, tu ne trouves pas ? Pourquoi chacun de nous est né, pourquoi il existe ?

Euh, non. Il ne pouvait pas prétendre que ça lui ait jamais traversé l'esprit.

— Moi, je pense qu'on a tous un but dans la vie, poursuivit-elle avec conviction. Quelque chose qui a le pouvoir de nous transcender, de nous inspirer à nous dépasser, à devenir plus que la somme de nos parties. Seulement beaucoup de personnes ne le trouvent jamais, surtout à notre époque. On a gardé les réflexes du début de l'ère de la robotique, quand ne pas être obligé de trimer pour manger était nouveau et excitant. Aujourd'hui, la majorité des gens dilapident leur temps en activités futiles qu'ils pratiquent sans se poser de questions, parce que c'est ce que tout le monde fait et ce qu'ils ont fait toute leur vie…

Ce discours prenait une tournure familière que Neru n'apprécia pas du tout.

— Donc tout le monde devrait travailler, l'interrompit-il sèchement, et tous ceux qui ne sont pas d'accord ne sont que des imbéciles paresseux. Message compris, merci !

Il s'empara d'un couteau qu'elle avait déposé sur le comptoir à son intention et se mit à sauvagement trancher les tomates.

— Quoi ? fit Fasia, surprise.

Elle s'écarta pour éviter une éclaboussure de jus rouge.

— Mais pourquoi tu prends la mouche comme ça ? s'agaça-t-elle. Je ne parlais pas de travailler, mais de trouver quelque chose qui te passionne.

— Qui me « passionne »… répéta-t-il d'un ton peu amène.

Où était la différence ? La passion isolait les gens, les rendait égocentriques et les aveuglait au reste du monde.

— Mais oui ! Tout le monde n'a pas forcément vocation à devenir médecin ou réparateur de robots. Tu peux te passionner pour la musique, les cultures anciennes, un sport… ou bien les voyages, comme moi. Ou simplement vouloir fonder une famille, ou trouver l'âme sœur. Ou même tes jeux, si c'est vraiment important pour toi ! Si ton rêve dans la vie, c'est de devenir le meilleur joueur de RÉEL, ou d'essayer tous les jeux qui existent… Bon, j'aurai du mal à comprendre. Mais chacun ses goûts, après tout !

— C'est pas mon rêve, contra-t-il d'une voix froide. Je n'ai pas de « rêve ». Et ça me va très bien comme ça.

Elle planta les mains sur ses hanches et le dévisagea.

— Vraiment ? Donc faire les mêmes choses jour après jour, inlassablement, sans jamais rien attendre de la vie, sans te demander, plein d'espoir, si aujourd'hui sera le jour où il t'arrivera ceci ou celui où tu réussiras cela… Ça te va ? Tu es heureux comme ça ?

Neru se troubla. Ce qu'elle décrivait, cette énergie impatiente et jubilatoire, c'était bel et bien la manière dont il avait vécu ces dernières années, animé par son désir d'entrer au panthéon. Il essaya de s'imaginer sa vie lorsqu'il aurait enfin récupéré son compte. Il serait panthéonien, oui, mais sans amis, et même privé du rare plaisir qu'observer Likaï lui avait toujours procuré.

Il garda un silence prudent.

— Et puis je ne vois pas ce qu'il y a de tragique à travailler sur quelque chose que tu aimes, bougonna Fasia. Moi, j'aime bien peindre et vernir les sculptures de Den. Ça me détend.

Elle n'attendait apparemment pas de réponse de sa part, et il ne lui en fournit pas. Il réfléchissait.

Il ne lui était jamais venu à l'esprit de se demander ce qu'il ferait une fois qu'il aurait atteint son objectif. Cela avait semblé une évidence : continuer à jouer. Mais s'il poursuivait avec le même acharnement que jusqu'alors, il se ferait de plus en plus remarquer… Un jour ou l'autre, il risquait d'entrer au Grand Panthéon. Il frissonna.

Le Grand Panthéon comptait plusieurs joueurs parmi ses stars, mais le plus connu d'entre eux était sans conteste Sasha. Et ce pour une raison très simple : ses collègues Panthéoniens ne manquaient jamais une occasion de se moquer de lui. Contrairement aux autres joueurs accédant à la gloire suprême, Sasha n'avait jamais oublié d'où il venait. Il participait très rarement aux festivités de l'élite et passait le plus clair de son temps à jouer ou à organiser des tournois en tant que Maître du Jeu. Le Grand Panthéon n'avait aucune importance pour lui, ce qui déplaisait à beaucoup de monde. Or Neru respectait Sasha exactement pour cela : parce qu'il était resté fidèle à lui-même malgré la célébrité. Pour autant, il n'avait aucune envie de se retrouver dans la même situation que lui.

— Tu as fini avec les tomates ? demanda Fasia, le coupant dans ses ruminations.

—Euh… Oui.

Pendant qu'elle assemblait les sandwiches, il chercha

désespérément un sujet de conversation plus léger.

— Alors… Quand tu disais que les voyages, c'est ton dada…

Il fut surpris par la joie pure qui illumina le sourire de Fasia.

— Oh oui, j'étais parfaitement sincère ! J'adore voyager. Depuis ma majorité, j'ai déjà fait le tour du monde au moins deux fois. Je ne suis quasiment jamais ici. Je rentre, je ne sais pas, peut-être quelques semaines par an ? Den s'en plaint beaucoup, d'ailleurs, le vieux ronchon, mais je l'appelle très souvent. Je pense qu'il trouve juste la maison trop vide sans moi. Ce qui est génial avec les voyages, c'est qu'il y a toujours quelque chose de nouveau à découvrir. Et même le trajet pour se rendre à destination est une aventure en soi ! Si tu savais tout ce qui m'est déjà arrivé… Tout particulièrement en dehors de la Zone Unie. Les transports ne sont pas globaux, là-bas, tu sais. C'est un tel cirque pour savoir comment aller du point A au point B !

Cela ne semblait pas la gêner, au contraire. Elle riait de bon cœur. Neru recula un peu, pas sûr d'avoir gagné au change en la lançant sur son sujet favori. Elle babilla avec un enthousiasme inouï, lui décrivant des anecdotes de voyage, les endroits qu'elle avait vus, les gens qu'elle avait rencontrés. Il grogna un assentiment ou un « ah bon ? » à tous les bons moments, mais n'en écouta pas grand-chose. Il observait ses sourires éclatants et poursuivait un sentiment persistant de déjà-vu qui lui chatouillait les souvenirs.

C'est avec un pincement à la poitrine qu'il parvint à le resituer. Likaï aussi avait souri de cette manière lorsqu'elle s'était élancée de la falaise, durant cette simulation de deltaplane fatidique deux jours plus tôt.

Il ferma les paupières et pensa à autre chose, n'importe quoi… Mais trop tard. Son cœur, ce misérable morceau de chair qui, quoi que la raison en dise, refusait d'accepter Likaï comme le menteur et le voleur qu'il était, revoyait ces longues minutes sur les contreforts des montagnes où il avait dansé avec le vent et la tempête faite âme.

— Neru ?

Fasia avait levé la tête et le fixait avec inquiétude. Il se détourna pour cacher l'humidité naissant dans ses yeux.

— Désolé. Tu disais ?

Elle eut la délicatesse de ne pas faire de remarque sur sa voix étranglée ou le reniflement discret qui lui échappa.

— J'ai fini. Tu peux manger ici, si tu veux. Je dois aller me connecter en haut un petit moment.

La veille déjà, elle avait passé plusieurs heures de la soirée sur ses hololunettes, laissant Neru somnoler devant la télé. Il avait cru que c'était exceptionnel pour Fasia. Est-ce qu'il commençait à déteindre sur elle ?

Il hocha muettement la tête. Elle s'empara de deux assiettes, abandonnant la troisième sur le comptoir, et s'apprêtait à sortir lorsque Neru prononça son nom. Elle se tourna vers lui, interrogatrice.

Il s'éclaircit la gorge. Sa voix était tout de même rauque lorsqu'il demanda :

— Qu'est-ce que tu ferais si quelqu'un à qui tu tiens te trahissait… mais que tu ne pouvais pas t'empêcher de penser qu'il devait avoir ses raisons ?

Le silence s'étira tandis qu'elle considérait la question. Il attendit, le cœur battant jusque dans sa gorge.

— Je lui donnerais le bénéfice du doute, je crois, déclara-t-elle finalement.

Il s'aperçut qu'il avait bloqué sa respiration et la relâcha en un long souffle. Il ne savait pas si c'était la réponse dont il avait besoin… mais il lui sembla que c'était celle qu'il avait espérée.

Fasia sourit.

— Si c'est vraiment ce que tu veux faire, fonce.

— Mais Ace… soupira-t-il.

Elle émit un grognement de dérision.

— Ne te soucie pas de celui-là. Je m'en occupe.

Sur cette déclaration mystérieuse, elle quitta la cuisine. Les perles de bois chantèrent sur son passage.

CHAPITRE 11

Ce jour-là, Roman était tout de jaune vêtu. Ses tatouages répandaient leur propre lumière dorée et il allait tête nue, ses cheveux plus blonds que jamais.

Neru n'avait pas manqué de remarquer que le présentateur aimait à s'accorder à l'ambiance des jeux pour lesquels il officiait. Si la première manche avait été axée sur le thème de la lune, pouvait-il en déduire que la seconde serait présidée par le soleil ?

Roman promena un regard de fausse fierté paternelle sur les candidats alignés devant lui.

— Et voilà nos rescapés de la première épreuve, nos fringants guerriers ! s'écria-t-il.

Il s'approcha d'eux, ses pas bruissant dans l'herbe verte… L'herbe ? Perché sur l'épaule de Likaï, Neru examina le sol de plus près. Oui, un épais gazon recouvrait le plateau. Peut-être même avait-ce aussi été le cas la veille. Dans la pénombre, il n'en aurait rien vu. La scène était à présent bien mieux éclairée, ce qui semblait appuyer son hypothèse sur le thème du jour. La décoration était quelque peu étrange, mais elle avait le mérite de s'accorder à la pierre des gradins à nouveau noirs de monde.

Roman présentait un par un les survivants de la première manche. Neru tendit le cou pour les observer à son tour.

Plus d'un tiers des concurrents avaient été éliminés. Les rescapés se divisaient aisément en deux groupes : ceux qui avaient gagné en arrogance et se voyaient déjà au sommet ; et les autres, de vieux renards dont les noms résonnaient depuis des années dans le panthéon des joueurs et sur les écrans de tournois comme celui-ci.

— Tane le Conquérant !

Tane, bien sûr, était des premiers. L'idiot s'octroya même le droit de distribuer des signes de la main et des sourires éclatants lorsque le public applaudit poliment. Neru trouva son nouveau rang de réputation ridicule.

— Tane est notre plus jeune panthéonien, poursuivit Roman, et Neru ne manqua pas de remarquer que le joueur en question se crispa. Il a décroché son entrée parmi l'élite le jour même de la clôture des inscriptions au Tournoi du Futur. Il s'en sort pourtant très honorablement avec un score de 88 à l'issue de la première épreuve. Bien joué, Tane !

L'imbécile se détendit dès qu'il comprit qu'on ne parlait pas de son âge et accueillit le compliment avec morgue. Neru le fusilla du regard.

Ses yeux revinrent à Likaï. Lui seul, parmi les joueurs les moins expérimentés, restait de marbre devant l'attention des spectateurs et des caméras. Son visage était dur.

Neru était paralysé de trac pour deux. Plus l'heure tournait et plus la décision qu'il avait prise la veille lui semblait pure folie. Faire confiance à son voleur et l'aider à atteindre un objectif dont il ignorait tout ? Jamais encore il n'avait fait quoi que ce soit d'aussi idiot. Mais imaginer l'expression sur le visage de Likaï s'il devait perdre...

Cela faisait sans doute de lui le plus parfait des imbéciles, mais il ne pouvait supporter d'y penser.

— Neru le Vif !

Il faillit sursauter lorsque cette voix sonore éclata juste devant lui : il n'avait pas vu venir Roman. L'animateur adressa un sourire de circonstance à Likaï. Neru eut tout de suite envie de fuir. Ce type et ces manières grandiloquentes le mettaient mal à l'aise.

— Comme nous nous retrouvons, Neru. Tu n'as pas eu de chance pour ce premier tour. Un peu de stress, peut-être ? Mais tu es toujours dans la course, après tout. Tout est possible ! Oh, et permets-moi de te dire que j'aime beaucoup ton choix de compagnon. Élégant et digne, que demander de plus ?

Il tendit la main pour glisser un doigt sur la tête de Neru, qui se figea et n'osa plus bouger d'un poil. Heureusement, Roman se détourna vite et passa au candidat suivant. Likaï avait à peine réagi à son introduction. Il patientait, le regard fixe.

Il n'eut plus à attendre très longtemps. Roman conclut son tour d'horizon par Sasha, qui, s'il déclencha à peu près autant de murmures mesquins que d'applaudissements, n'en restait pas moins le favori évident du public. Comparé à lui, Tane était aussi menaçant qu'un chihuahua anorexique face à un gorille.

Roman fit tournoyer sa canne dorée et reprit sa place au centre du plateau, devant les participants au grand complet.

— Mesdames et messieurs ! s'écria-t-il.

Il brandit sa canne, marqua une pause théâtrale, puis en donna un coup sonore à ses pieds.

— Bonne chance !

Un portail scintillant se matérialisa devant chaque joueur. Sans hésiter, ils traversèrent.

Une bouffée de chaleur enveloppa Neru. D'abord, il ne vit que le feu. Il cligna des yeux contre la trop forte lumière.

Likaï et lui étaient apparus seuls dans un étroit couloir au sol de sable et aux murs formés de hautes flammes mouvantes. Le plafond se perdait dans les ténèbres. Même Neru ne pouvait déduire l'objectif du jeu de si peu d'informations.

Likaï haussa muettement les épaules. Il choisit une direction au hasard. Il avait à peine fait deux pas qu'une grande silhouette émergea du feu pour lui barrer le passage. Elle était humanoïde, mais aucun trait ne se distinguait sur son corps complètement noir. Les mains avides qu'elle tendit vers Likaï n'avaient rien d'accueillant. Il fit demi-tour en courant.

— Mauvais choix… murmura-t-il, presque stoïque.

Accroché à sa combinaison, Neru jeta un coup d'œil derrière eux. D'autres ombres se matérialisaient des flammes et se joignaient à la première pour les poursuivre.

Avec appréhension, il réalisa que cette manche se voulait

sans doute axée sur le combat. Likaï n'avait presque aucune expérience de la lutte ! Même avec toute la bonne volonté du monde, comment l'aider ? Il ne pouvait pas l'entraîner à devenir un champion juste en battant de la queue !

Ils jaillirent du couloir sur une petite cour circulaire. Un unique autre chemin quittait la place à angle droit de celui dont ils venaient. Likaï voulut s'y précipiter, mais il fut soudain envahi par les mêmes ennemis sans visages.

Acculé, il recula vers les flammes. Les créatures se rapprochaient. Alors que Neru se demandait impatiemment combien de temps il allait lui falloir pour sortir une arme de son inventaire, une arbalète se matérialisa dans ses mains. Neru n'en crut pas ses yeux.

— Pas ça, imbécile ! s'écria-t-il sans réfléchir. Le temps de rechargement est trop lent. Si tu veux une arme de jet, prends le pistolet !

Likaï sursauta et le repoussa de son épaule d'un revers du poignet. Neru atterrit souplement au sol. Il jeta un coup d'œil rapide aux alentours, mais n'aperçut aucune caméra. Par chance, elles étaient sans doute occupées à filmer les candidats mieux classés.

— Qu'est-ce que tu…

— Pas le temps ! Grouille-toi et change d'arme !

Par bonheur, Likaï n'hésita pas longtemps. Il obéit juste au moment où les créatures l'atteignaient et se mit à leur tirer dessus à bout portant. Malheureusement, les balles ne firent que les ralentir.

— Change de munitions. Prends les rouges. Non, les bleues !

Likaï voulut s'exécuter, mais il était trop pataud dans son utilisation de l'interface. Un ennemi lui infligea un coup de griffes et il recula avec un cri de douleur, manquant trébucher dans les flammes.

Sans réfléchir, Neru lui grimpa dessus avec une véritable agilité féline et se jeta en feulant sur les ombres les plus proches. Son premier coup de patte laissa une traînée de lumière dorée sur le torse d'une créature qui poussa un barrissement inhumain. D'un même accord, elles s'éloignèrent de quelques pas craintifs.

Neru n'avait pas prémédité ça, mais il ne perdit pas de temps.

— Par ici ! lança-t-il en se faufilant dans une ouverture parmi leurs assaillants.

Likaï fut aussitôt sur ses talons. Ils franchirent le cercle et s'engouffrèrent dans le second couloir.

Ils n'étaient pas plus tôt hors de danger immédiat que Likaï le saisit sans douceur par le col. Soulevé de terre, Neru poussa un cri de surprise et d'indignation mêlées.

— Je reconnais cette voix ! dit Likaï, stupéfait. Neru ? Alors ça. Comment est-ce que tu t'y es pris pour mettre ton nez dans ce tournoi ?

— Tu crois vraiment que c'est le moment ? s'agaça-t-il. Tu as changé de munitions ? Ils sont moins rapides que toi avec mes mods. Dégomme-les pendant qu'ils sont à distance.

— Et pourquoi est-ce que je devrais t'écouter ? Tout ce que tu veux, c'est récupérer ton compte. Je reconnais que tu as du cran de t'être infiltré jusqu'ici, et franchement, je serais très curieux de savoir comment tu as fait. Mais je ne vais pas abandonner si facilement.

Bon sang. Il aurait mieux fait de ne pas se démasquer comme il en avait eu l'intention ! Si seulement il y avait eu une autre solution...

Têtu mais pas bête, Likaï ne s'était pas arrêté de courir pour leur conversation amicale. Il émergea du couloir sur une seconde place ronde identique à la première : sol de sable, murs de flammes et deux issues situées à angle droit. Il fronça les sourcils, mais les ombres se rapprochaient. Il s'élança dans l'autre passage.

— Je te l'accorde, te débrouiller pour prendre la place de mon compagnon juste pour me faire perdre le tournoi, c'était ingénieux, continua-t-il. Mais complètement illégal. Et si tu avais l'intention de me leurrer, tu aurais dû penser à déguiser ta voix.

Il parlait d'expérience : sa voix ressemblait à présent

beaucoup à celle de Neru. Il maîtrisait vraiment son logiciel de modification sur le bout des doigts. Seul les entendre à tour de rôle permettait de percevoir les différences. Neru frissonna. Il se débattit mais, tenu par la peau du cou de cette manière, son avatar était aussi impuissant qu'un chaton désobéissant transporté par sa mère.

— Non ! se récria-t-il. Enfin, si, c'était le but au départ… mais non ! Je veux dire…

Il s'embrouillait, peinant à mener une conversation cohérente quand son instinct lui criait de faire face aux monstres et de les abattre. Likaï ne voyait-il pas qu'il perdait un temps précieux à fuir ? Si les points pour cette manche étaient remportés en tuant les créatures, les autres joueurs devaient déjà tous avoir une énorme marge d'avance sur lui.

— Je suis désolé, tu sais, avoua soudain Likaï.

Il franchit une troisième cour ronde et tourna encore. Neru cessa de lutter, surpris.

— Quoi ?

— Si j'avais pu m'y prendre autrement, je l'aurais fait. Je suis conscient que je te cause du tort. Mais là, tu aggraves ta situation. Ça m'étonnerait que tu sois arrivé à ce résultat tout seul, en plus. Je suis agréablement surpris que tu aies des amis plus sincères que les trois égoïstes que tu m'as présentés, mais tu vas leur attirer des ennuis…

Une sensation agréable gonfla dans la poitrine de Neru, comme une bulle d'air chaude. Se repentait-il vraiment ? Il sauta sur l'occasion de lui demander :

— Pourquoi est-ce que tu fais ça ?

Likaï ne répondit pas. Le silence dura si longtemps qu'il devint évident qu'il n'en avait pas l'intention. Puis il déboucha dans une nouvelle cour et s'arrêta en jurant. Au moins, il était assez futé pour remarquer le problème avant même que Neru ne l'énonce :

— Tu tournes en rond ! Ou en carré, c'est pareil. C'est une arène sans issue. Je te l'ai dit, il faut que tu te battes.

Likaï soupira, mais daigna le laisser tomber pour lever son

pistolet. Neru se réceptionna avec grâce dans le sable et secoua son pelage de lumière tout ébouriffé.

Les ombres approchaient par les deux couloirs, sinuant de manière grotesque. Likaï tira une volée de coups, avec le bon réflexe d'essayer de les abattre comme des lapins avant qu'elles n'atteignent la place et se dispersent. Chaque balle qui toucha sa cible donna naissance à des arcs d'électricité sifflante qui la réduisirent en cendres en quelques secondes.

— Waouh, fit Likaï, qui s'interrompit brièvement pour lever des sourcils appréciateurs.

— Je te l'avais dit ! Tu me crois, maintenant ? Je t'ai déjà sauvé les fesses tout à l'heure. Si j'avais voulu que tu sois éliminé, je t'aurais laissé te débrouiller avec ta misérable arbalète. Néophyte !

Neru n'attendit pas qu'il réplique. Il se précipita sur les premières ombres qui pénétraient dans la cour. Il se faufila entre elles avec une agilité que même son avatar personnel et tous ses mods ne lui avaient jamais offerte. Les blessures de lumière qu'il infligeait aux créatures guérissaient vite, mais elles les ralentissaient considérablement.

— Et fais attention avec ces balles ! ajouta-t-il en filant ventre à terre jusqu'à l'autre couloir. Elles sont super rares, j'ai dû en suer pour me les procurer. Surveille tes niveaux et vise bien !

— Oui, Maman, bougonna Likaï.

Il avait beau grincer des dents, il fit quand même des efforts pour s'appliquer. Délivré de son besoin d'anonymat, Neru découvrait le plaisir de jouer avec un avatar si petit et d'une telle maniabilité qu'il en était insaisissable pour les ennemis. Il grimpa sur une ombre, y laissant des empreintes de pattes de chat dorées, et bondit sur la suivante avec un cri d'allégresse.

— Si tu veux que je te tire dessus, dis-le, ça ira plus vite, lui lança Likaï. Je n'y vois pas spécialement d'objection.

Neru se fit éjecter de son perchoir par un bras noir qui l'envoya bouler dans le sable. Quelqu'un avait dû oublier d'expliquer à ce félin comment toujours se réceptionner sur ses pattes. Il se redressa et se secoua pour nettoyer sa fourrure. Il voulut ensuite la lisser de la patte, mais s'emmêla dans ses cinq membres et finit étalé sur le flanc. Likaï fronça les sourcils, mais Neru vit bien qu'il se mordait la lèvre pour ne pas rire.

— Quand tu auras fini de faire l'imbécile, dit-il par-dessus les coups de feu, si tu m'expliquais pourquoi tu m'aides ?

Neru aperçut un mouvement du coin de l'œil. Au lieu de répondre, il escalada Likaï jusqu'à se percher sur son épaule. Quand cela lui valut une grimace irritée, il lui glissa dans l'oreille :

— Caméras.

Deux globes irisés flottaient au-dessus de l'arène, leurs objectifs braqués sur le combat. Ils s'éclipsèrent vite. Neru songea non sans horreur à ce que cela disait de la performance de Likaï. Sa frustration était palpable lorsqu'il jeta :

— Tu es en train de massacrer ma réputation en ligne. De quoi j'ai l'air avec ton 58 de la dernière manche ? Je parie que tout le monde se fiche de toi à l'Université.

Likaï eut un éclat de rire incrédule.

— C'est pour ça que tu m'aides ? Pour ta stupide réputation ?

— Non ! s'offusqua-t-il. C'est juste… Je ne…

Que pouvait-il dire ? Il ne savait pas lui-même pourquoi il faisait une chose pareille. S'il s'avérait qu'il avait tort à son sujet…

— Je veux savoir pourquoi tu fais ça ! s'emporta-t-il. Tout ce temps qu'on a passé ensemble, ce n'était vraiment que du pipeau ? Tu essayais de m'embobiner pour me piquer mon compte ? C'est tout ?

Likaï ne dit rien. Blessé, Neru sauta à terre pour rejoindre la bataille. À quoi s'était-il attendu ? Au fond, il connaissait déjà la vérité.

Likaï finit de libérer l'un des couloirs. Comme le reste des ombres menaçait de le submerger, il s'y engagea en courant pour retrouver un peu d'espace. Il ne tirait pas trop mal… pour un parfait débutant. Mais il était lent, et sans les balles foudre, il aurait été dans de sales draps. Neru n'osait même pas lui suggérer de prendre une arme de corps à corps. Il l'imaginait déjà se faire réduire en lambeaux.

— Je dois faire ça encore combien de temps ?

— Je te l'ai dit, c'est une arène ! Ça peut être trois types d'épreuves : tuer un maximum d'ennemis en un temps imparti, gagner un maximum de points en éliminant un nombre limité d'ennemis de la manière la plus élégante possible... ou plus probablement, une combinaison des deux.

— Tu plaisantes ? s'exclama Likaï, le visage froissé par cette angoisse que Neru détestait y lire. S'il n'y a pas d'autre option, je n'ai aucune chance de faire mieux qu'hier !

— Il aurait peut-être fallu que tu y penses avant, plutôt que de t'imaginer que tu pourrais faire des miracles avec si peu d'entraînement, répliqua-t-il, acerbe.

— Tu crois que j'ai le choix ?

C'était sorti comme un cri. Rauque, presque animal ; chargé de tant d'émotions qu'elles en étaient indéchiffrables.

Neru fixa Likaï, les yeux ronds. Son visage s'était fermé. Il crispait les mâchoires, comme pour se reprocher d'en avoir trop dit. Pendant de longues secondes, seuls résonnèrent entre eux les détonations du pistolet et le crépitement des balles.

— Je veux bien t'aider, finit par dire Neru, si tu me dis pourquoi tu fais tout ça.

— Pourquoi tu ferais une chose pareille ?

— Pourquoi pas ? Si tu perds, ça ne me rendra pas mon compte ; par contre, ça plombera mon historique. Et toi, tu n'as pas vraiment le choix. Sans moi, tu n'as aucune chance. Il va falloir que tu prennes le risque.

Likaï réfléchit à la question. Il n'hésita pas longtemps.

— D'accord, capitula-t-il. Si tu m'aides, à la fin du tournoi, je t'explique tout.

Il aurait préféré qu'il le fasse maintenant. Mais après tout, il était logique qu'il ne lui fasse pas confiance pour remplir sa part du marché. Neru espéra qu'il n'allait pas lui-même se faire rouler dans la farine... Mais cette simple promesse l'intéressait trop pour qu'il l'ignore.

Il revint au problème le plus pressant. Likaï avait raison. S'il n'y avait pas d'autre option de jeu possible, il était cuit. Neru se débrouillait plutôt bien pour trouver des itinéraires dérobés et des solutions cachées… si toutefois ils existaient. Mais c'était leur seule chance ; il fallait prendre le risque.

— Continue, je vais voir ce que je peux dénicher.

Sans lui laisser le temps de protester, il partit de toute la vitesse de ses quatre pattes. Il fit le tour de l'arène en un temps record, mais malgré un examen attentif, il ne découvrit rien de plus que lors de leur premier passage : quatre couloirs disposés en carré, et une place ronde et sans aucune particularité à chaque angle. Il s'arrêta pour gratter le sable, mais il eut beau creuser, le sol n'avait rien de spécial.

En désespoir de cause, il s'approcha des parois incandescentes. Il avait vu Likaï toucher les flammes par erreur et s'en éloigner en jurant, une jolie brûlure sur l'épaule. Pourtant, quand il tendit une patte prudente, il ne ressentit aucune douleur. Encouragé, il fourra la tête tout entière à travers. Il n'en gagna qu'une douce chaleur léchant son cou, et un regard vertigineux dans un abîme de vide d'un noir d'encre.

Frissonnant d'un dégoût atavique, il s'extirpa des flammes. Avec plus de réticence, il traversa le couloir et réitéra l'expérience.

Il s'était préparé à voir exactement la même chose. Aussi fut-il stupéfait de découvrir une zone structurée.

L'intérieur du carré n'était pas creux, mais donnait sur une autre allée de sable et de feu. Ravi, Neru s'empressa d'entrer et alla passer la tête à travers le mur opposé. Mal lui en prit : il tomba nez à nez avec une bonne dizaine d'ombres.

Il sauta en arrière, le cœur battant, mais trop tard. Comme si elles n'avaient attendu que ce signal, les ombres le suivirent.

Neru retint un glapissement et partit à fond de train. Il longea les murs de flammes. Il ne pouvait pas retourner dans le couloir extérieur avant d'avoir trouvé… ah !

Ce carré-là n'était pas aussi vide que celui dans lequel se battait Likaï. Au beau milieu d'une des allées se dressait un piédestal anguleux, haut comme la hanche d'un homme adulte.

Neru bondit lestement à son sommet. Il exulta d'y trouver un gros bouton rouge. Dès qu'il s'y appuya de tout son poids, les flammes à sa droite moururent, libérant la voie pour son joueur. Il esquiva l'attaque d'un ennemi et fila rejoindre Likaï.

Son voleur finissait tout juste son groupe d'assaillants. Il eut un gros soupir et leva les yeux au ciel en apercevant ceux que Neru guidait droit sur lui.

— J'avoue que je commençais à me sentir claustrophobe, mais si les affections de ces charmantes créatures sont le prix à payer pour un couloir deux fois plus large, tu aurais pu t'abstenir.

Neru fut vexé par son manque de reconnaissance.

— Ne râle pas ! Tu ne te rends pas compte de ce que ça veut dire ? Non, évidemment, enchaîna-t-il sèchement. S'il y a des énigmes, ça signifie qu'il y a une autre manière de terminer la manche. Alors tu peux bien t'assurer qu'ils ne me collent pas au train pendant que je fais tout le boulot à ta place !

Étonnamment, cela suffit à ce que Likaï ferme la bouche et s'applique à tirer.

Neru le laissa s'occuper de ses amis trop envahissants et repartit à l'assaut du cœur secret de l'arène. En fait d'énigmes, le fonctionnement de la sortie dérobée s'avéra très simple. L'arène était constituée de carrés concentriques séparés par les murs de feu. Chaque carré contenait un piédestal identique au premier qu'il avait trouvé, ainsi qu'un nouveau bataillon d'ombres. Neru supposa que les boutons rouges étaient prévus pour être activés avec une arme de jet par les joueurs les plus futés ou ceux dont l'équipement leur permettait de voir à travers les flammes. Il ignorait complètement si les compagnons avaient l'intelligence nécessaire pour ce genre de tâches.

De ce fait, la réapparition des caméras, attirées par le succès inattendu de Likaï, le fit hésiter un long moment. Ne mettait-il pas son identité en péril en continuant ? Pourtant, c'était la seule solution pour tirer Likaï d'affaire. Même s'il lui indiquait l'emplacement des boutons, il n'était pas assez doué avec une arme pour les activer à l'aveuglette.

Il adopta un compromis en retournant auprès de lui. Il s'assit à ses pieds et le fixa avec insistance, muet et inquisiteur. Après quelques secondes de ce manège, Likaï, intrigué, parcourut la zone des yeux et aperçut l'une des caméras.

— Mêmes instructions que précédemment, lança-t-il à Neru, avec le naturel parfait de quelqu'un commandant une intelligence virtuelle basique.

Soulagé, Neru se faufila entre les ombres et alla chercher le prochain mécanisme.

Bientôt, il franchit le dernier mur de flammes et l'éteignit.

Juste à côté du piédestal au bouton rouge, un portail de lumière s'activa, identique à celui qui avait marqué le début de la manche. Likaï accourut et Neru sauta sur son bras. Le sentiment de triomphe qu'il ressentit n'aurait pas été plus puissant s'il avait lui-même remporté l'épreuve. Ravi, il ne put résister à l'envie de frotter sa tête contre le cou de son voleur.

— Beau travail ! Tu ferais un bon joueur si tu t'y mettais sérieusement !

Le compliment était sincère et jaillit sans qu'il y réfléchisse. Le visage de Likaï s'était éclairé d'un espoir ardent qui fit vibrer son cœur. Il lui coula un regard empli de reconnaissance. Pendant un instant, Neru oublia leur trêve bancale et jusqu'au détail troublant de son compte piraté, trop heureux d'absorber la moindre goutte d'émotion chaleureuse dans ces yeux.

Le portail les déposa dans la zone de début de jeu. Un tonnerre d'applaudissements et d'acclamations retentit. Avec un délicat bruit de carillon, un nombre s'afficha au-dessus de leurs têtes. Joueur et compagnon levèrent le nez à l'unisson pour y lire un généreux 100.

Neru sentit les muscles de Likaï se détendre. Sous l'effet du choc, du soulagement, des deux à la fois ? Il but avec allégresse tout ce qui filtra de stupéfaction et d'émerveillement sur les traits de son ami.

Nonchalamment appuyé sur sa canne au centre du plateau champêtre, Roman gratifia Likaï d'un grand sourire. Il était seul sur scène. Les autres joueurs n'avaient de toute évidence pas terminé l'épreuve.

— Et voici notre héros du jour ! proclama l'animateur en se redressant d'un coup de hanche. Un score parfait automatique pour avoir résolu l'énigme cachée dans cette manche. Le triomphe de l'esprit sur les muscles. Neru le Vif !

Une seconde salve d'ovations résonna. Neru fut envahi par le trac. Tous ces gens l'applaudissaient, lui ! Mais Roman tendit une main princière et Likaï s'avança pour la serrer.

— Hum, merci, bafouilla-t-il, et Neru fut à nouveau stupéfait et assez perturbé par la facilité avec laquelle il l'imita. C'est un honneur...

Roman garda sa main dans la sienne et posa l'autre sur son épaule dans une démonstration de sincère camaraderie.

— Vilain petit canard du classement hier, gagnant étincelant aujourd'hui... On peut dire que tu ne fais pas les choses à moitié, Neru ! Je pense pouvoir affirmer que personne ne s'attendait à ta victoire.

Likaï esquissa un sourire hésitant. Roman rebondit sur son silence comme sur le reste, imperturbable.

— Et quelle utilisation magnifique tu as faite de ton compagnon ! Moi qui te complimentais encore tout à l'heure sur le sujet, je ne croyais pas si bien dire. Dis-moi, entre nous... quelles commandes as-tu bien pu lui donner pour qu'il accomplisse un travail aussi délicat ?

Neru déglutit, mal à l'aise sous le feu de ces yeux bleu pâle. Heureusement, Roman n'essaya pas de le toucher.

Il eut un moment d'angoisse, mais Likaï se contenta de se balancer d'une jambe sur l'autre et bredouilla :

— Oh, non... Je ne peux pas te dire ça. Secret professionnel, tu sais.

Il jouait à merveille la carte du grand timide qui s'efforçait d'avoir l'air cool. Neru aurait pu se comporter exactement de cette façon s'il avait participé au tournoi. Ce rappel de la duplicité de Likaï lui remit en tête ce dont il était capable et étouffa le bonheur enfantin que leur victoire avait allumé en lui. Tout à coup, il avait froid.

Roman éclata de rire. Même son hilarité sonnait faux, une

simagrée d'acteur de plus. Neru se sentit déplacé en compagnie de ces deux hommes-masques.

— Très bien ! Je m'en voudrais de t'ôter ton mystère. Ah, mais on me prévient qu'un autre de nos concurrents s'apprête à terminer la manche ? Oui ! Bienvenue, Sasha !

Ledit joueur apparut sur le plateau, son compagnon faucon perché sur l'épaule. Dès qu'il aperçut Likaï, ses sourcils s'envolèrent vers son front.

— Bienvenue, bienvenue, répéta Roman en l'invitant à approcher. J'ai bien peur que Neru t'ait coiffé au poteau aujourd'hui. Et pourtant, ta performance était splendide, tout simplement splendide !

Sasha le laissa lui serrer la main, mais son regard demeura fixé sur Likaï. À aucun instant il n'accorda d'attention au chat lové contre son cou.

Neru décida que son mépris faisait moins mal.

CHAPITRE 12

Fasia suivait la scène de clôture de la seconde manche sur son poste de télévision quand un appel l'interrompit. Elle soupira d'impatience. Il n'aurait pas pu attendre un peu ? Elle jeta un dernier coup d'œil à Neru, petite peluche dorée perchée sur un jeune homme qui ressemblait comme deux gouttes d'eau à son corps physique. Tous les joueurs avaient à présent rejoint le plateau et l'animateur voletait de l'un à l'autre comme une abeille sous stéroïdes.

D'un signe de la main, elle décrocha.

Les épaules tendues, les narines palpitantes et les lèvres retroussées en un rictus, Ace montrait tous les signes d'une rage extrême. Fasia se plut à imaginer son visage écarlate, d'une jolie couleur assortie à ses yeux. Malheureusement, son stupide avatar gardait le même teint en toutes circonstances.

— Tu as vu ce qu'a fait ce sale petit serpent ? tempêta Ace.

— J'ai vu, répondit-elle paresseusement.

— Il a servi à ce satané voleur la victoire sur un plateau d'argent ! Un score parfait et les félicitations du public, et Monsieur n'a même pas eu à bouger le petit doigt !

Fasia roula des yeux et retint un bâillement.

— Débranche-le.

Cet ordre obtint la réaction que ses vociférations avaient échoué à provoquer : elle se redressa sur le canapé.

— Quoi ?

— Débranche son fauteuil, répéta-t-il. Ce traître va

m'entendre !

— Et puis quoi, encore ? Je sais très bien qu'une éjection forcée rend les gens malades. Tu peux attendre quelques minutes que l'émission se termine.

Ace étrécit les yeux. Il sembla réaliser quelque chose.

— Tu savais ce qu'il allait faire ? dit-il doucement ; puis son ton monta. Tu le savais, et tu as laissé couler ?

— Pas exactement… commença-t-elle, mais il ne l'écoutait déjà plus.

— J'aurais dû me douter que tu étais sa complice. Laisse-moi deviner. Vous êtes tous les deux de mèche avec ce fichu pirate !

Fasia entendit le fauteuil se déconnecter. Elle jeta un coup d'œil dans le coin de la pièce et vit les sangles se déboucler, le casque commencer à se replier. Sitôt que Neru ouvrit les yeux, Ace tourna sa colère vers lui.

— Et toi ! Ton compte n'a jamais été volé, pas vrai ? cracha-t-il. Tu l'as donné de plein gré à ton pirate. Ce n'était qu'une excuse pour essayer de t'attirer mes bonnes grâces. Vous vouliez juste un moyen d'interférer avec le tournoi !

— Qu… quoi ? balbutia Neru, ahuri.

— Oh, ne fais pas l'innocent. J'y vois clair dans votre manège, à présent. Vous m'avez bien eu, tous les trois.

— Mais non ! C'est faux, Likaï m'a bien volé ! Et qu'est-ce que tu veux dire, « tous les trois », Fasia n'a rien fait du tout. Laisse-la en dehors de ça, elle n'y est pour rien…

Il parlait tellement vite dans sa panique que Fasia crut qu'il allait s'étouffer.

— Laisse tomber, Neru, l'interrompit-elle. Tu ne dois aucune explication à ce type.

Ace parut si furieux que s'il avait pu crever l'écran pour les étrangler tous les deux, Fasia ne doutait pas qu'il l'aurait fait.

— Ah, il ne me doit rien ? Mais tu as raison, après tout, dit-il d'une voix doucereuse. Je ne vois pas pourquoi je perds mon temps avec vous. Fini de jouer. Je vais vous dénoncer tous autant que vous êtes !

Le visage de Neru se décomposa.

— Non… Attends… Likaï… murmura-t-il, blême.

— C'est du bluff, annonça Fasia. Il ne va rien faire du tout.

Ace eut un rire cassant.

— Ah non ?

— Non. Et franchement, tu ne manques pas d'air de nous accuser de nous allier à un pirate virtuel, *monsieur le cracker*.

Neru essaya de se lever et retomba sur le fauteuil, bouche bée. Le meuble grinça sous son poids. Mais Fasia tira surtout une grande satisfaction de la réaction d'Ace : toute sa belle assurance disparut et il tenta en vain de cacher un accès d'angoisse.

— Qu'est-ce que tu racontes ? demanda-t-il d'un ton soudain très neutre.

— Oh, ce n'est pas la peine de jouer à ça. Je me suis renseigné, figure-toi. Depuis le début, je te trouvais très louche, alors j'ai commencé à poser des questions sur la toile. Là, j'ai entendu parler d'un cracker, un certain Ace qui passe son temps à mettre des bâtons dans les roues de Prodig et à tirer d'autres pirates de mauvais pas. Il est anonyme, bien sûr. Personne n'a jamais vu son vrai visage ni ne connaît son numéro de compte. Il paraît qu'il utilise des comptes factices quand il doit entrer en contact avec quelqu'un… Alors dis-moi, monsieur le cracker : est-ce que « Ace » est ton véritable nom, au moins ?

Alanguie sur le canapé dont elle n'avait pas bougé, elle examina ses ongles. Elle savourait son petit effet. Neru fixait la télévision, muet d'incrédulité. Ace dut renoncer à jouer la comédie, car ses yeux rouges recommencèrent à jeter des éclairs.

— Premièrement, gronda-t-il entre ses dents, je ne suis pas un « cracker ». Je suis un hacker, ma jolie, et *oui*, il y a une différence. Non pas que je m'attende à ce que des amateurs comme vous la connaissent. Ensuite, tu n'as aucune idée de qui je suis et de ce que je fais.

— De toute évidence, répliqua-t-elle avec un mouvement de tête arrogant. Mais je sais que tu ne travailles pas plus pour Prodig que Neru ou moi. Alors vas-y, dénonce Neru et Likaï. J'irai moi-même expliquer à la police comment tu as piraté le tournoi pour remplacer l'un des compagnons.

— On ne dit pas « pirater », mais « hacker » ! Et qu'est-ce qui te fait croire que j'ai quoi que ce soit à craindre de vous ? Même si Prodig vient à savoir que j'ai mis mon nez dans leur code, ils ne m'attraperont pas pour autant, et ça ne diminuera en rien votre responsabilité dans cette histoire !

— Ah non ? Et si je leur montre cet e-mail « officiel » que tu m'as envoyé pour me demander de coopérer ? Hé oui, tu as laissé une trace. Je peux prouver que tu nous as manipulés pour qu'on participe à ton plan stupide.

Ace eut l'air proprement dégoûté.

— Vous n'avez vraiment aucune idée de ce que vous faites. Vous voulez gagner le tournoi avec ce compagnon truqué ? Vous savez quoi ? Allez-y ! Ne vous gênez pas !

Sa voix se chargea d'une ironie lourde et grinçante. Il gesticula avec son bras de métal, la bouche tordue en un pli amer.

— Je ne vais même pas prendre la peine de supprimer mon code modifié. Donnez-vous-en à cœur joie. Essayez de rouler Prodig dans la farine, pour voir. Je vous garantis que vous n'allez pas aimer le résultat. Mais pourquoi est-ce que vous me croiriez, pas vrai ? J'ai fait de mon mieux pour vous aider, mais puisque vous voulez vous montrer stupides, je m'en lave les mains.

Il coupa la communication, aussi abruptement que d'habitude ; mais pour de bon, cette fois. Fasia bondit sur ses pieds et tournoya sur elle-même, très satisfaite.

— Ha ! s'exclama-t-elle. Tu as vu ça ? Je lui ai appris à essayer de nous mener en bateau !

Neru semblait troublé.

— Mais… qu'est-ce qu'il voulait dire ? Qu'il essayait de nous aider ?

Elle roula des yeux.

— Encore un mensonge. N'avale pas tout ce qu'il raconte. Tu as bien vu qu'on ne peut pas lui faire confiance. « Je vous conseille de coopérer avec les autorités compétentes dans cette affaire », minauda-t-elle en imitant son air coincé. Non, mais vraiment !

— C'est bizarre, quand même. Qu'est-ce qu'il voulait à Likaï ?

Elle soupira et s'approcha de lui. La télévision diffusait une émission quelconque, où une blonde présentait ses sous-vêtements préférés à la caméra avec un sourire de pimbêche.

— Neru, oublie-le. Il t'a laissé l'accès au compagnon, tu peux même finir le tournoi avec Likaï. C'est tout ce qui compte, non ?

Une pointe de reproche filtra dans ses mots. Neru piqua un fard et baissa les yeux sur ses pieds.

— Pardon, murmura-t-il. Je ne t'ai même pas dit que j'allais aider Likaï…

— Ça, c'est sûr que j'aurais aimé être au courant. Je pensais que tu allais juste abandonner le plan d'Ace, pas carrément le retourner contre lui !

— Je sais… Désolé.

Elle lui tourna le dos le temps d'éteindre la télé. Le silence retomba sur l'espace à vivre. Elle croisa les bras et le fixa avec sérieux.

— C'est vraiment ce que tu veux faire ? Aider un pirate et un voleur, sur la simple supposition que, peut-être, il a bon fond ?

— Je sais que c'est nul. Je suis sans doute le dernier des naïfs. Mais je crois que je m'en voudrai jusqu'à la fin de mes jours si je n'essaie pas. Je préfère regretter de lui avoir fait confiance que regretter d'avoir douté de lui.

Il lui coula un regard anxieux par en dessous. Il semblait sincèrement se soucier de ce qu'elle pensait de sa décision. Cela étonna Fasia. Pour se donner une contenance, elle passa une main distraite sur l'étagère de livres à côté d'elle.

Elle ne savait pas comment se comporter avec ce garçon. Il était ignorant de tant de choses qu'elle trouvait parfaitement évidentes, et au contraire s'énervait pour des broutilles sans importance. La frontière qui se dressait entre eux portait un nom : RÉEL. Alors que Fasia le craignait comme la peste, Neru le traitait comme l'oxygène dans ses poumons, nécessaire et désirable.

Elle avait côtoyé d'autres accros avant lui. Pourtant, Neru ne réagissait pas comme eux. Elle avait d'abord supposé que c'était dû à son bannissement forcé de RÉEL, mais plus elle y réfléchissait, moins elle y croyait.

Elle s'arma de courage et essaya d'imaginer ses parents dans la situation de Neru. Son père et sa mère, qui dormaient sur leurs fauteuils et ne se débranchaient que pour se nourrir… ces deux corps toujours muets, toujours immobiles, avec lesquels elle avait vécu les premières années de sa vie, seule et perdue, jusqu'à ce que Den renonce à arracher son fils et sa belle-fille à leur cage dorée. Jusqu'à ce que, la mort dans l'âme, il les abandonne à leur addiction et prenne Fasia sous son aile. Ces parfaits inconnus, qu'auraient-ils fait si on les avait forcés dans le monde physique ? Auraient-ils seulement eu le courage de sortir de chez eux ?

Elle aurait préféré ne pas se l'admettre, mais Neru était différent. Et peut-être bien que cette différence lui venait de ce qui semblait motiver toutes ses décisions les plus étranges : ce mystère troublant qu'il nommait Likaï.

Elle parvint à esquisser un sourire qui ne tremblait pas trop.

— Tu vois, Neru ? Il y a bien quelque chose d'important dans ta vie, finalement.

Le lendemain matin trouva Neru montant dans un taxi que Fasia avait appelé pour lui. La jeune femme lui fit un signe de la main depuis la porte d'entrée.

— À tout à l'heure !

Neru lui répondit vaguement. Elle tourna les talons et disparut à l'intérieur. Il se pencha sur le tableau de bord. Avec une certaine appréhension, il saisit l'adresse de son appartement. Le véhicule fit un demi-tour silencieux et se mit en route.

Depuis sa conversation avec Likaï la veille, Neru était convaincu de trouver son chez-lui entier et intact. De toute évidence, Likaï n'avait besoin que de son compte. Qu'avait-il à faire d'un appartement qui se situait peut-être à l'autre bout du monde pour lui ? Rassuré, Neru avait donc décidé de passer y rassembler quelques biens. Il l'avait quitté si vite qu'il ne possédait que les vêtements sur son dos. Pour son hygiène personnelle, il devenait grand temps qu'il en change.

Il se frotta les bras et bâilla. Il était encore tôt pour lui, mais il préférait s'occuper de cela avant la troisième manche du tournoi. Ainsi, dès que cette histoire serait terminée, il pourrait entamer son voyage pour retrouver Adélaïde… si toutefois il en avait besoin. Il n'osait pas vraiment se l'admettre, mais une partie de lui ne pouvait s'empêcher d'espérer que Likaï lui rendrait son compte sans faire de vague. Il s'efforçait de ne pas trop y penser, conscient de la naïveté extrême de cette hypothèse.

À travers les fenêtres du taxi, il observa les quelques piétons déambulant dans les rues sous un ciel bas et brumeux. Ils portaient presque tous des hololunettes. Il y avait quelque chose de familier autant que de déconcertant à croiser tant d'écrans après ces longues journées en compagnie de Fasia.

Ses pensées se tournèrent vers elle. Elle était sans doute déjà retournée à sa peinture. Neru avait occupé l'après-midi de la veille à l'atelier, et force lui était d'admettre qu'il avait passé un meilleur moment qu'il ne l'aurait cru possible. On ressentait une curieuse impression de fierté à créer quelque chose de ses deux mains, même si ce n'était qu'une couche de vernis sur un morceau de bois taillé. Den avait même semblé satisfait de son… de son… *travail*.

Il se mordit la lèvre, indécis. Qu'est-ce qui lui arrivait ? Fasia commençait à le changer de l'intérieur, et il n'était pas sûr que cela lui déplaise. Pourvu qu'il ne soit pas en train de tomber amoureux d'elle…

Certes, il éprouvait de l'attirance pour elle. Il ne pouvait pas le nier. Mais elle semblait surtout trouver en lui l'occasion de faire une bonne action. Dès que son problème serait résolu, elle repartirait en voyage et il ne la reverrait sans doute jamais. Ce n'était pas le moment de s'amouracher.

Le taxi pénétra dans sa zone résidentielle, l'arrachant à point nommé à ses angoisses. Neru n'avait jamais été aussi heureux de voir tous ces faux champignons géants dressés au centre de pelouses tirées au cordeau.

Lorsqu'il atteignit son immeuble, il eut la surprise de découvrir une fourgonnette de police bleue arrêtée devant l'allée. Le taxi s'immobilisa près d'elle. D'une pression sur le tableau de bord, Neru demanda au véhicule de l'attendre pour le trajet de retour. Il descendit prudemment. Il contourna la fourgonnette en sondant du regard la cabine derrière le pare-brise. Personne n'était au volant.

Mal à l'aise, il se hâta vers l'ascenseur. Ce serait bien sa veine s'il croisait l'agent de l'autre jour par pur hasard. Il préférait oublier que cette rencontre avait eu lieu.

Heureusement, il atteignit son étage sans encombre et trouva la coursive déserte. Il trotta jusqu'à son appartement… et s'arrêta bêtement devant la porte béante.

À l'intérieur, les volets avaient été ouverts. Un homme en uniforme se découpait sur le ciel gris de la baie vitrée. Il brandissait un appareil relié au fauteuil de RV de Neru par des câbles pendants. Plus loin, dans l'espace à manger, deux autres officiers s'entretenaient avec une grande femme à l'attitude pincée. Ses cheveux noirs coupés au carré et la ligne stricte de sa tunique et de sa longue jupe beige renforçaient encore la sévérité de son froncement de sourcils.

— Maman ? s'exclama-t-il.

Adélaïde projeta vers lui un regard perçant comme un javelot. Son visage parut s'adoucir. Il aurait été tenté de croire à un effet de la lumière, mais il peinait déjà à intégrer la présence de sa mère chez lui. C'était comme essayer de réconcilier deux mondes qui n'auraient jamais dû se rencontrer : la silhouette rigide et presque étrangère d'Adélaïde debout au milieu de ces meubles familiers.

Elle s'avança vers lui à grandes enjambées.

— Neru ! Enfin te voilà. Je me suis fait un sang d'encre !

Stupéfait par le soulagement dans sa voix, il se laissa tirer à l'intérieur sans protester.

— C'est donc bien votre fils, madame ? demanda l'un des agents.

Avec horreur, Neru reconnut en lui très précisément l'homme

qu'il avait espéré ne pas voir. Il posait sur lui un œil mécontent.

— Oui.

L'autre officier, un type maigre arborant une couronne de cheveux poivre et sel, se tourna vers son collègue barbu.

— Tu confirmes ?

— Oui. C'est bien lui qui a essayé de porter plainte il y a quelques jours pour vol de compte.

Il ajouta à l'intention de Neru, bourru mais apparemment sincère :

— Je suis désolé, garçon. On dirait que tu t'es retrouvé ciblé par un pirate pas trop mauvais. Le système n'avait vraiment rien relevé d'anormal.

Neru ne répondit pas, à court de mots. Il adressa un regard perdu à sa mère.

— J'ai attendu en vain que tu me recontactes, Neru, eut-elle la bonté d'expliquer. Mais hier, puisque je n'avais toujours pas de nouvelles de toi, je me suis renseignée et j'ai découvert que tu négligeais tes cours. J'étais furieuse, tu t'en doutes. Je t'ai envoyé un e-mail pour te demander des explications. Puis j'ai essayé de t'appeler. Comme tu ne répondais ni à l'un, ni à l'autre, je me suis résignée à faire le déplacement jusqu'ici. Mais à mon arrivée, l'appartement était vide. J'ai aussitôt contacté la police.

Elle darda un coup d'œil peu commode à destination du policier au crâne dégarni.

— Ce monsieur semblait décidé à ne m'accorder aucune attention, jusqu'à ce que son collègue se souvienne heureusement de ta visite.

— Vous voudrez bien m'excuser, madame, marmonna l'agent réprimandé, mais il n'y avait rien d'alarmant dans ce que vous nous signaliez. Il arrive que des personnes très attachées à RÉEL s'en distancient soudain sans prévenir, par exemple lorsqu'elles s'entichent de quelqu'un dans le monde physique. C'est de son âge, après tout.

— Et moi, je vous dis que je connais mon fils.

Neru aurait pu trouver quelque chose de sarcastique à répondre à cela, mais il n'essaya même pas.

— Mais… mais tu ne devrais pas être au boulot ? balbutia-t-il.

— Ne sois pas absurde, Neru. Je me suis absentée pour la journée. Il devenait évident qu'il se passait quelque chose de grave.

Parce qu'il avait refusé de l'appeler pour s'excuser et qu'il avait passé plus de temps à jouer qu'à aller à l'Université ? Il fit de son mieux pour contenir un rougissement. Adélaïde ne semblait pas se douter que son compte n'avait été volé que trois jours auparavant. Neru s'était laissé distraire par sa nouvelle amie et par son entrée au panthéon, voilà tout. S'il avait su que cela forcerait sa mère à abandonner son précieux travail pour venir lui remonter les bretelles ! Il ignorait s'il devait interpréter cela comme une démonstration d'affection maternelle inattendue ou comme une énième tentative de diriger sa vie. Devait-il se sentir heureux, ou insulté ? Il nageait en pleine confusion.

Le troisième officier poursuivait son œuvre près du fauteuil. Neru le suivit un instant des yeux.

— Qu'est-ce qui se passe ?

— Nous recueillons tous les éléments pouvant prouver que ce compte est le tien, dit le policier barbu. Tu as de la chance : ta mère a eu la prévoyance de garder la preuve de création du compte dans ses archives. La procédure devrait être assez simple.

— Et le pirate ? demanda Adélaïde.

— On attend que Prodig réponde à notre demande de renseignements. Dès qu'on aura la localisation du fauteuil qu'il utilise pour se connecter, une autre équipe se chargera de l'interpeller. Prodig doit aussi s'occuper de bloquer le compte.

La pleine portée de ce qu'il venait de dire mit une seconde entière à frapper Neru.

— Vous avez signalé à Prodig que mon compte était piraté ? s'alarma-t-il.

Adélaïde et les deux agents se tournèrent vers lui comme s'ils le pensaient soudain particulièrement stupide.

— Bien sûr, jeune homme, dit l'autre policier. Il n'y a pas de raison de laisser l'accès à ton voleur plus longtemps, n'est-ce pas ? Ne t'inquiète pas, même s'il réalise ce qui se passe et qu'il s'enfuit, on déduira son identité à partir de son fauteuil…

— C'est pas la question ! s'affola-t-il. Likaï a presque terminé le tournoi… Il a juste besoin d'un peu plus de temps… Et puis, Ace n'a pas arrêté de nous dire de nous méfier de Prodig…

— Likaï ? répéta Adélaïde, fronçant les sourcils. Ace ?

— Ne me dis pas que tu connais le nom du voleur ? demanda vivement l'agent. Ils sont plusieurs ? Tu aurais leurs numéros de compte ?

— Je vous dis que Likaï est peut-être en danger !

— Neru, réponds tout de suite aux questions de l'officier, lui intima sèchement Adélaïde.

Elle utilisait le même ton de voix quand il avait cinq ans et refusait d'avouer où il avait caché son doudou sale. Il lui en voulut tellement à cet instant qu'il aurait pu hurler. Comment osait-elle lui parler comme à un enfant ignorant quand elle débarquait dans sa vie et la mettait sens dessus dessous sans rien chercher à comprendre ?

— Laisse tomber, lui jeta-t-il, furieux. Tout compte fait, je ne vois pas pourquoi je voulais ton aide. J'aurais dû me douter que tu ne ferais que tout gâcher !

Son visage se décomposa de stupéfaction. Neru se précipita dans le couloir et s'enfuit, sourd aux cris qui essayaient de le retenir.

CHAPITRE 13

D en sursauta lorsque Neru ouvrit la porte d'entrée à la volée. Son pinceau dut déraper, car il se mit à jurer copieusement. Fasia leva la tête et détailla Neru du regard. Elle haussa les sourcils en le trouvant essoufflé et dépourvu des affaires qu'il avait eu l'intention de rapporter.

— Qu'est-ce qui t'est arrivé ?

— Et est-ce que ça te tuerait de frapper avant d'entrer ? ajouta Den d'une voix acide.

Neru l'ignora et se rua vers Fasia.

— Je peux te parler ? siffla-t-il. C'est assez urgent.

Elle haussa les épaules et déposa son matériel. Elle le suivit dans les escaliers qu'il grimpa quatre à quatre.

— Non, sérieusement, insista-t-elle en atteignant le premier étage, qu'est-ce qui ne va pas ? Tu t'es fait attaquer dans la rue ? Tu es blessé quelque part ?

Avait-il l'air si paniqué que cela ? Il essaya de se calmer, mais l'anxiété lui nouait les entrailles.

— Prodig vient d'être mis au courant que mon compte est piraté.

— Quoi ? Comment ?

— Ma mère, s'énerva-t-il. Elle a vraiment le chic pour fourrer son nez là où je ne veux pas d'elle. Bref, c'est pas la question. Il faut que je prévienne Likaï.

— Si tu veux… Mais je ne vois pas ce que ça va changer. Ils ne le laisseront jamais terminer le tournoi.

Elle se dirigea tout de même vers la télévision, l'alluma et accéda à la fonction visiophone.

— Je sais, et ça ne m'arrange pas du tout. C'est pas ce que j'avais prévu. Likaï avait accepté de répondre à mes questions, et maintenant… Mais ce n'est pas ce qui m'inquiète.

Il attira l'attention de l'écran et entreprit de chercher Likaï dans la base de données mondiale. Contrairement à ce qui lui était arrivé avec Seth, il se souvenait si bien de son numéro de compte qu'il eut tôt fait de le trouver dans le système.

— Qu'est-ce que tu veux dire ? lui demanda Fasia pendant que le visiophone sonnait. Ne me dis pas que tu penses encore à ce qu'Ace nous a raconté ? C'est un menteur et un tricheur, Neru.

— Mais tu as bien vu comment il parlait de Prodig, avant *et* après qu'on apprenne qu'il ne travaille pas pour eux. Et son intervention dans cette histoire est quand même louche… Je ne sais pas, j'ai un mauvais pressentiment…

La sonnerie retentissait toujours. Allez, décroche ! pensa-t-il avec ferveur.

Mais Likaï ne décrocha pas. Le système renonça et annonça l'indisponibilité de leur correspondant. Neru serra les dents et entra son propre numéro de compte dans la zone de recherche. D'après l'horloge affichée dans un coin de l'écran de télévision, il était presque dix heures. Il ne restait plus qu'une demi-heure avant la troisième manche.

Cet appel n'eut pas plus de résultats que le précédent. Il soupira et passa une main angoissée dans ses cheveux, défaisant à moitié sa queue de cheval.

— Peut-être qu'ils ont déjà coupé le compte, suggéra gentiment Fasia.

— Peut-être, dit-il, peu convaincu.

— Tu veux lui envoyer un e-mail, au cas où ?

Il n'eut pas à réfléchir longtemps.

— Non. S'il y a une enquête, je ne veux pas qu'ils se demandent qui est cette personne qui a essayé de le mettre en garde et remontent jusqu'à ton compte.

Vu sa mine perplexe, elle n'avait pas pensé à cela. Neru coula un regard envieux au fauteuil de RV.

— Sur RÉEL, ils ne peuvent pas surveiller qui parle à qui, ne put-il s'empêcher de murmurer.

— Tu peux utiliser cet avatar de chat pour le chercher en ligne, si tu veux.

— Non, je ne peux pas. Les compagnons ne peuvent pas sortir des zones créées pour le tournoi. En fait, je ne peux même pas me connecter tant qu'une manche n'est pas en cours.

Fasia garda le silence quelques instants. Pour finir, elle grogna de contrariété. Elle le poussa vers le fauteuil.

— Alors vas-y, utilise mon compte.

Le visage de Neru s'éclaira.

— C'est vrai ? Tu me laisserais le prendre ?

— Je suis vraiment trop bonne poire, se lamenta-t-elle. Mais j'imagine que je peux bien faire ça pour un ami.

Il écarquilla les yeux.

— … Un ami ?

Elle haussa les épaules, gênée. Elle le considérait comme un ami ? Malgré tous les ennuis qu'il lui avait attirés ? Neru sentit un sourire hésitant naître sur ses lèvres. Ces derniers temps, les amis étaient devenus pour lui une ressource rare.

— Tu sais, crut-il cependant bon de faire remarquer, c'est aussi comme ça que j'appelais Likaï quand je lui ai donné mes identifiants… Je veux dire, non pas que je ne veuille pas utiliser ton compte, parce que ça m'arrangerait vraiment vraiment beaucoup ! s'affola-t-il. Mais bon, honnêtement, c'est pas très prudent de ta part. Je m'en voudrais si…

Fasia roula des yeux et l'interrompit d'une bourrade.

— D'accord, j'ai compris. Je changerai mon mot de passe dès que tu auras fini, puis je l'enfermerai à double tour dans un coffre-fort dont je jetterai la clé. Vas-y, maintenant. Je vais te le dicter.

Il n'en fallut pas plus pour que Neru bondisse sur le cuir blanc et allume l'appareil. Juste avant que le casque se referme sur lui, il vit Fasia plonger la main dans le col de son t-shirt et en sortir un bout de papier familier. Il réalisa qu'elle le rangeait à présent dans son soutien-gorge. Immédiatement, il vira au rouge écrevisse.

— Pour commencer, dit-il d'une voix mourante, tu ne devrais pas l'écrire. Ça se retient de tête, des identifiants.

Elle lui tapota moqueusement le bras.

— Mais oui, Neru, mais oui. Prêt ?

Il lui vint à l'esprit qu'avoir une amie aussi excentrique n'allait pas lui rendre la vie plus facile.

Quelques secondes plus tard, il apparut au Dôme Stellaire, forum 30, à l'endroit exact où il avait abandonné l'avatar de Fasia la dernière fois qu'il l'avait « emprunté ». Il ouvrit son interface et interrogea le registre de la zone. Il n'y avait aucune trace de Likaï parmi les joueurs qui allaient et venaient autour de lui. Il ne pouvait pas le retrouver aussi facilement qu'il l'avait fait avec Seth quelques jours auparavant : le compte d'origine de Likaï et celui de Neru étaient tous deux paramétrés pour préserver leurs vies privées. Impossible même de savoir si l'un d'eux était actuellement connecté à RÉEL.

Mais la troisième manche du tournoi démarrait dans si peu de temps… Si Likaï se trouvait en ligne, il utilisait forcément l'avatar de Neru. Que pouvait-il bien faire dans ces derniers instants cruciaux ? S'entraîner ? Le Dôme Stellaire était la seule plate-forme de jeux que Neru lui avait présentée.

— On se refait une partie ?

— Attends, j'ai quasiment plus de munitions. Soit on change de jeu, soit il faut que je passe au Marché…

Deux joueuses le contournèrent. Leur conversation, entendue par pur hasard, produisit chez lui un éclair de génie. Le Marché ! Des munitions !

Il se rua vers l'escalier et gravit les gradins quatre à quatre. La veille, il avait profité d'un instant de calme à la fin de l'émission pour conseiller à Likaï de racheter des balles. Avec un peu de chance, il avait attendu le dernier moment pour s'en occuper.

Il se jeta vers le portail avec tant de précipitation qu'il buta dans trois personnes qui s'apprêtaient à y entrer. Une insulte prononcée d'une voix aigüe l'arrêta net. Betti, Seth et Banon se figèrent aussi.

Ils se fixèrent un long instant en chiens de faïence. Neru se surprit à espérer quelque chose. Allaient-ils s'excuser, revenir sur leurs propos ?

Mais lorsque Betti se remit de son choc, elle leva le menton en un geste de mépris familier. Neru fut étonné par la force de la colère qu'il ressentit. Il réalisa alors que ce qu'ils avaient à dire n'avait plus aucune importance à ses yeux. Pour la première fois de sa vie, il avait eu besoin d'eux, et ils avaient préféré l'abandonner. Une parfaite inconnue en avait plus fait pour lui en quelques jours que ses soi-disant amis en des années.

— Ouais, dit-il sèchement alors que Seth ouvrait la bouche pour asséner une réplique sarcastique. Laissez tomber.

Il n'avait pas de temps à perdre avec eux. Il se fondit dans le portail.

Il n'était pas plus tôt apparu au Marché qu'il fila vers la section sud. Il y avait foule dans le quartier des mods et accessoires de jeu. Neru se faufila parmi les flâneurs, jouant des coudes et des épaules pour se frayer un chemin. Un type pourvu d'un bon paquet de modules de force protesta en le repoussant brutalement contre un mur. La douleur lui déchira l'omoplate, même assourdie par les capteurs du fauteuil. Il jura à mi-voix et replongea de plus belle dans la masse.

Il s'engouffra dans la boutique qu'il avait conseillée à Likaï. L'IA qui tenait lieu de vendeuse s'inclina poliment dans sa direction, le visage lisse. Neru eut beau écarquiller les yeux sur la petite pièce sombre et encombrée, il ne vit la silhouette familière de son avatar nulle part.

Bon sang. Il ressortit aussi sec et parcourut les environs du regard.

Un attroupement un peu plus loin attira son attention. Un groupe d'avatars enthousiastes s'était formé près d'une des fontaines en forme de pièces d'échiquier. Alors qu'il les observait, quelqu'un s'en détacha.

Les deux mains levées devant la poitrine, le langage corporel mimant l'humilité embarrassée, un sourire flatté mais incertain aux lèvres, ç'aurait pu être Neru lui-même qui remerciait ses admirateurs tout en cherchant le plus court chemin pour s'échapper. Neru réprima un accès de nausée et se concentra sur la flamme noire qui dansait sur sa joue.

— Likaï !

Il le vit tressaillir et jeter un coup d'œil discret autour de lui. Neru s'approcha et lui fit signe. Le regard de Likaï glissa sur lui comme s'il n'existait pas.

L'ignorait-il à dessein ? Agacé, Neru le rejoignit à grandes enjambées. Il écarta deux inconnus outrés et le saisit par le bras.

— Il faut que je te parle.

Likaï le fusilla du regard. Il dut s'énerver à son tour, car le ton sur lequel il répondit n'imitait plus du tout Neru.

— Pardon ? Je peux savoir qui tu es ?

Maudit entêté. Neru n'avait pas vraiment envie de dévoiler sa supercherie au groupe qui les entourait. Il fallait qu'il lui parle seul à seul…

Juste derrière Likaï, la fontaine du bouffon se déforma.

Neru interrompit sa réponse naissante et cligna bêtement des yeux. Les exclamations de surprise des avatars autour d'eux poussèrent Likaï à se retourner. La statue se distordit comme une vision à l'horizon un jour de grande chaleur. Neru voulut tirer Likaï à l'écart.

Trop tard.

Le buste de la fontaine s'abattit sur eux dans une pluie de gouttes d'eau et de pixels désolidarisés. Le sourire fou du bouffon fut la dernière chose qu'il vit.

Une plainte aigüe s'éleva soudain. Fasia sursauta si fort que son cœur dut rater un battement.

Elle fixa un regard écarquillé sur le fauteuil près duquel elle attendait encore. Elle n'avait jamais entendu le système produire un bruit pareil. Elle connaissait le sifflement des déconnexions forcées : cela n'y ressemblait pas du tout. On aurait plutôt dit le cri d'agonie d'une créature électronique.

La luminosité dans la pièce changea d'un seul coup. Fasia se retourna.

Il faisait si gris dehors que la lueur de la télévision avait été perceptible depuis l'autre bout de la salle. Mais à présent, l'écran était noir et sombre. On pouvait y lire en lettres blanches : « Une erreur s'est produite sur ce compte. Veuillez contacter un agent de Prodig au centre public le plus proche de chez vous. »

Le silence retomba aussi brusquement qu'il avait été brisé. Fasia coula un regard hésitant au fauteuil. Sous le casque, Neru n'avait pas bougé. Elle toucha timidement sa main.

— Neru ?

Il ne répondit pas. Sa peau était froide. Elle s'affola et se pencha vers lui. La poitrine du garçon se soulevait et s'abaissait lentement. Elle laissa échapper un soupir de soulagement. Ridicule, se morigéna-t-elle. Évidemment qu'il allait bien. Pourquoi serait-il mort ainsi, sans prévenir ?

La voix de Den l'appelant du rez-de-chaussée la fit tressaillir.

— Fasia ? C'était quoi, ce bruit ? Tout va bien là-haut ?

— Euh… Oui oui ! Ça va, ne t'inquiète pas. C'est juste un problème avec l'équipement.

Elle l'entendit grogner un assentiment.

Tout de même… La télévision affichait toujours le même message. Si son compte s'était bloqué, quelle qu'en soit la raison, Neru n'aurait-il pas dû être éjecté du système ?

Elle l'appela à nouveau, puis le secoua par les épaules. Il n'eut aucune réaction. Les sangles demeuraient bouclées autour de ses membres et de sa taille. Les capteurs enserraient toujours sa nuque. Fasia le trouva beaucoup trop immobile. Plus tôt, elle l'avait vu remuer légèrement pendant qu'il cherchait Likaï. Les capteurs interceptaient la majorité des signaux nerveux envoyés par le cerveau aux muscles, mais pas tous ; c'était bien pour cela que les sangles existaient. Neru avait-il perdu connaissance ?

Trop inquiète pour ne rien faire, elle appuya sur le bouton d'arrêt. Rien ne se passa. Elle l'enfonça plusieurs fois sans plus de résultats. En désespoir de cause, elle se baissait pour débrancher l'alimentation quand il lui vint à l'esprit que c'était peut-être une très mauvaise idée.

Après tout, les déconnexions forcées n'étaient pas anodines. Prodig les déconseillait très fortement. Comment un sujet inconscient réagirait-il à cela ? Pour ce qu'elle en savait, elle risquait de paralyser Neru à vie, ou de le plonger dans le coma... Elle n'y connaissait rien. Elle ne s'était jamais vraiment renseignée sur la question. Elle s'apprêta à descendre demander son opinion à Den, puis se ravisa. S'il réalisait qu'elle avait autorisé Neru à utiliser son compte...

Elle grogna d'impatience. Oh, magnifique. Elle ne pouvait pas laisser Neru comme ça ! Il était peut-être en danger...

En danger.

Elle fut traversée par un frisson de mauvais augure. Neru n'avait cessé de s'inquiéter des mises en garde d'Ace. Et tout à coup, alors que Prodig se mêlait pour de vrai de cette histoire de piratage, voilà ce qui arrivait. Ace ne pouvait quand même pas avoir eu raison ?

Elle débattit un long moment avec elle-même. Pour finir, elle décida qu'elle n'avait rien à perdre.

— Den, cria-t-elle dans les escaliers, je peux t'emprunter ton compte quelques minutes ? Le mien débloque.

— Si tu veux, lui répondit-il en toute indifférence.

Fasia tira une lourde encyclopédie de la bibliothèque et l'ouvrit à la page de l'ébénisterie. Les identifiants de Den étaient gribouillés dans la marge du haut. Elle ferma sa session sur la télévision et en démarra une nouvelle sous le nom de son grand-père. Elle tenta aussitôt de contacter Ace. Si elle n'avait pas de chance, il avait déjà abandonné ce compte et ce qu'elle faisait était parfaitement vain.

Elle commençait tout juste à désespérer quand il décrocha. Sitôt qu'il la reconnut, il eut l'air de très méchante humeur.

— Encore toi ? cracha-t-il. Je n'ai pas été assez clair hier ? Que veut ton petit ami, cette fois ?

— Mon quoi ? dit-elle en haussant un sourcil. Oh. *Neru ?* N'importe quoi. Mais ce n'est pas la question.

— Laisse-moi deviner. Vous avez un problème.

Son ton lourd d'ironie lui porta sur les nerfs. Elle fit cependant l'effort de ne pas s'emporter.

— Je n'en sais rien, justement. J'espérais que tu pourrais me le dire. Je crois que Neru est coincé dans RÉEL.

Ace se troubla un bref instant avant de reprendre une expression impassible.

— Coincé, répéta-t-il d'une voix plate.

— Oui, enfin… Il était sur mon compte, il y a eu un problème. Je crois qu'il est inconscient. Je n'ose pas débrancher le fauteuil.

Elle s'écarta pour qu'il puisse voir Neru à l'écran.

— C'est pour ça que tu m'appelles depuis ce compte ? C'est celui de qui, d'ailleurs ? Qu'est-ce que c'est que votre manie de jouer aux chaises musicales avec ça ?

Fasia roula des yeux et consentit à lui expliquer tout ce qui s'était passé depuis que Neru avait grimpé dans un taxi un peu plus tôt dans la matinée.

Ace prit une longue inspiration et la relâcha dans un soupir.

— Prodig sait qu'ils ont un pirate parmi les joueurs du tournoi.

— C'est ce que je viens de te dire. Est-ce que… Hé !

L'écran venait de virer au noir. La communication était pourtant toujours en cours.

— Ace ? Allô ? Tu es là ? Qu'est-ce que tu fiches ? Hé, je te parle !

— Je suis là.

Sa voix était revenue, mais elle avait un timbre un peu différent. Fasia attendit le retour de l'image, mais elle fut simplement remplacée par le texte : « communication anonyme ».

— Je me suis déconnecté de RÉEL pour accéder à mon ordinateur. Je vais essayer de les localiser.

— Les ? Qui ça ?

— Tu disais bien que ton pote cherchait votre pirate, non ? Si Prodig visait quelqu'un, c'était forcément lui. Neru a dû finir en dégâts collatéraux. Et laisse-moi le sortir tout de suite, parce que ça me démange vraiment : je vous l'avais bien dit, bande d'abrutis.

Elle fut si préoccupée par ses propos qu'elle ignora l'insulte.

— Comment ça, « Prodig les visait » ? T'étais sérieux quand tu nous inondais de tous ces discours paranoïaques ? Pourquoi est-ce que Prodig ferait ça ? Il leur suffisait de bloquer le compte.

— Le problème, ce n'est pas Prodig à proprement parler. Je te l'ai dit : il y a quelques individus qui sont prêts à aller beaucoup trop loin pour que ce tournoi se passe bien. Ils ont mis leur réputation en jeu, et pour ces gens-là, il n'y a rien de plus important que la réputation. Ça fait des années que je fais de mon mieux pour les surveiller et limiter les incidents qu'ils sont capables de provoquer. Alors oui, je hacke Prodig quand c'est nécessaire. Et je me débrouille pour tirer les pirates inexpérimentés des emmerdes dans lesquelles ils se fourrent quand ils sous-estiment ce genre d'adversaires.

Fasia bafouilla, stupéfaite.

— Alors quoi, finit-elle par s'exclamer, tu es le chevalier du réseau, sauveur de veuves et d'orphelins en détresse ?

L'incrédulité dans sa voix ne sembla pas le mettre de bonne humeur.

— Pense ce que tu veux, mais je te signale que je me casse la tête à tirer ton petit ami d'affaire alors que vous m'avez craché dessus pas plus tard qu'hier.

— Ce n'est pas mon petit ami ! Et pendant qu'on est sur le sujet, je ne connais Likaï ni d'Ève ni d'Adam ! Neru l'a aidé parce qu'il en pince pour lui, cet imbécile. Donc tu peux arrêter de nous mettre tous dans le même panier.

Quoiqu'Ace ait pu avoir à répondre à cela, ils furent interrompus par la sonnerie du visiophone.

— Euh… fit Fasia, qui ne comprenait pas pourquoi le système sonnait alors qu'il était déjà occupé.

— Quelqu'un essaie de joindre la conversation, dit Ace, choqué. Comment est-ce qu'ils ont… Mets-toi en mode anonyme.

— Comment est-ce qu'on fait ça ?

— Oh, pour l'amour de… Dégage de l'angle de la caméra, alors !

Elle s'exécuta avec une moue vexée. Plaquée contre le mur près de la télévision, elle vit l'écran se diviser en deux. La moitié droite demeura noire et vide, mais un visage étrangement familier s'afficha de l'autre côté.

CHAPITRE 14

Neru reprit difficilement connaissance. Un mal de tête diffus appuyait sur ses tempes. Tout son corps lui paraissait peser une tonne.

— Allez, debout.

Quelque chose le poussa au niveau des côtes. La sensation était lointaine, comme si…

Comme s'il était connecté à RÉEL.

Ses souvenirs les plus récents lui revinrent d'un coup. Il ouvrit les yeux et s'assit brusquement. Debout au-dessus de lui, Likaï le fixait avec méfiance. Neru observa les alentours, s'attendant à trouver le Marché et des badauds perplexes. Mais il n'y avait rien. En fait, il n'y avait qu'une infinité de rien et de noir. L'avatar de Fasia et le sien étaient les seules choses visibles aussi loin que porte le regard. Ils apparaissaient, parfaitement nets, malgré l'absence de lumière.

— C'est une instance virtuelle non programmée, lui dit Likaï, confirmant ses pires craintes. Le vide, si tu veux. Il n'y a rien ici à part nous.

Neru se hissa sur ses pieds en frissonnant.

— Je sais ce qu'est une instance vide, murmura-t-il.

Leurs voix résonnaient étrangement dans l'espace. Il se frotta les bras. Ces zones de non-existence lui collaient une frousse irraisonnée. L'homme n'était pas fait pour contempler le rien. Il lui semblait qu'il n'y avait pas de route plus directe vers la folie.

Likaï étrécit les yeux.

— C'est toi qui as provoqué ça ?...

— Quoi ? Bien sûr que non ! s'offusqua-t-il.

La suspicion fit place à la surprise sur les traits de Likaï.

— Neru ? Cette voix, c'est bien toi ?

Il examina son apparence de jeune femme de haut en bas.

— Oui, c'est moi. Et avant que tu ne commences, parce que je te vois venir : j'ai demandé la permission d'utiliser cet avatar.

Likaï sourit. Cela lui éclaira tout le visage.

— Alors tu as vraiment de meilleurs amis que les trois imbéciles de l'autre jour. Comment est-ce qu'on a atterri ici ?

— Je n'en sais rien du tout, avoua Neru avec un regard nerveux aux alentours. Je venais juste te prévenir que la police est au courant du piratage de mon compte. Et je te jure que c'est pas ma faute ! Mais on m'a dit que Prodig devait tout bloquer...

— C'est arrivé quand ? demanda-t-il vivement.

— Ce matin. Je ne savais pas s'ils réagiraient assez vite pour t'empêcher d'accéder à la troisième manche...

Likaï jura. Son angoisse était palpable.

— J'espère bien que non. Ce serait trop injuste, j'y suis presque ! Remarque bien que ça ne changera pas grand-chose si on ne réussit pas à sortir d'ici très vite.

Il se détourna pour faire les cent pas. Il serrait la mâchoire et une lueur fiévreuse commençait à briller dans ses yeux. Une énergie sauvage transparaissait dans chacun de ses mouvements, évocatrice de la puissance nerveuse d'un grand félin. L'avatar de Neru semblait trop banal, trop fade pour la contenir, comme s'il s'apprêtait à se fendre pour en exposer toute la radiance enfin mise à nue. Neru en eut la chair de poule. Il ne l'avait jamais vu aussi intense.

— Quelle heure est-il ?

Il voulut ouvrir l'interface de Fasia pour lui répondre, mais rien ne vint. Il fronça les sourcils.

— Mon interface ne marche pas.

— La mienne non plus, grogna Likaï.

S'ils s'étaient trouvés dans une zone normale, il aurait sans aucun doute frappé l'objet solide le plus proche. Neru s'écarta légèrement, au cas où. Puis il se rappela que le rien derrière lui ne demandait qu'à l'avaler et revint aussi sec.

Sans interfaces, ils n'avaient même pas accès à leurs icônes de déconnexion. Il leur était impossible de contacter quelqu'un, que ce soit un joueur ou l'équipe de dépannage de RÉEL. Comment allaient-ils sortir de là ? Ils ne pouvaient tout de même pas rester coincés dans cet endroit horrible !

Likaï leva la main et une tablette de lumière se matérialisa sous ses doigts. Neru, qui menaçait de paniquer, se calma. Bien sûr : Likaï était un programmeur. Il allait pouvoir les tirer d'affaire !

— Bien le bonjour ! claironna Roman Saut d'Étoile.

Incrédule, Fasia fixa le présentateur qui était apparu sur son écran de télévision. Non pas que cet évènement soit extraordinaire en soi, mais il le devenait quand on songeait qu'il avait fait irruption dans une conversation privée.

— Oh ? Pas un visage aimable pour m'accueillir ? Voilà qui est plutôt grossier, railla Roman.

Il portait une touche de maquillage bleuté et avait foncé la couleur de ses iris jusqu'à une teinte de turquoise très tape-à-l'œil. Fasia ne voyait que son visage et une partie de son torse, mais elle ne douta pas qu'il avait aussi complètement réassorti sa garde-robe. Cet homme devait passer dix fois plus de temps qu'elle devant le miroir.

— Épargne-nous tes salades, lui répondit la voix désincarnée d'Ace. Comment est-ce que tu nous as trouvés ? Qu'est-ce que tu veux ?

— Ah, Ace, mon cher ami. Tu ne t'imaginais tout de même pas que tu pouvais perpétuellement mettre ton nez dans nos affaires sans attirer notre attention ? Prodig a un plein dossier sur toi, mon garçon.

Ace grogna, méprisant.

— Il ne doit pas être si impressionnant que ça puisque vous ne m'avez toujours pas identifié.

— Il est vrai que tu es assez doué pour effacer tes traces. Mais ton modus operandi finit par devenir assez évident. Allons donc : nous repérons un sale pirate dans notre précieux tournoi, nous nous en occupons, et quelques minutes plus tard un cracker tente d'accéder aux informations le concernant. Toujours ce complexe du justicier masqué. C'est charmant, vraiment. Et qui est ton correspondant, dis-moi ? Un collègue ?

Oubliant toute prudence, Fasia s'écria :

— C'est vous qui avez attaqué Likaï ? Qu'est-ce que vous leur avez fait ?

— Tais-toi, espèce d'idiote ! tempêta Ace.

Trop tard. Roman bondit sur ce qu'elle avait laissé échapper comme un renard sur sa proie.

— Likaï ? Ma parole, serait-ce le nom de notre criminel ? J'imagine que mademoiselle est une amie, peut-être un membre de sa famille... Oh, était-elle en train de t'appeler au secours, Ace ? Comme c'est adorable.

— Likaï, c'est le nom de mon ami qui s'est injustement fait prendre avec votre pirate, mentit Fasia.

— Allons, comprenez-moi, jeune fille. Ce tournoi, c'est mon aubaine. J'attends depuis des années l'occasion de briller, de propulser ma carrière au-delà de ces médiocres jeux publics que l'on ne cesse de m'assigner. Personne ne regarde ces misérables émissions, le saviez-vous ? Il n'y a guère qu'une poignée de joueurs boutonneux pour s'y intéresser. Mais le Tournoi du Futur ! s'exclama-t-il, exalté. Ha ! Cela, c'est la gloire. Aussitôt qu'il se conclura, je trouverai ma place dans le Grand Panthéon. Finie, l'obscurité de l'anonymat ! Mon visage sera sur tous les écrans !

Fasia se laissa glisser à terre et entoura ses genoux de ses bras. Dans quoi Neru était-il allé se fourrer ? Elle pressa ses paumes l'une contre l'autre et retint un juron.

— Vous auriez juste pu bloquer le compte, dit-elle. Comme la *police* vous l'a demandé !

— Certainement pas, voyons ! J'ai dû échanger bien des

faveurs sous le manteau avec le service chargé de cette affaire pour qu'ils me laissent m'en occuper à ma guise. Rendez-vous compte ! Lorsqu'un compte est bloqué, il est possible de le savoir en consultant son profil public. Quand ce faux « Neru » ne se présentera pas à la troisième manche, les gens se poseront inévitablement des questions. S'il venait à se savoir que l'un des concurrents est recherché par la police, cela créerait un buzz intolérable. L'incident nous volerait la vedette. Non, ce tournoi doit se terminer sans accroc. J'annoncerai qu'il a abandonné, voilà tout. Le public sera déçu, mais on ne peut pas tout avoir.

Il marqua une pause. Il semblait tant aimer le son de sa propre voix que Fasia en fut surprise. Elle jeta un œil à l'écran et le vit secouer la tête d'un air navré.

— Ace, mon garçon, tu es vraiment buté. Tu crois que je ne vois pas ce que tu fais ?

Ace répondit quelque chose de très grossier.

— Tu espérais peut-être que la demoiselle me distrairait ? dit Roman.

— Tu te distrais tout seul. Je les ai trouvés.

— C'est vrai ? s'exclama Fasia.

— Ils sont dans une zone de rebut de vieux code non utilisé. Pourquoi les avoir envoyés là-dedans ? Ça sert à quoi ?

Bien qu'elle soit invisible pour lui, Fasia adressa un regard triomphal à Roman. Malheureusement, il ne semblait guère contrarié.

— Oh, ce n'était pas vraiment voulu.

Le ton d'Ace devint venimeux.

— J'en étais sûr. Vous avez encore employé ce vieux truc horrible.

— Quoi ? s'alarma Fasia. Quel truc horrible ?

— Oh, tu sais, expliqua-t-il avec une ironie dégoulinante. On insère un bug à proximité de la cible, on se détend et on attend de voir ce que ça génère dans le système. Comme ça, si vraiment ça tourne mal… ben, ce n'est jamais que la faute du hasard. Et c'est impossible à retracer, bien sûr.

— Bien sûr, appuya Roman avec un sourire serein. Les

accidents de RV sont rares, mais ils peuvent toujours arriver.

— Et si quelqu'un finit réduit à l'état de légume pour le restant de sa vie, vous vous en fichez complètement, pas vrai ?

Fasia demeura bouche bée, muette d'horreur.

— Comme tu y vas. On ne croise pas l'un de ces cas tous les quatre matins ! Bien plus souvent, ces pauvres gens se retrouvent juste coincés dans un avatar difforme ou un bug de paysage. J'ai entendu dire que cela pouvait être très douloureux, mais rien de plus. Ceci étant dit, jeune demoiselle, je vous déconseille de débrancher le fauteuil de votre ami. Je crois que c'est la première fois qu'un avatar atterrit dans une zone poubelle. J'avoue que j'ignore tout à fait ce qui risquerait de se produire dans ces circonstances.

— Vous êtes monstrueux, balbutia-t-elle.

Il parut vexé.

— Allons, ne soyez pas sotte. Nous nous occuperons volontiers de sortir ces deux âmes égarées de leur mauvais pas… dès que le tournoi sera terminé. Je suis navré pour votre ami, mais rien de tout cela ne serait arrivé si ce pirate n'avait pas jugé bon de s'opposer à nous.

— Et si le pirate n'habite pas seul ? dit-elle d'une voix blanche. Si quelqu'un s'inquiète et le débranche ?

— Alors il n'aura que ce qu'il mérite. Je ne vais pas m'émouvoir pour un délinquant.

Il marqua une nouvelle pause. Cette fois, il roula des yeux.

— Ace, pauvre enfant, tu commences quelque peu à m'échauffer les oreilles. Je dois en conclure que chacun de tes silences est un signe de mauvais augure.

— Va te faire… Je ne vais pas attendre que tes complices décident de les sortir de là. Il y a plein de code natif là-dedans, je suis sûr qu'en le cannibalisant je peux leur faire contourner le pare-feu… Si je recycle ça… Et…

Sa voix descendit en un murmure alors qu'il réfléchissait tout haut. À l'écran, Roman frappa le pommeau de sa canne dans sa main gantée. Il semblait implorer le ciel pour un peu de patience.

Il ouvrait la bouche pour prononcer une nouvelle remarque

condescendante quand Ace laissa échapper un cri de victoire.

— Quoi ? demanda avidement Fasia. Ça y est ?

Il y eut un silence lourd. Roman paraissait écouter une autre conversation dont elle n'entendait pas un mot. Son froncement de sourcils inquiet fit place à une expression perplexe.

Finalement, Ace dit :

— Oups.

Et Roman renversa la tête en arrière et éclata d'un rire tonitruant.

— Comment ça, tu ne peux rien faire ? demanda Neru, dévasté.

— Je te le répète : on ne peut pas juste programmer comme ça depuis l'intérieur de RÉEL, dit Likaï sans lever les yeux de sa tablette. Il faut un accès extérieur, généralement depuis un ordinateur. Tant qu'on est bloqués ici, tout ce que je peux faire, c'est examiner le code.

Neru perçut sa frustration. Il se rapprocha pour jeter un coup d'œil par-dessus son épaule. Des lignes de symboles auxquels il ne comprenait goutte défilaient sur l'écran doré, si vite qu'au bout d'un moment il se mit à loucher.

— Et… ça t'apprend quelque chose ? s'enquit-il en désespoir de cause.

— On est en dehors de l'environnement de RÉEL. C'est pour ça que le pare-feu bloque nos appels à l'interface. À part ça…

Il poussa un soupir et se détourna, les épaules basses. La défaite brillait dans ses prunelles.

— Cette fois, je crois que c'est foutu, chuchota-t-il. Je ne vais jamais gagner ce fichu tournoi.

Neru eut mal pour lui. Quelle que soit la raison pour laquelle Likaï s'était lancé dans cette aventure, cela semblait très important à ses yeux. Si seulement Adélaïde n'avait pas choisi ce moment précis pour se préoccuper de son fils…

Le voir perdre espoir de cette manière lui était insupportable.

Il posa une main réconfortante sur son bras.

— Hé, ne dis pas ça ! Tu es extraordinaire, Likaï. Je suis sûr que si quelqu'un peut nous tirer de là, c'est bien toi. Regarde encore ! Peut-être que tu as manqué quelque chose.

Likaï le dévisagea.

— Pourquoi est-ce que tu crois à ce point en moi ? Après tout ce que je t'ai fait subir…

Les mots se pressèrent dans sa gorge où ils firent des nœuds et restèrent bloqués. Le cœur battant la chamade, il ne put lui répondre que d'un sourire pataud et tremblant. Likaï lut-il autre chose sur son visage ? Le coin de ses lèvres se souleva, presque timidement. Il déglutit, hocha la tête et se pencha à nouveau sur les lignes de code.

Le silence se referma sur eux. Il était si épais, si absolu que Neru n'eut aucun mal à l'imaginer vivant, une créature sinistre et invisible pourvue d'yeux braqués sur eux. Il frissonna. L'absence de bruit faisait naître des acouphènes dans ses oreilles.

N'y tenant plus, il chercha un sujet de conversation. Il eût tôt fait de le trouver.

— Euh…

Likaï lui jeta un coup d'œil interrogateur. Embarrassé, Neru fixa ses chaussures. Il aurait dû poser cette question plus tôt.

— Au fait, vu que tu utilises…

Il désigna d'un geste maladroit l'avatar qui accueillait actuellement Likaï.

— … c'est « il » ou « elle », aujourd'hui ?

Ce n'était visiblement pas ce à quoi Likaï s'était attendu. Un demi-sourire surpris flotta sur ses lèvres.

— « Il ».

Neru acquiesça avec raideur. Likaï retourna à sa tâche, mais un peu de la tension qui déformait ses traits avait disparu. Neru s'en félicita.

Il résistait à l'envie de se mettre à fredonner, ne voulant pas distraire Likaï à nouveau, quand un étrange choc résonna sans bruit dans le néant. Likaï cilla et examina le code de plus près. Ses yeux s'écarquillèrent.

— Mais qu'est-ce que…

Neru ouvrit la bouche pour demander ce qui se passait. Il n'eut pas à se donner cette peine.

De l'obscurité devant eux émergea soudain une immense forme. Elle n'avait pas bougé : on aurait plutôt dit qu'elle avait toujours été là et que quelqu'un venait d'allumer un projecteur droit sur elle. C'était un anneau d'écailles scintillantes dessiné par deux gigantesques serpents entremêlés. Leurs paupières, jusque-là closes en un profond sommeil, s'écartèrent. Des pupilles fendues dardèrent vers les deux intrus. Ils dressèrent la tête et ouvrirent la gueule en sifflant.

Ace n'en finissait plus de jurer.

— Ah, c'en est trop ! dit Roman, positivement hilare. Je ne te connaissais pas de tels talents de comique, mon cher !

— Qu'est-ce qui se passe ? s'impatienta Fasia. Ace, qu'est-ce que tu as trafiqué ?

Roman répondit à sa place :

— J'ai bien peur qu'à force de fourrer son nez là où il ne devrait pas, notre ami ait commis une bourde et plongé nos deux prisonniers dans l'embarras. Tu devrais entendre ce que mes programmeurs ont à dire sur toi, Ace ! C'est très inventif, mais guère flatteur.

Le présentateur avait repris toute sa bonne humeur. Son large sourire découvrait des dents très blanches. Ace insulta sa mère et tous ses ancêtres jusqu'à l'homme de Cro-Magnon taillant des pierres au fin fond d'une caverne.

— Allons, allons, le réprimanda Roman d'un air faussement navré. Je vois bien que ma présence dérange. Il me faut de toute façon vous quitter : mon triomphe débute dans quelques minutes. Je te laisse en compagnie de mes collègues, Ace. Ils s'assureront que tu ne fasses pas plus de bêtises. Je vous souhaite la bonne journée !

Son extrémité de la communication coupa. L'absence d'image

d'Ace prit à nouveau toute la place à l'écran. Fasia revint devant la télévision, furieuse.

— Qu'est-ce qu'il voulait dire ? Je croyais que tu devais les aider !

— J'essaie, figure-toi ! s'irrita-t-il. Bon, d'accord, je me suis planté. Aussi, c'est pas étonnant avec les commentaires de porcs illettrés qu'ils ont laissés dans le code !

— Annule ce que tu as fait, alors.

— J'aimerais bien, si les larbins de ce type daignaient me lâcher les basques.

— Mais…

— Et toi aussi, tu peux te taire ! l'interrompit-il. J'ai peut-être une solution, mais j'ai besoin de me concentrer !

Seule la tension dans sa voix convainquit Fasia de ravaler une réplique. Il semblait honnêtement inquiet. Elle n'avait pas d'autre choix que de lui faire confiance.

— D'où… d'où est-ce qu'ils sortent ? murmura Neru en reculant prudemment.

— Je n'en sais rien du tout, dit Likaï en l'imitant. Leur code s'est réactivé sans prévenir…

— Mais tu sais comment les rendormir, pas vrai ? demanda-t-il d'un ton qui l'invitait très fortement à répondre par la positive.

— Pas la moindre idée.

L'un des serpents jaillit et ils se jetèrent dans deux directions opposées. Un mur d'écailles vertes cascada entre eux, à une vitesse qui glaça le sang de Neru.

L'autre créature déroulait paresseusement ses anneaux, dévoilant la haute arche de pierre sur laquelle sa jumelle et elle avaient été juchées. Malgré l'esthétique inhabituelle, cela ressemblait fort à un portail. Neru éprouva un regain d'espoir avant de réaliser qu'il était inactif.

Le second reptile avait les yeux rivés sur lui. Il plongea de côté pour éviter des crocs tranchants comme des rasoirs. Un avatar n'était pas censé encaisser de dégâts en dehors des instances de jeu, mais qui savait ce qui se passerait s'il était touché dans cette zone où n'existait aucune règle ? Il n'avait pas envie de le découvrir. Et puis, il devait à Fasia de lui rendre son bien en un seul morceau.

Il courut, sauta et esquiva, regrettant ses mods avec plus d'acuité que jamais. Il bondit sur une queue massive et aperçut Likaï de l'autre côté, fuyant son propre prédateur. Il s'apprêtait à le rejoindre quand son assaillant se retourna.

Il trébucha et culbuta à bas de son flanc lisse. Étourdi, il se releva maladroitement. Il fit aussitôt face à une énorme gueule béante.

Likaï le percuta à grande vitesse. Neru vit les mâchoires claquer à quelques centimètres de sa jambe. Ils roulèrent sur le sol invisible. Likaï le tira sur ses pieds.

— Merci, balbutia Neru. C'était… drôlement chic de ta part.

— Comment je les tue ?

— Quoi ?

Des armes apparaissaient les unes après les autres dans les mains de Likaï, comme s'il les soupesait à tour de rôle : bâton, arbalète mécanique, fléchettes…

— Je ne peux pas réfléchir au code avec ces saletés aux trousses. Si je les vaincs, elles se tiendront tranquilles, non ? Qu'est-ce que je dois faire ?

Il posait un regard plein d'attente sur lui, prêt, une fois de plus, à exécuter toute stratégie qu'il lui dicterait. Devant cette confiance librement accordée, Neru aurait voulu disparaître.

Il ne les avait jamais vus avant ce jour, mais il n'avait aucun doute : les serpents étaient un boss de fin de jeu communautaire. Tout comme l'ange contre lequel Tane avait perdu leur dernier tournoi mensuel, ils avaient été conçus pour être affrontés par une équipe de concurrents aguerris au terme de longues épreuves. Deux joueurs, dont l'un inexpérimenté et l'autre complètement dépourvu d'équipement, ne parviendraient jamais à les terrasser.

— Attention ! cria Likaï.

Il le prit par le bras et voulut le tirer hors de la trajectoire d'un serpent se ruant sur eux, mais le second leur barra la route.

— Boost ! dit Neru par réflexe, puis, se ressaisissant : Crie « boost » et saute !

Likaï s'exécuta sans comprendre. Son avatar décolla avec une telle force qu'il emporta Neru avec lui. Aucun d'eux ne contrôlant leur orbite, ils partirent en vrille et décrivirent une boucle complexe au-dessus de la tête des serpents désorientés.

Au sommet de leur vol plané, le portail s'activa en un chatoiement de lumière. Neru en fut si stupéfait qu'il rata son atterrissage et s'abattit à terre. Il sentit une douleur diffuse le traverser. Son avatar clignota avec un crépitement d'appareil électrique abîmé.

Alarmé, Likaï l'aida à se relever.

— Ça va ?

— Cours !

Neru l'entraîna en direction du portail. Ils le franchirent alors qu'une gigantesque gueule s'apprêtait à se refermer sur eux.

Malgré tous ses espoirs, aucune carte de RÉEL ne s'afficha. Neru ne put que prier qu'il ne venait pas d'aggraver leur situation, que le passage menait bien quelque part.

Ils réapparurent au Marché, près de la fontaine du bouffon.

La statue était à nouveau parfaitement intacte. Les boutiques n'avaient pas changé. Les gens allaient et venaient sans leur prêter la moindre attention, à l'exception d'un petit groupe d'avatars qui les fixèrent avec surprise. Likaï et Neru échangèrent un regard reflétant la plus grande perplexité du monde.

Avant qu'ils ne puissent vraiment s'interroger, Neru reçut un appel vidéo. Les noms de ses deux correspondants l'étonnèrent moins que le fait qu'ils soient en contact. Il fit signe à Likaï de s'approcher et décrocha. Un écran se matérialisa devant lui, flottant en l'air. L'une de ses moitiés resta noire et vide. Sur l'autre, le visage de Fasia exprima un profond soulagement.

— Neru ! Oh, Ace, tu as réussi…

— Ha ! lui répondit la voix débordant de fierté du hacker. Un peu, que j'ai réussi. Ces pauvres pingouins de Prodig doivent être verts de rage !

— Euh… Il s'est passé quoi ? fit Neru, largué.

Likaï lui adressait des coups d'œil interrogateurs. Il se demandait sans doute qui ils étaient.

Non loin de là, les gens qui les dévisageaient n'avaient pas bougé. Neru réalisa que, pour la plupart, ils avaient fait partie des admirateurs de Likaï un peu plus tôt. Le seul étranger du lot s'approcha d'eux. Il portait sur le front un bandeau vert avec la mention « modérateur ».

— Excusez-moi, lança-t-il à Neru et Likaï. On m'a prévenu qu'il y avait eu un bug, ici ? Tout va bien ? Vous pouvez me décrire ce qui s'est passé ?

En guise de réponse, Likaï adopta une grimace affolée.

— Pas le temps, s'écria-t-il.

Il se précipita entre les magasins, bousculant presque leur interlocuteur dans sa fuite. Neru ouvrit la bouche pour protester, mais ne trouva rien à dire. Il ne réalisa ce qui se passait que lorsque Likaï lui jeta par-dessus son épaule un regard évocateur et un signe urgent.

Bon sang. Le tournoi !

Il accorda un sourire penaud au modérateur.

— Désolé.

Il se déconnecta sans lui laisser le temps d'ajouter un mot.

CHAPITRE 15

Neru quitta RÉEL pour changer de compte. Aussitôt qu'il ouvrit les yeux sous le casque, Fasia bondit sur lui et lui expliqua avec un débit impressionnant ce qui venait de se passer.

— Et je suis vraiment, vraiment heureuse que tu t'en sois tiré, conclut-elle.

Elle reprit bruyamment sa respiration. Un peu assommé par ce déluge de mots, Neru marmonna :

— M… merci. Euh… pour tout. Mais là, il faut que j'y aille…

— Vous allez encore vous attirer des ennuis, râla Ace. Je ne me suis pas donné tout ce mal pour rien, vous savez…

— Tu es sûr de vouloir faire ça ? l'interrompit Fasia. D'accord, tu voulais l'aider. Mais ça devient dangereux, tout de même…

Au lieu de lui répondre, Neru repoussa la visière du casque. Sa nuque était raide et douloureuse, et étrangement, tous ses muscles lui reprochèrent le moindre mouvement. Il allait sans doute payer son acharnement jusqu'au lendemain, au moins. Il se tourna vers la télévision. Ne pas y voir le visage d'Ace, ne fût-ce que celui de son avatar, était quelque peu perturbant, mais il fit de son mieux pour l'ignorer.

— Tu crois qu'ils savent, pour le compagnon truqué ?

Ace garda un silence boudeur. Fasia roula des yeux à son intention.

— Ça m'étonnerait, répondit-elle à sa place. En tout cas, ce pauvre type n'a rien dit à ce sujet.

— Mais ils risquent de s'en rendre compte, bougonna Ace.

— Mais est-ce qu'ils pourront y faire quelque chose ? insista Neru. Je veux dire, si la manche est en cours, est-ce qu'ils pourront se permettre de m'éjecter ? Si le compagnon de Likaï disparaît ou débloque tout à coup, ça va se voir. Ce n'est pas ce qu'ils veulent, pas vrai ?

Ace eut un soupir excédé.

— Bon, *OK*, avoua-t-il, comme si on lui arrachait les mots de la bouche. Le danger est probablement passé. Mais ce n'est tout de même pas très intelligent de…

— Merci, Ace, le coupa Neru, qui cessa aussitôt d'écouter.

Il adressa un rapide sourire à Fasia, qui secoua la tête avec une résignation amusée. Il s'installa à nouveau sur le fauteuil et entra les identifiants trafiqués. Les capteurs le brûlèrent quand ils se refermèrent sur son cou, lui arrachant une grimace, mais il ne laissa ni cela, ni les imprécations sourdes d'Ace l'arrêter.

À son grand soulagement, il ne passa pas par la zone d'attente. Après son aventure dans l'instance « poubelle », il avait moins envie que jamais de connaître à nouveau cette horrible sensation de vide. Il atterrit directement sur le plateau de début de jeu. De retour dans son avatar à quatre pattes, il était sagement assis aux pieds de Likaï.

Il leva la tête à l'instant où Likaï baissait la sienne. Leurs yeux se croisèrent. Neru n'avait pas plus tôt atteint son perchoir habituel, sur son épaule, que les projecteurs s'allumèrent pour éclairer la rangée de concurrents encore en lice. Neru plissa les paupières contre la lumière trop vive. Le mal de tête qui lui griffait les tempes depuis un moment déjà menaçait de se changer en migraine. Il sentit Likaï pousser un soupir.

— C'était moins une, lui glissa-t-il sous le couvert des applaudissements nourris du public.

Neru acquiesça muettement.

Au centre de la scène, dans un costume bleu étincelant, Roman écoutait les ovations avec un sourire de fier papa. C'était cet homme qui avait essayé de se débarrasser d'eux. Neru se tapit sur sa position et attendit qu'il se rende compte de leur présence.

Il n'eut pas à patienter longtemps. Bientôt, ces yeux maquillés glissèrent sur Likaï. Neru vit le choc qui les traversa. Pendant un bref instant, l'expression de l'animateur tourna comme du lait caillé. Il reprit pourtant contenance en un clin d'œil et se détourna.

Likaï semblait ne rien avoir remarqué. Neru hésita à l'avertir de l'identité de son ennemi. Finalement, il décida de s'abstenir. Likaï, pas plus que Roman, ne pourrait faire quoi que ce soit avant la conclusion de la manche, et il aurait besoin de toute sa concentration pour l'épreuve qui s'annonçait.

— Que donne le classement général ? souffla-t-il plutôt.

Roman commençait sa présentation des participants encore en lice. Ce n'était plus guère utile à ce stade du tournoi, mais le délai supplémentaire permettait aux spectateurs retardataires de se connecter et avait pour sympathique effet secondaire de faire monter la pression, chez le public comme chez les joueurs.

— Rien d'extraordinaire, répondit Likaï. Je suis revenu dans le gros du peloton, mais seulement quatrième. Sasha est en tête.

Il marqua une pause.

— Ton ami est cinquième. Et écume de rage.

Son ami… ? Neru coula un œil le long de l'alignement de concurrents. Plus loin, Tane ne cessait de jeter des regards mauvais à Likaï. Il enfouit son museau dans ses pattes pour masquer ses paroles.

— Pouah, je t'en prie. Je plaide coupable pour Seth et les autres, mais Tane ! Un ami ?

L'indignation dans sa voix arracha une esquisse de sourire à Likaï. Ils se turent comme Roman s'approchait d'eux. Neru se tendit, prêt à bondir au visage du présentateur si nécessaire. Mais Roman, très professionnel, se comporta comme si de rien n'était. Il rappela l'exploit de Likaï lors de la manche précédente, sourit largement et passa au prochain candidat. Neru aurait pu croire que Fasia et Ace s'étaient mépris s'il n'avait vu cet éclair de rage un peu plus tôt.

Avec un dernier tournoiement de canne, l'animateur termina son introduction et reprit sa place au centre du plateau. Likaï et

Neru échangèrent un regard grave.

— Que la chance et le talent vous guident ! proclama Roman.

Les portails apparurent avec une brise théâtrale qui coucha l'herbe à leurs pieds. Juste avant que Likaï s'y engouffre avec les autres, Neru lui glissa :

— Gaffe, les caméras risquent de te coller au train aujourd'hui.

Likaï hocha la tête. Le plateau de présentation disparut.

Une délicate lumière bleutée les accueillit de l'autre côté. Où que Neru porte le regard, il ne rencontra que surfaces translucides et reflets irisés. Le cadre de la manche était un extraordinaire labyrinthe de verre brut. Couloirs et ponts s'enroulaient en un ballet tortueux derrière des parois teintées d'un bleu cristallin. Escaliers de Penrose, passages courant au plafond ou le long de murs incurvés, la configuration des lieux défiait toute notion de gravité et de logique. Une clarté sous-marine se propageait partout, arrachant de-ci de-là un arc-en-ciel à une courbe fantasque.

Neru entendit Likaï prendre une inspiration émerveillée. Lui-même s'accorda un instant pour admirer la vue. Il avait participé à bien des tournois, mais force lui était d'admettre que Prodig n'avait pas rogné sur les graphismes de cet évènement exceptionnel.

Il sauta à terre, impatient de commencer leur exploration. Ses pattes n'eurent pas plus tôt touché le sol qu'il ressentit une vive douleur. Même à travers le système de RV, la sensation de brûlure qui le traversa comme une onde de choc lui arracha un cri. Il bondit et s'agrippa de toutes ses griffes à la jambe de Likaï.

Alarmé, Likaï le décolla de sa combinaison et le prit dans ses bras. Ses yeux parcoururent les environs, à la recherche d'observateurs. Il plaqua sa bouche dans sa fourrure pour en dissimuler le mouvement.

— C'était quoi, ça ?

Raide contre sa poitrine, Neru se posait la même question. Mais en un éclair d'intuition, les pièces du puzzle s'emboîtèrent dans son esprit. Il n'aima pas du tout l'image qu'elles y imprimèrent.

— C'est pas du verre, souffla-t-il. C'est de la glace !

Maintenant qu'il savait quoi chercher, il entendait un faible bruit d'eau courante et percevait de discrètes cascades ruisselant de loin en loin. À vrai dire, la zone tout entière était enchâssée dans une immense sphère qui ne pouvait que faire penser à une bulle.

La troisième manche consistait en un labyrinthe d'eau et de glace.

Bon sang ! Roman l'avait bien eu avec son costume de la veille ! Les deux premières étapes n'avaient pas joué sur la lune et le soleil, mais l'air et le feu.

— Qu'est-ce que ça peut faire ? demanda Likaï.

— Réfléchis ! Ça signifie que le tournoi a pour thématique les quatre éléments, siffla furieusement Neru. J'aurais dû réaliser que c'était trop simple. Dès le début du tournoi, les règles ont révélé que le choix du compagnon était important. Elles ont poussé les joueurs à prendre ceux qui semblaient les plus costauds et les plus facilement défendables.

— Je ne te suis pas. Quel rapport entre la thématique et les compagnons ?

— Justement ! Écoute, quand un jeu offre une option de départ aux candidats, traditionnellement, *il n'y a pas de mauvais choix*. Chaque possibilité a ses défauts et ses avantages. Si on prend en compte le thème du tournoi, alors je te parie que chaque compagnon a un élément favorable…

— … et un élément nocif, conclut Likaï. C'est pour ça que tu pouvais traverser les flammes hier. Je me disais aussi que c'était un peu trop enfantin comme porte de secours, ces bêtises avec les gros boutons rouges…

— J'ai un avantage sur le feu, mais je suis piégé pour l'épreuve de l'eau.

Likaï soupira. Il le reposa sur son épaule.

— De mieux en mieux. Donc je dois me débrouiller tout seul aujourd'hui.

Neru mit cette remarque sur le compte de sa frustration et

ne se vexa pas. Il lui fouetta quand même la nuque de sa longue queue dorée en guise de réprimande.

— C'est ce que tu crois ! Les labyrinthes et les énigmes, c'est mon point fort, figure-toi.

Likaï l'évalua du regard.

— On verra bien.

Il se mit en marche vers la paroi extérieure de la bulle.

— Où est-ce que tu vas ? demanda Neru.

— Je cherche la sortie.

— Tu vois, c'est ta première erreur. C'est au centre qu'il faut aller !

Likaï leva les yeux vers le cœur de l'arène. Là se situait la source de la lumière colorée qui teintait toute la zone d'accents aquatiques, une radiance bleutée qui ne laissait rien voir de ce qui se trouvait à proximité.

— On n'est pas dans le monde réel, insista Neru. Ici, pas besoin d'aller vers l'extérieur pour sortir. Les jeux adorent profiter de ces fausses contradictions. Dépêche-toi !

Likaï fit demi-tour. Il traversa une salle déserte en courant et grimpa un escalier quatre à quatre. Les marches s'élancèrent bientôt au-dessus d'un grand espace vide. Sur leur gauche, Neru aperçut un concurrent qui suivait un pont la tête en bas. Likaï déboucha sur un nouveau couloir. Un pan de l'un des murs disparaissait derrière une cascade au chant musical. Neru changea d'épaule pour s'en éloigner.

Les passages et les virages s'enchaînèrent tandis qu'il tentait désespérément de mémoriser le labyrinthe. Il regrettait son interface habituelle. Avec ce compte bidouillé, impossible d'ouvrir son logiciel préféré de prise de notes. Il avait l'impression déroutante qu'ils tournaient sans jamais se rapprocher du centre.

Bon sang. Il fallait absolument que Likaï termine cette manche le plus vite possible ! Il avait besoin de marquer beaucoup plus de points que Sasha, sans quoi la première place du tournoi lui glisserait entre les doigts. Neru n'avait pas menti : les jeux de logique lui réussissaient bien mieux que le reste. Il se savait capable d'un nouvel exploit dans cette épreuve. Pourquoi, dans ce cas, ne lui venait-il aucun éclair de génie ? Likaï comptait sur lui. Il n'allait tout de même pas lui faire défaut par pure stupidité ! Alors qu'il s'était si bien vanté de son expertise, en plus ! Les deux caméras qui restaient braquées en permanence sur eux n'arrangeaient rien à son stress. Comment était-il censé donner des conseils à Likaï dans ces conditions ?

Il était si occupé à ressasser son angoisse qu'il fut complètement pris de court quand quelque chose le percuta.

Sous la force de l'assaut, il dégringola de l'épaule de Likaï. Il parvint à atterrir sur ses quatre pattes, mais son instant de triomphe fut bien vite chassé par la douleur provoquée par la glace. Un rire familier résonna.

Neru tourna la tête, les oreilles plaquées contre son crâne. Il vit Likaï se baisser, les mains tendues vers lui. Dans son dos, Tane réceptionnait son boomerang avec un sourire mauvais. Avant que Likaï ne puisse le toucher, le maudit rhinocéros de Tane télescopa Neru.

Il roula sur lui-même et vérifia sa jauge de vie d'un clignement de paupière. Elle diminuait à vue d'œil ! Bon sang, c'était pour lui le pire terrain possible pour une confrontation. Tane s'était-il rendu compte des avantages d'éléments ?

— Tu te laisses vraiment aller, Neru ! On dirait que ça t'a donné une sacrée grosse tête d'entrer dans le panthéon. Ou bien c'est ton énorme coup de bol d'hier ? Tu t'imagines que tu vaux mieux que nous ?

Épée levée, Tane se jeta en avant. Distrait par le sort de Neru, Likaï ne put éviter complètement la première attaque. Elle trancha son flanc et lui arracha un grognement de douleur. Alarmé, Neru vit ses propres points de vie subir une plongée soudaine. Compagnon et joueur partageaient leur jauge ! Cela signifiait que tous les dommages que Neru accumulait au contact de la glace soustrayaient d'autant à leur espérance de vie commune.

Ce n'était pas le moment de paniquer. Likaï avait sorti un bouclier et une lance et contrait comme il le pouvait les coups de son adversaire. Il allait devoir se débrouiller seul ; le stupide sanglier à cornes de Tane, lent et lourd, s'apprêtait à lancer un deuxième assaut.

Neru se campa sur ses pattes et le laissa se jeter sur lui, défenses pointées droit devant. À la dernière seconde, il sauta sur le côté, rebondit contre le mur et atterrit sur le dos du compagnon. Il enfonça ses griffes dans le cuir épais et résista aux ruades furieuses de l'animal.

Ici, la glace ne le blessait plus… et comme il l'avait prévu, le rhinocéros miniature se montra trop bête pour le déloger en roulant sur lui-même. Après tout, dans ce genre de jeu, la force et l'intelligence étaient souvent mises en opposition. Une créature résistante tendait à le payer par un QI dans le négatif.

Malheureusement, Likaï s'en sortait à moins bon compte que lui. Tane le malmenait sans aucune pitié, le raillant tout du long.

— Qu'est-ce que tu es mauvais, aujourd'hui ! riait-il à gorge déployée. Tu m'as habitué à mieux. C'était juste de la chance, ou quoi ?

Leur jauge continuait à diminuer. Il était temps de tenter le tout pour le tout.

Neru sauta de son perchoir et courut au bord de la plate-forme sur laquelle ils se trouvaient. Après un tour complet sur elle-même qui le fit bouillir d'impatience, la stupide créature réalisa où il était passé et lui fit face. Elle poussa un barrissement, baissa les cornes, et daigna enfin le charger. Neru bondit à nouveau sur le côté, glissant sur le sol trop lisse.

Malheureusement, le compagnon n'était pas si bête que cela. Il freina en dérapant et s'immobilisa à quelques centimètres du bord. Grondant de frustration, Neru se jeta sur lui et le percuta de plein fouet. L'animal bascula enfin avec un cri d'alarme.

Tane se retourna en l'entendant. Ses yeux s'agrandirent quand il ne vit son compagnon nulle part. Il eut à peine le temps d'ouvrir la bouche avant de disparaître en une pluie d'étincelles.

Likaï se plia en deux sur un soupir de soulagement. Il releva la tête pour lui adresser un sourire qui l'emplit de fierté. Neru trotta vers lui, pressé d'en finir avec cette maudite douleur qui lui résonnait jusque dans les dents. Son mal de tête empirait de seconde en seconde.

Du coin de l'œil, il vit quelque chose se ruer sur lui. Il bondit de côté. Les serres d'un grand faucon bleu et blanc le manquèrent de peu ; l'animal poussa un cri de dépit. Mais Neru, emporté par son élan, dérapa droit vers l'une des cascades parsemant les parois du labyrinthe. Il la percuta de plein fouet.

La souffrance le traversa comme une décharge électrique. Horrifié, il se prépara au game over.

Il lui fallut une seconde entière pour réaliser qu'il n'avait pas été éjecté du jeu. Il était toujours connecté, son avatar à fourrure accroupi sur une autre surface de glace — maudite soit-elle. Désorienté, il tenta de se repérer. Il ne se trouvait plus sur la même plate-forme, mais dans une salle ronde… et bien plus proche du centre de l'arène qu'ils ne l'avaient été jusqu'à présent. Une cascade semblable à celle qu'il avait traversée coulait le long d'un mur derrière lui.

Avant qu'il ne puisse faire un geste, Likaï en jaillit. Il s'arrêta pour examiner les environs du regard. Neru lui grimpa dessus à vitesse supersonique et se blottit contre son cou, frissonnant.

Enfin, il osa jeter un œil à leur jauge de vie. Cela ne fit rien pour le calmer : elle ne tenait plus qu'à un fil.

— Cours ! siffla-t-il.

Likaï ne se fit pas prier. Alors qu'il se ruait dans un couloir, Neru surveilla leurs arrières. Il vit Sasha émerger de la cascade, son faucon sur l'épaule. Leurs regards se croisèrent un bref instant avant qu'un mur ne les sépare.

— Qu'est-ce qui s'est passé ? demanda Likaï.

— Sasha est rusé, gronda-t-il. Il nous a sans doute vus en découdre avec Tane et a décidé d'attendre que le combat se termine pour se débarrasser du vainqueur affaibli. Ça aurait fonctionné, en plus, si cette cascade n'avait été que ça.

— Qu'est-ce que c'était, alors ?

— Un portail, qui nous a transférés dans une autre partie de la zone de jeu.

Il se frotta une oreille, irrité.

— J'aurais dû y penser, murmura-t-il. Les chemins qu'on prenait ne nous rapprochaient pas de la sortie, il y avait forcément un truc...

Quel imbécile il avait été. Il aurait dû découvrir les portails plus tôt, et surtout, il aurait dû anticiper l'attaque de Tane. Il se souciait tant de Likaï et de l'opinion qu'il avait de lui que le trac lui faisait perdre tous ses moyens.

Il se tut quand une caméra s'approcha pour filmer un gros plan du visage de Likaï. Leurs points de vie remontaient lentement, au fil du temps. Neru ne cessait de consulter la jauge, comme si son impatience pouvait la forcer à se remplir plus vite. Sasha était toujours dans les parages... Likaï passa la main à travers la prochaine cascade qu'ils croisèrent, mais ne rencontra qu'un mur solide.

Neru aperçut un mouvement à la limite de son champ de vision. Il enfonça ses griffes dans l'épaule de Likaï, qui se jeta à terre. Une salve de coups de feu résonna comme le tonnerre entre les parois cristallines.

Sasha avait retrouvé leur trace.

Son compagnon faucon apparut au-dessus d'eux, ses yeux noirs cerclés de jaune rivés sur Neru. Likaï saisit Neru par la peau du cou et le fourra à l'intérieur de sa combinaison. Plaqué sans cérémonie contre son torse, il se raidit. Un bruit d'éclaboussures lui apprit que Likaï venait de plonger à travers une autre cascade. Heureusement, celle-ci devait être un portail, car lorsqu'il se hissa à l'extérieur leur environnement avait à nouveau changé. Likaï se précipita derrière un alignement de colonnes.

— Laisse-moi deviner, murmura-t-il sombrement. Je n'ai aucune chance de le vaincre.

— Aucune, confirma Neru, sinistre.

Lui-même, s'il avait été en pleine possession de son avatar et d'une barre de vie intacte, y aurait regardé à deux fois avant de s'attaquer à Sasha. La différence d'expérience entre eux était flagrante.

Ils entendirent le joueur franchir la cascade. Les caméras se multipliaient dans la zone. Les techniciens ne voulaient manquer aucun angle de vue de l'affrontement. Likaï tourna discrètement un coin. Ils eurent la bonne surprise de déboucher dans un palais des glaces. Likaï se hâta de s'enfoncer dans le labyrinthe de miroirs. Ils retenaient leur souffle, à l'affût de leur adversaire, lorsque la voix de Sasha les fit sursauter.

— J'admets que je t'ai sous-estimé lors de la première manche. Tu ne te débrouilles pas trop mal, pour un blanc-bec.

Que faisait-il ? Pourquoi Sasha révélait-il sa position de la sorte ? Neru vit le faucon planer au-dessus de leurs têtes, mais son intelligence artificielle limitée semblait incapable de les distinguer de leurs reflets.

— Ne te flatte pas trop tout de même, continua Sasha. Un débutant comme toi ? Tu n'as pas la moindre chance de gagner ce tournoi. Pourquoi ne pas en finir maintenant ? Je n'ai pas beaucoup de temps à te consacrer, ta défaite sera rapide.

Il essayait de le provoquer, réalisa Neru. Il voulait qu'il l'attaque, qu'il cesse de se cacher et vienne à lui. Et une partie de lui répondait au mépris dans sa voix, ne demandait qu'à tomber dans le piège de la confrontation. Pourtant, il savait qu'il bluffait. Sasha avait raison : il n'avait pas de temps à perdre s'il souhaitait garder sa première place au classement. Pourquoi, alors, sacrifier ces précieuses minutes à tenter de se débarrasser d'un concurrent ? Il ne pouvait y avoir qu'une seule explication : il voyait en lui une menace. Neru n'avait jamais rien connu de plus flatteur.

Malheureusement pour Sasha, Likaï n'était pas comme eux. L'orgueil des joueurs n'avait aucune influence sur lui. Au détour d'un passage, il tomba sur une nouvelle cascade. Il s'en approcha sans hésiter, ravi. Lorsqu'il voulut saisir son faux compagnon pour le mettre à l'abri, Neru résista un instant à sa poigne. Likaï posa un œil étonné sur lui. Les caméras tournaient toujours, observatrices neutres et silencieuses. À regret, il dénoua les griffes qu'il avait plantées dans son épaule et se laissa glisser dans ses vêtements.

Quelques minutes plus tard, il fut raisonnablement certain qu'ils avaient semé Sasha. Le soulagement dans les yeux de Likaï finit par le convaincre que c'était une bonne chose.

Les caméras se raréfièrent. Leurs objectifs inexpressifs semblaient presque dépités du manque d'action croustillante. Neru respira mieux.

— Bon, chuchota-t-il, à force de te voir passer des portails pendant que tu jouais au chat et à la souris avec Sasha, je crois que j'ai compris comment ils sont reliés. Prends à droite, il devrait y en avoir un pas loin.

Likaï s'exécuta sans discuter.

— Tu sais, Neru, je voulais te remercier pour tout ce que tu fais.

Il lui adressa un regard surpris.

— Tu m'as été d'une grande aide depuis hier, continua doucement Likaï. Quelle que soit l'issue du tournoi, je te dois énormément.

— On a fait un marché, marmonna-t-il, embarrassé. Tu dois me dire pourquoi tu fais tout ça. Tu n'as pas intérêt à te dégonfler.

Il espérait que cette confession soudaine ne se voulait pas un adieu. Il était hors de question que Likaï s'éclipse en emportant son secret avec lui. Mais son voleur se contenta d'un sourire vague. Il trouva et franchit le nouveau portail.

— Pour le temps qu'on a passé ensemble avant tout ce gâchis, aussi, murmura-t-il, si bas que Neru, tapi sous sa combinaison, faillit ne pas l'entendre. Merci pour ça.

Neru se sentit rougir. Il ne répondit rien et ne sortit pas tout de suite. Il y avait quelque chose de très impudique à rester ainsi blotti contre la poitrine nue de Likaï, mais à cet instant, il ne désirait rien de plus que ce contact, aussi virtuel fût-il.

Hors de danger immédiat, ils se plongèrent pleinement dans la résolution du labyrinthe. Le ravissement de Likaï alors qu'ils se rapprochaient sans cesse du cœur et dénouaient énigme après énigme était palpable. Emporté par son enthousiasme, Neru cessa de se poser tant de questions et se consacra enfin au jeu. Il avait la connaissance, l'expérience et le talent nécessaires pour venir à bout de cette épreuve. Il pouvait porter Likaï au sommet. Ensemble, ils pouvaient y arriver ! Un ou deux autres concurrents tentèrent bien de s'opposer à eux, mais avec son aide, Likaï évita habilement les confrontations. Neru était dans son milieu naturel, après tout. Il se consacrait à ce qu'il faisait mieux que personne d'autre au monde.

Du moins, c'est ce qu'il avait commencé à croire, jusqu'à ce qu'ils franchissent un dernier portail et trouvent Sasha au centre de l'ultime salle.

Un grand orbe de lumière bleue baignait la silhouette du joueur. Il était si éclatant qu'il masquait presque le 100 doré prenant forme au-dessus de sa tête.

CHAPITRE 16

Neru ne garda pas énormément de souvenirs de la cérémonie de clôture du Tournoi du Futur. L'assurance tranquille et désinvolte de Sasha lorsqu'il récita un court discours de remerciement, comme si sa victoire n'avait jamais fait aucun doute. Le triomphe vicieux que Roman cacha sous une mince couche de professionnalisme à chaque fois que ses yeux croisèrent ceux de Likaï ou qu'il jugea bon de lui demander son avis, ce qu'il fit bien trop souvent pour qu'il ne s'agisse pas là de sa revanche.

Mais surtout, le tremblement compulsif qui parcourut tout du long le corps de Likaï ; discret comme le frémissement d'un lac sous la brise, mais incessant, impitoyable, horrible.

Si Neru restait immobile trop longtemps, il pouvait encore sentir ce frisson de désespoir résonner dans la paume de ses mains. Alors il peignit et vernit sculpture après sculpture dans l'atelier de Den, jusqu'à ne plus sentir l'odeur de la sciure de bois ; jusqu'à ce que son chagrin et sa culpabilité se taisent et ne laissent plus place qu'au pinceau entre ses doigts.

CHAPITRE 17

L'inauguration de l'exposition de Den battait son plein. Les curieux flânaient dans la grande salle ronde que le centre public leur prêtait. Ils scrutaient les sculptures alignées sur de longues tables à nappe blanche, posées sur des socles ou mises en valeur dans d'élégantes niches aux murs. Ça et là, des guéridons offraient des rafraîchissements et de petits canapés. Un volontaire assurait leur ravitaillement. Au centre de la pièce, Den, sur son trente-et-un, répondait en s'efforçant de ne pas paraître trop bougon aux questions et remarques de ceux qui l'abordaient.

Fasia se hissa sur la pointe des pieds, mais ne vit Neru nulle part. Où donc ce garçon était-il allé se fourrer ?

Cette journée aurait dû être une fête. Après tout, Fasia était très heureuse que Den obtienne le respect qu'il méritait pour son talent et son âpreté à la tâche. Mais elle ne pouvait s'empêcher de s'inquiéter pour Neru. Depuis que ce maudit tournoi s'était achevé deux jours plus tôt, il décrochait à peine un mot. En revanche, à l'immense surprise de Fasia, il avait insisté pour rester et les aider à préparer l'exposition. Il avait si bien travaillé que Den lui-même, bien que de mauvaise grâce, avait suggéré qu'il assiste à l'inauguration. Il était donc venu avec eux. Mais dans l'excitation de l'installation, Fasia l'avait perdu de vue.

Un couple la dépassa. Elle laissa un instant ses soucis de côté pour leur sourire et leur souhaiter la bienvenue.

Elle aperçut un autre nouveau venu debout dans l'entrée.

Puisque l'accès à l'inauguration était libre à tous, on y rencontrait toutes sortes de gens, mais le jeune homme se démarquait même parmi cette assemblée hétéroclite. Un sac sur l'épaule, il portait un pantalon trop large pour sa silhouette en fil de fer, de vieilles chaussures de sport et une chemise aux manches retroussées ouverte sur un t-shirt élimé. Sa haute taille aurait pu le rendre menaçant, si elle n'avait été couronnée d'un véritable nid de cheveux blond filasse. Le soleil qui filtrait par les fenêtres soulignait sa barbe de trois jours et les méchants cernes sous sa paire d'hololunettes. Il était aussi blafard que Neru, un exploit.

Comme il ne bougeait pas et se contentait de parcourir les lieux du regard, Fasia s'approcha.

— Bienvenue, lui dit-elle. N'hésitez pas à entrer pour jeter un coup d'œil, l'exposition est là pour ça.

Il tourna la tête vers elle et l'examina de haut en bas. Un sourire apparut sur ses lèvres.

— Non, c'est bon. C'est toi que je cherchais.

Le son de sa voix lui parut très familier. Il ne lui fallut pas longtemps pour la reconnaître. Sa mâchoire se décrocha.

— Ace ? s'exclama-t-elle.

— Ne te sens pas obligé de crier mon nom sur tous les toits, marmonna-t-il avec un coup d'œil nerveux aux alentours.

Les visiteurs ne leur prêtaient aucune attention. Fasia le prit par le bras pour l'éloigner de la porte.

— Mais qu'est-ce que tu fiches ici ?

Il fit la tête.

— Tu pourrais être un peu plus accueillante. Rappelle-moi qui a tiré ton ami d'affaire, déjà ?

— Ce n'est pas ce que je voulais dire, se reprit-elle, embarrassée. Je te suis reconnaissante de ton aide, vraiment. Mais je pensais que tu t'en étais allé sur ton cheval blanc vers le soleil couchant et qu'on n'entendrait plus jamais parler de toi. Et qu'est-ce que tu fais ici, en ville ?

— Ça devenait dangereux de vous contacter sans cesse sur le réseau. Je me suis renseigné sur le compte que tu as utilisé la dernière fois que tu m'as appelé et je suis tombé sur l'annonce de cette expo. J'espérais parler à Neru. Tu saurais où le trouver ?

Elle soupira d'impatience.

— Il est quelque part dans le coin. Je le cherchais justement.

Il devait être sorti, ou elle l'aurait vu, depuis le temps. Où aurait-il pu se cacher dans une pièce ronde ? Elle fit signe à Ace de la suivre et quitta l'exposition.

Quelques passants déambulaient dans le hall de l'aile culturelle du centre public, admirant les peintures accrochées aux murs, mais elle ne reconnut personne. Elle se dirigea vers les toilettes. Avant qu'Ace ait pu faire un geste, elle s'engouffra du côté des hommes. Neru sursauta en l'apercevant dans les miroirs au-dessus des lavabos.

— Enfin te voilà ! s'écria-t-elle, triomphale.

— Tu ne peux pas entrer là ! balbutia-t-il avec des yeux ronds.

— Euh, il a raison, osa renchérir Ace, levant le doigt comme un enfant voulant prendre la parole en classe.

— Ne soyez pas aussi timorés. Allez Neru, sors d'ici.

Elle l'attrapa par la capuche de son blouson et le tira dehors.

— Je parie que tu es resté là-dedans depuis qu'on est arrivés. Il fallait le dire si tu ne voulais pas venir, tu sais. Personne ne t'y obligeait.

Neru ne répondit pas. Il se contenta d'un coup d'œil interrogateur à leur troisième larron.

— Ah oui, dit Fasia. Neru, voici Ace. Ace… Neru.

— Yo, fit Ace.

Neru parut alarmé.

— Qu'est-ce qui se passe ? demanda-t-il. Prodig ?…

— Rien de dangereux, ne t'affole pas. Mais oui, c'est de ça que je voulais vous parler. Prodig lance une enquête interne.

— Sur ce présentateur ? s'enquit avidement Fasia.

— Lui et ses larbins, oui. Ce bug qu'ils ont utilisé pour essayer de coincer leur pirate n'est pas passé complètement inaperçu. Comme ils ont eu la bêtise de le déclencher devant témoins, il y a eu un rapport d'erreur, et un modérateur un peu futé a trouvé ça bizarre que la victime soit non seulement un joueur du tournoi, mais aussi un compte visé par une enquête de police…

Fasia se fendit d'un large sourire.

— C'est une bonne chose, non ? Ils vont enfin recevoir ce qu'ils méritent !

Ace haussa les épaules.

— Théoriquement. Si personne ne fourre l'affaire sous le tapis. Mais en attendant, ils vont pas mal fouiner, donc je vous conseille de faire profil bas. On est tous un peu trop impliqués à mon goût. J'ai abandonné ce faux compte avec lequel vous me contactiez.

— Le mien est déjà compromis, de toute façon, murmura Neru en fronçant les sourcils. Mais, et Fasia ?

— Et Den ! s'exclama-t-elle, soudain catastrophée. C'est avec son compte que je t'ai appelé, Ace. Ils ne vont quand même pas remonter jusqu'à lui ?

— Non, la rassura-t-il. Lui sera tranquille. Qu'est-ce que tu crois ? Je crypte toujours le numéro de mes correspondants. Ils ne le retrouveront pas.

Elle acquiesça, soulagée. Force lui était de reconnaître qu'Ace savait ce qu'il faisait.

— Toi, par contre… Ils pensent que tu t'es aussi fait happer par le bug. Ils vont forcément te demander de témoigner.

Elle fronça le nez.

— Bon, tant pis… Je broderai quelque chose. Après tout, ils ne pourront pas comparer ma version à celle de Likaï, pas vrai ?

Cela se voulait une plaisanterie, mais elle réalisa un peu tard qu'elle risquait de déclencher un nouvel accès de dépression chez Neru. Elle ouvrit la bouche pour s'excuser, mais le garçon en question venait de disparaître derrière la haute silhouette d'Ace. Le hacker haussa un sourcil.

— Je peux savoir ce que tu fais ?

— Bouge pas, grogna Neru.

Fasia suivit son regard. Un policier en uniforme traversait l'autre bout du hall. Il quitta leur champ de vision. Neru se détendit et s'éloigna d'Ace.

— C'est pour ça que tu étais planqué dans les toilettes ? devina

Fasia. Parce qu'il y a des policiers dans le coin ?

— En quoi c'est un problème ? demanda Ace. Ne me dis pas qu'en plus du reste, tu es recherché par la police ?

Neru lui adressa un regard mauvais. Il croisa les bras, sur la défensive.

— Ils veulent me retrouver pour que je leur dise ce qui s'est passé avec Likaï, maugréa-t-il. J'ai vaguement sous-entendu que je connaissais mon pirate. Ils vont insister jusqu'à ce que je le dénonce. Mais s'ils ne le trouvent pas tout seuls, je ne vais sûrement pas leur mâcher le travail.

Cela, Fasia pouvait le comprendre. Mais…

— Tout de même, dit-elle, tu ne devrais pas au moins prévenir ta mère que tu vas bien ? Elle est sans doute morte d'inquiétude.

Neru hésita, puis haussa sèchement les épaules. Sa vie privée ne regardait que lui, certes, mais Fasia n'approuva guère son attitude. Elle aurait donné n'importe quoi pour être encore en contact avec ses parents. Depuis que Den, un membre de sa famille, veillait sur elle, ils n'étaient même plus tenus par la loi de se soucier de leur fille. Non pas que cela ait fait une grande différence auparavant.

Elle soupira et jeta un coup d'œil à l'intérieur de la salle d'exposition. Den semblait bien se débrouiller sans elle.

— Je ne me suis pas connectée depuis le jour du tournoi, avoua-t-elle. Je devrais peut-être vérifier que Prodig n'a pas déjà essayé de me contacter pour cette histoire de témoignage. Je vais faire un tour rapide à la salle des communications, je reviens…

Elle se tut quand Ace la fixa avec la plus grande confusion.

— Pourquoi tu n'utilises pas juste tes hololunettes ?

Une ombre de sourire prit forme sur le visage de Neru. Il donna un coup de coude complice à Ace.

— C'est une femme des cavernes, lui confia-t-il. Elle n'a jamais d'hololunettes sur elle.

— Et alors ? s'offusqua-t-elle. On vit très bien sans ces trucs !

À en juger par l'expression bovine d'Ace, il ne partageait pas son opinion. Neru et lui étaient de toute évidence faits du même moule. Ace marmonna quelque chose dans sa barbe et secoua la tête, incrédule. Il manipula sa propre paire de verres, puis la lui tendit.

— Tiens, tu n'as qu'à me les emprunter.

— Oh, merci !

Elle les chaussa jovialement, toute insulte déjà oubliée. Elle pencha la tête vers la paume de sa main. Les lunettes y projetèrent un clavier sur lequel elle entra ses identifiants. Après toute cette histoire, cette opération jadis anodine revêtait un poids étrange. Elle scruta Neru par en dessous. Il démarrait avec Ace une conversation sur RÉEL et un million d'autres choses tout aussi virtuelles et sans importance.

Les garçons.

Fasia retint un roulement d'yeux et accéda à sa messagerie. Elle y trouva bien un nouvel e-mail. Pourtant, il ne venait pas de la source à laquelle elle s'était attendue. Elle l'ouvrit en fronçant les sourcils. Avisant son contenu, elle se lécha nerveusement les lèvres et ôta les hololunettes.

— Neru. Un message pour toi.

Il les lui prit des mains d'un air perplexe. Elle le vit pâlir devant ce qu'il lut à l'écran.

Une série de chiffres, de lettres et de symboles, suivie des mots : « Tu sais où me trouver ».

— Voilà, annonça enfin Ace en s'écartant du fauteuil de RV de Fasia et Den. Je l'ai paramétré pour être intraçable. Bon, pas « intraçable » à proprement parler, il ne faut pas exagérer. Disons que du moment que tu restes connecté moins d'une heure, la police ne risque pas de remonter jusqu'ici. C'est tout ce que je peux te donner.

Son sac de voyage gisait par terre, près d'un boîtier noir inconnu qu'il avait raccordé aux câbles du fauteuil. Il se gratta le menton, examinant d'un œil distrait l'espace à vivre autour de lui. Neru réalisa qu'il avait déjà dû voir cet endroit à travers le visiophone : le vieux divan rose face à la télévision, la bibliothèque contre le mur, les fenêtres rondes comme des hublots.

— Et tu es sûr que mon compte n'a toujours pas été bloqué ? demanda Neru pour la énième fois.

— Certain, je te dis. Roman a figé le processus, et avec l'enquête interne en cours ils ont dû complètement oublier. J'ai bien vérifié.

Fasia se percha sur le dossier du canapé.

— Ou alors c'est un piège pour essayer de retrouver Likaï, suggéra-t-elle avec une grimace.

— Mais la police a bien donné l'ordre de le geler, rappela Neru. Je ne pense pas que les gens de Prodig seraient très fiers d'avouer qu'ils ont laissé traîner ça…

— C'est ce que je crois aussi.

Neru croisa le regard impassible d'Ace. Il connaissait bien mal ce type, mais au bout du compte, il lui devait beaucoup.

— Merci, lui dit-il. Tu n'avais pas besoin de m'aider encore.

Ace se détourna. Les remerciements semblaient le mettre mal à l'aise. Neru crut le voir observer Fasia du coin de l'œil.

— Ben, je suis quand même curieux de savoir comment ça va se terminer pour vous deux. Et un peu inquiet pour ce Likaï, aussi. Solidarité entre pirates, si tu veux.

Neru se fendit d'un bref sourire. Il prit une profonde inspiration et s'installa. Le contact des capteurs contre son cou le fit grimacer.

Il gardait des traces de sa rencontre avec le bug. Son mal de tête allait et venait sans se décider à disparaître pour de bon. Ses yeux étaient secs et irrités, et sa nuque demeurait rouge et douloureuse à l'emplacement des capteurs. Il aurait dû attendre que sa guérison soit complète, et il savait que reprendre son compte était risqué.

Mais Likaï voulait le voir. Cela lui suffisait.

Le casque se déploya, le plongeant dans le noir. La visière s'alluma et demanda ses identifiants. Le cœur battant, il entra son numéro de compte et le mot de passe que Likaï lui avait envoyé. Il aurait peut-être dû, mais il ne fut pas surpris lorsque la connexion se fit instantanément, sans accroc.

Il s'était écoulé moins d'une semaine depuis sa mémorable bourde, ce jour sur la montagne, mais il eut l'impression d'ouvrir la porte d'une vieille maison d'enfance abandonnée au temps et aux souvenirs ; jadis plus familière que les lignes de sa main, aujourd'hui une étrangère. Son avatar apparut au centre de l'écran, tournant lentement sur lui-même. Seulement, ce n'était plus son avatar. Plus vraiment. C'était bien ses yeux, pourtant. C'était bien son nez, ses joues, sa bouche, même ses cheveux. Mais la flamme noire qui émergeait de son col semblait mouvante, vivante, plus vivante que Neru ne s'était jamais senti. Cette flamme-là appartenait à Likaï, pour être portée en son sein, toujours. De quelques clics, il l'ôta. Le visage auquel il faisait face redevint parfaitement banal. Il en conçut un soulagement indicible.

Il entra dans RÉEL, se coulant dans son double comme dans une peau légèrement trop petite. Sous l'influx de signaux sensoriels, sa nuque le fit souffrir. Il roula vainement les épaules de son corps virtuel, regarda autour de lui.

Likaï s'était déconnecté au Salon des Joueurs. Des avatars allaient et venaient autour de Neru, discutant mods et stratégies comme à toute heure de la journée. Il ouvrit sa boîte e-mail. Il fut stupéfait par la quantité de messages non lus qu'il y trouva, la plupart de parfaits inconnus. Marques de soutien, félicitations, demandes d'aide, insultes… En quelques secondes, il en vit deux nouveaux arriver, puis un troisième. Par respect pour Fasia, il avait eu l'intention d'écrire un e-mail rapide à sa mère. Cette avalanche de popularité le troubla tant qu'il renonça.

De plus, du coin de l'œil, il voyait bien que les joueurs autour de lui commençaient à le reconnaître. Ils ralentissaient, tournaient la tête, adressaient des murmures à leurs voisins. Mal à l'aise, Neru gagna le portail d'une démarche rapide, ignorant les quelques étrangers qui essayèrent de le héler.

La nuit régnait pour l'heure sur la zone de simulation de deltaplane. Le ciel était piqueté d'étoiles et agrémenté d'un incongru arc-en-ciel argenté dont la lueur tenait lieu de généreux clair de lune. Il n'y avait pas âme qui vive sur la falaise, en dehors de l'instructeur ; encore que même lui ne comptât pas vraiment. Neru considéra d'un œil nerveux les piles de matériel près de l'IA qui lui souriait benoîtement. Il choisit plutôt de faire le trajet à pied.

Il marcha quelque temps, parcourant les contreforts envahis de buissons secs et de pins. Il n'était pas certain de retrouver le lieu où tout avait commencé. Likaï ne semblait pas décidé à lui faciliter la tâche.

Pourtant, il l'aperçut de loin. Elle était assise sur un gros rocher d'aspect confortable.

Likaï avait gardé son apparence précédente, la fille à la peau bleue et aux courts cheveux noirs que Fasia lui avait si vivement rappelée. Elle lui tournait le dos, le regard perdu dans la vallée. Il s'arrêta près d'elle.

— Ah, dit-elle simplement, sans bouger. Tu m'as trouvée. Pas mal.

— Qu'est-ce que je gagne ?

Elle fredonna, pensive.

— Le droit de rejouer ? Pour un expert comme toi, une partie de cache-cache doit être un jeu d'enfant.

Un sourire menaçait de plisser le coin de ses lèvres, mais il était pâle, sans relief. Neru s'assit à côté d'elle.

— Tu as pas mal d'entraînement aussi, fit-il remarquer. Tu y joues depuis quelques jours déjà. Avec la police.

Elle tourna finalement la tête vers lui. Il n'arrivait pas à lire son expression. Son visage, d'ordinaire si animé, lui semblait lisse et distant.

— Tu voudrais que je me rende ?

Il fronça les sourcils, troublé.

— Non. Je veux… Tu sais ce que je veux. Et m'assurer que tu vas bien, aussi.

Elle baissa les yeux sur ses chaussures et laissa échapper un gloussement. Il le trouva bien trop fatigué à son goût.

— Tu es vraiment quelqu'un de bizarre, Neru. Je ne comprends pas ce qui se passe dans ta tête. Je ne t'ai causé que des problèmes. Que t'importe pour quelle raison je l'ai fait ?

— Tu ne m'as pas causé *que* des problèmes, marmonna-t-il, embarrassé. Moi aussi… J'ai bien aimé passer du temps ensemble. Avant.

Il fixa un point par-dessus son épaule, incapable de la regarder dans les yeux. Elle parut touchée.

— Je suis désolée pour tes amis, dit-elle. Je n'aurais pas dû leur parler à ta place, mais la façon dont ils te traitaient m'horripilait.

— C… C'est pas grave du tout, balbutia-t-il. Tu as eu raison.

Combien de temps ce simulacre d'amitié aurait-il continué ? Il ne pouvait même pas prétendre être la victime de l'histoire. Avec le recul, il réalisait que Seth, Betti et Banon ne lui manquaient pas en tant qu'individu, mais en tant que filet de sécurité. S'il avait des amis, il n'était pas seul ; c'était du moins ce qu'il avait cru.

Et puis, Betti avait eu des mots si durs envers Likaï… Non, il ne la blâmait pas.

— Mais c'était hypocrite de ma part. Je n'avais pas à juger les gens que tu choisis de fréquenter. On ne peut pas dire que j'aie beaucoup d'amis avec lesquels les comparer.

Elle fouilla du bout du pied la terre à la base du rocher. Neru resta interdit devant ce signe de gêne manifeste. Pour la première fois, il lui vint à l'esprit qu'il n'avait jamais vu Likaï passer du temps avec qui que ce soit. Elle parlait parfois avec ses camarades de classe, mais au-delà de ces contacts limités…

— Tu dois bien avoir quelqu'un, insista-t-il, choqué.

Elle haussa les épaules.

— La plupart des gens me trouvent bizarre. Ils parlent et rient beaucoup de moi, mais rarement avec moi.

Elle le scruta du regard.

— À part toi, maintenant.

Il ne trouva rien à répondre à cela. Sa langue était paralysée et les mots lui échappèrent comme de l'eau. Il se sentit rougir. Likaï voyait en lui un ami. Plus encore, peut-être son premier ami. Que se serait-il passé s'il avait eu le courage de l'aborder plus tôt, de lui parler, d'essayer de mieux la connaître ? Auraient-ils pu devenir plus proches sans tout le désastre qui avait découlé de son compte volé ? Fallait-il qu'il soit stupide de n'avoir jamais tenté sa chance.

Avant que le silence ne puisse s'installer entre eux, Likaï bondit sur ses pieds. Elle fit une pirouette, puis s'arrêta et lui tendit la main. Son sourire aurait pu être plus large, plus sincère, mais il débordait de cette alchimie mystérieuse qui attirait irrésistiblement Neru.

— Danse avec moi ? demanda-t-elle.

Il se leva et, sans rien dire, s'exécuta. Leurs doigts se trouvèrent et s'entremêlèrent. Likaï ne chantait pas, cette fois. Ils se balançaient au rythme du souffle du vent sur la montagne, s'éloignaient et se retrouvaient sous les étoiles. Likaï tournoyait entre ses bras et glissait sur le sol rocailleux, le pas sûr, gracieux. Ses yeux étaient clos et son visage empreint de sérénité. La lassitude qui l'habitait depuis qu'il l'avait trouvée semblait envolée, comme exorcisée.

Quelque chose gonfla dans la poitrine de Neru, lent et inexorable comme la marée montante. Il fut à nouveau envahi par la certitude profonde de ses sentiments pour cette personne, cette inconnue, ce tourbillon de vie. Malgré tout ce qui était arrivé, ou peut-être à cause de cela, plus que jamais, son cœur battait pour l'énigme qui l'entraînait dans son hommage à la liberté. Contre la flamme fière, aveuglante qu'il redécouvrait en son sein, le désir que Fasia avait allumé en lui était une braise insignifiante, frêle et risible ; le pâle reflet de ce que son âme avait réellement appelé de ses vœux.

Likaï s'accrocha soudain à lui, saisie par une quinte de toux.

Neru referma les bras sur elle, surpris. Il attendit qu'elle se reprenne, mais le phénomène ne fit qu'empirer. Tout à coup, elle se volatilisa.

Il trébucha et faillit tomber. Il eut beau examiner les contreforts de tous côtés, il ne la vit nulle part. S'était-elle déconnectée ? Un très mauvais pressentiment lui broya la poitrine dans un étau d'acier. Lui était-il arrivé quelque chose ? Ace avait dit que Roman ne pourrait plus rien contre eux, mais s'il avait eu tort ? De longues secondes s'écoulèrent sans la plus petite trace de Likaï. Il donna un coup de pied rageur dans le rocher. Il n'avait jamais autant maudit RÉEL, ne l'avait jamais trouvé aussi terriblement vain et inutile. Où était-elle ? Que faisait-elle ?

Il attendit ce qui lui sembla être une éternité, à l'affût du moindre signe qui pourrait expliquer ce qui venait de se passer. Il s'apprêtait, affolé, à quitter le monde virtuel pour quémander une fois de plus l'aide d'Ace lorsqu'elle réapparut.

— Likaï ! Tu m'as fait une peur bleue ! Tout va bien ? Qu'est-ce qui t'est arrivé ?

Elle croisa les bras sur sa poitrine, comme pour se protéger.

— Désolée, dit-elle dans un soupir.

Son visage, plus sombre encore qu'auparavant, reflétait une amertume qu'il lui voyait pour la première fois. Elle laissa Neru la pousser à se rasseoir.

— Encore tes allergies ? suggéra-t-il avec un sourire tremblant.

Un long moment, elle le sonda du regard, muette.

— J'ai promis de t'expliquer pourquoi j'ai pris tous ces risques, dit-elle enfin. Après tout ce que tu as fait pour moi, je suppose que je te dois au moins la vérité. Je suis mourante, Neru.

Elle détourna les yeux et gratta le rocher de l'ongle. Comme si elle parlait du temps qu'il faisait. Comme si elle ne venait pas de foudroyer Neru.

À cet instant, il aurait été incapable de produire un son, de poser la moindre question. Elle poursuivit d'elle-même :

— Je suis malade depuis que je suis née. Une grave maladie pulmonaire. J'ai passé toute ma vie à l'hôpital. Il y a quelques semaines, mon état s'est encore aggravé. Les médecins m'ont annoncé que je n'en avais plus pour longtemps à vivre.

Rien n'avait jamais suscité sa haine comme la résignation qu'il entendait dans sa voix.

— Qu'est-ce que tu racontes ? balbutia-t-il furieusement. La médecine moderne… Impossible… Il y a forcément quelque chose à faire ! Trouver un meilleur médecin, peut-être, ou…

— Mes parents ont consulté les meilleurs médecins du monde. C'est inutile. Tous leurs traitements n'ont fait que me donner quelques années de plus, mais j'ai toujours su que j'étais condamnée.

Elle ne leva pas la tête vers lui, apparemment incapable de croiser son regard. Sa voix devint plus basse, mélancolique.

— Je l'ai toujours su… Et pourtant… Quand ils me l'ont annoncé, je ne l'ai pas supporté. La pensée de disparaître, juste comme ça, soufflée comme une bougie… comme si je n'avais jamais existé… C'est pour ça que je voulais absolument participer à ce fichu tournoi. Pour l'Intelligence Artificielle, tu vois ? « Une IA de toute dernière génération, entièrement modelée selon l'apparence et la personnalité du vainqueur »… Un double, quoi. Un double éternel. Immortel. Je me disais que si, au moins, je pouvais laisser ça derrière moi… Je ne serais pas tout à fait partie. Les gens se souviendraient de moi, me verraient tous les jours, même. Mais je ne faisais pas partie du panthéon des joueurs, évidemment. Je n'avais pas le droit de participer. Et puis on s'est rencontrés, purement par hasard, et…

Elle inspira profondément.

— C'était complètement idiot. Une IA, c'est juste un programme. Ça n'aurait pas été moi, juste un… un jumeau maléfique ou je ne sais quoi. J'ai paniqué. J'étais vraiment prête à tout tenter… Je t'ai entraîné dans mes ennuis sans penser aux conséquences. Moi, je n'aurai pas à les subir. Même s'ils me trouvent, je ne survivrai pas jusqu'à la fin du procès. J'ai été égoïste, et c'est toi qui paies les pots cassés. Je suis désolée.

— Mais on s'en fiche de ça !

Son cri fut si fort, si brut qu'il aurait pu être celui d'un animal blessé. Elle recula et cilla, surprise. Neru tremblait comme une feuille.

— On s'en fiche, répéta-t-il dans un gémissement.

Il ne trouva rien d'autre à ajouter. Les mots se bousculaient dans sa tête, si nombreux qu'aucun ne franchit ses lèvres. Likaï eut un sourire en coin, plein de compassion, mais aussi de reconnaissance.

— On n'aurait pas dû se rencontrer, dit-elle. Ça aurait mieux valu pour toi. Pourtant… Je suis contente de t'avoir connu. J'ai apprécié ton aide, et de parler avec toi. De danser.

Elle se pencha et déposa un baiser sur sa joue. Léger comme un papillon, il disparut avant qu'il puisse réagir. Ce n'était qu'une illusion de contact, une pâle copie virtuelle, mais il en sentit tout de même la trace qui s'attardait, brûlant sur sa peau.

Likaï demeurait calme, mais ses yeux avaient commencé à briller.

— Dis, souffla-t-elle. Je sais que je t'en ai déjà demandé beaucoup, mais tu veux bien m'accorder une dernière faveur ?

— N'importe quoi, répondit-il immédiatement, ignorant de toutes ses forces l'accent définitif de ses mots.

— Vis pour moi ? Aussi loin que je me souvienne, je n'ai jamais franchi les portes de l'hôpital. J'aurais voulu danser pour de vrai. Courir, apprendre à voler, voir le monde… Tu peux faire ça à ma place ?

Ses oreilles bourdonnaient et sa langue lui semblait faite de bois.

— Je préfèrerais le faire avec toi, parvint-il à dire, à grand-peine, et il réalisa qu'il n'avait jamais prononcé phrase plus vraie.

Elle lui sourit encore, une dernière fois. Une larme coula de sa joue. Il voulut tendre la main pour l'attraper, mais dès qu'elle glissa de son menton, elle s'évanouit en une pluie de pixels. Elle lui prit le visage, déposa un autre baiser sur ses lèvres.

— Merci.

Et elle disparut.

CHAPITRE 18

Le taxi déposa Neru devant une petite maison cernée sur trois côtés par de hautes haies. Il quitta le véhicule et examina les lieux du regard. Cette zone résidentielle était plus exiguë que la banlieue où vivaient Fasia et Den. Les maisons s'y cachaient tant bien que mal de leurs voisines derrière des écrans de végétation. Neru supposa que loger aussi près du centre-ville avait plus d'importance aux yeux des habitants que la surface de leurs potagers.

Il s'avança lentement. Le bâtiment ne comptait qu'un étage, construit d'élégantes briques grises, de métal et de verre. Sa forme rectangulaire sans fantaisie et ses lignes tirées au cordeau contrastaient fortement avec les courbes généreuses de la demeure de Den. Un jardin zen bordait les deux côtés de l'allée. Sa présence était sans nul doute due à l'absence d'entretien qu'il demandait.

Il s'arrêta sur le seuil d'Adélaïde, sonna et attendit.

Retrouver cette adresse lui avait pris du temps, mais il avait refusé d'emprunter encore une fois le compte de Fasia. Il en avait assez de dépendre en permanence d'elle ou d'Ace. De plus, malgré la complexité du trajet, il voulait que sa prochaine conversation avec sa mère ait lieu face à face. La distance d'un visiophone ou d'une paire d'hololunettes ne l'intéressait pas.

Bien sûr, personne ne lui répondit. Il soupira d'impatience. Il n'était guère étonné. Il connaissait sa mère : après la rebuffade qu'il lui avait infligée quelques jours plus tôt, elle avait dû retourner chez elle, en proie à une colère froide, et se jeter à nouveau corps et âme dans son travail. Il n'était que six heures de l'après-midi. Elle ne rentrerait sûrement pas de sitôt. Il sonna quand même encore une fois, juste pour en avoir le cœur net.

— Vous vous trouvez bien chez Adélaïde, dit soudain une voix métallique qui le fit sursauter. Adélaïde n'est actuellement pas à son domicile. Si vous souhaitez la contacter, veuillez composer un message sur le clavier à droite de la porte ou vous adresser au Laboratoire de la Petite Couronne.

L'intelligence domestique débita une adresse que Neru s'empressa d'aller donner au taxi. La maison rectangulaire s'éloigna dans le rétroviseur.

Un quart d'heure plus tard, il mit le pied sur un parking désert devant un bâtiment parfaitement banal. Il entra.

Le labo se révéla moins froid et stérile qu'il se l'était imaginé. Les murs n'étaient pas blancs, mais beiges, et des plantes en pot égayaient la salle d'accueil entre quelques banquettes pourvues de coussins bleus moelleux. Au lieu d'un interphone, c'est une petite cloche d'appel métallique qu'il découvrit sur le comptoir, une vraie antiquité patinée par les ans. Il hésita à appuyer dessus, tant il se serait attendu à trouver un objet pareil dans un musée. Finalement, comme sa première tentative n'amena personne, il la frappa à nouveau, plus fermement.

Avant que le carillon ne finisse de résonner, une petite femme en blouse blanche franchit d'un pas affairé la porte vitrée derrière le comptoir. Elle portait une paire d'hololunettes à bord épais et un sourire chaleureux, bien qu'un peu distrait.

— Voilà voilà, dit-elle. Bonjour. C'est pour quoi ?

Neru, qui s'était attendu à l'arrivée d'un robot réceptionniste, bafouilla un instant, pris de court.

— Je voudrais voir quelqu'un qui travaille ici, réussit-il à dire. Adélaïde.

— Oh, fit la femme. Eh bien, il se fait tard mais cette brave Adie est certainement encore dans les locaux, oui. Elle travaille beaucoup trop, si vous voulez mon avis, lui confia-t-elle avec une mine de conspirateur, stupéfiant Neru. C'est un esprit brillant, mais elle ne prend jamais un instant pour s'arrêter. Une vraie machine à vapeur, cette femme-là. Elle est indispensable au labo, évidemment, mais vous verrez qu'un jour, elle se tuera à la tâche.

Elle hocha la tête d'un air chagriné. Puis elle posa des yeux pleins de bonté sur lui.

— Je peux essayer de l'arracher à ses tests un instant, mais ça ne va pas être facile. Qui dois-je lui annoncer ?

— N... Neru. Son fils, précisa-t-il, car il croyait Adélaïde tout à fait capable de l'oublier si elle avait le nez plongé dans son ouvrage.

Son interlocutrice parut proprement abasourdie. Sa bouche s'ouvrit en un « o » parfait.

— Adie a une famille ? s'exclama-t-elle. Bonté divine ! Oh ! Excuse-moi, mon garçon, c'est juste qu'elle n'a jamais mentionné... je n'aurais pas imaginé... Mais elle est si... Oh ! Cette femme va m'entendre.

Avec une force surprenante, elle le prit par le bras et le tira de l'autre côté du comptoir. Elle appliqua sa main sur un lecteur d'empreintes près de la porte, qui s'ouvrit avec un bourdonnement électronique. Neru fut entraîné à l'intérieur du laboratoire avant de pouvoir protester. Avait-il seulement le droit de se trouver là ?

Il jeta des coups d'œil nerveux autour de lui. Les talons de la femme claquaient à petits pas pressés sur le carrelage du long couloir qu'ils remontaient. Les murs étaient tapissés de posters scientifiques représentant les fonctions du corps humain ou la table de Mendeleïev. L'un, à son grand étonnement, ne portait qu'un dessin de chat dans une boîte sous les mots « Recherché : chat de Schrödinger, mort et vif ».

Ils dépassèrent une alcôve confortable où deux hommes en blouse blanche prenaient un café en discutant. Le plus jeune, une paire d'hololunettes perchée sur son nez, était à peine plus âgé que Neru. Ils interrompirent leur conversation pour le dévisager avec curiosité. Neru rougit et se rapprocha de sa guide. Il dut attirer son attention sur les deux inconnus, car elle leur jeta un coup d'œil et leur lança :

— C'est le petit d'Adélaïde.

Il aurait préféré qu'elle s'abstienne. Les hommes semblèrent stupéfaits.

— Adélaïde a des *enfants* ? les entendit-il murmurer, têtes penchées l'une vers l'autre et yeux avides posés sur lui, avant qu'un coin du mur ne les sépare.

Heureusement, ils ne croisèrent personne d'autre. Neru réalisa que quand son accompagnatrice avait évoqué l'heure tardive, elle avait été sérieuse : en ce début de soirée, le laboratoire était presque vide, les travailleurs déjà rentrés chez eux.

Depuis qu'il avait mis un pied à l'intérieur, ce qu'il voyait ne cessait de contredire tout ce qu'il avait cru connaître sur cet endroit. Il s'était imaginé que les collègues de sa mère partageaient son obsession sans concessions pour la science. Il s'avérait qu'ils n'étaient pas tous assez fêlés pour dormir parmi leurs éprouvettes.

La petite femme à lunettes s'arrêta devant une porte. Elle y frappa trois coups secs et entra sans attendre de réponse. Neru resta planté dans l'encadrement.

Cette pièce-là, au moins, ressemblait en tous points à l'image qu'il s'en était faite : impersonnelle, froide, d'une organisation rigide et méticuleuse. Des étagères se dressaient contre les murs, leur contenu soigneusement étiqueté et aligné comme des sergents à la parade, que ce soit bocaux de verre, instruments étranges ou même, comble de l'anachronisme et du gaspillage, des dizaines de dossiers papier sous une collection de livres aux titres obscurs. Un canapé faisait face au bureau minimaliste ; une couverture pliée sur le dossier indiquait qu'il n'était pas seulement utilisé par les visiteurs. La mère de Neru disparaissait derrière un grand écran tactile qui paraissait monopoliser toute son attention. Les trois classeurs ouverts sur la table près de ses coudes constituaient l'unique trace de désordre dans toute la pièce.

— Pas maintenant, Virginie, marmonna-t-elle d'une voix absente.

— Quinze ans qu'on travaille ensemble, s'offusqua la guide de Neru comme si elle n'avait rien dit, et jamais il ne te serait venu à l'esprit de mentionner que tu avais un fils ?

— Un fils ? répéta Adélaïde en levant la tête.

Ses yeux vagues tombèrent sur Neru, paralysé sur le seuil. Ils mirent presque deux secondes à se focaliser sur lui, mais lorsqu'elle le reconnut, ils s'affûtèrent considérablement.

— Pauvre garçon ! continuait Virginie. Tu passes tant de temps ici qu'il ne doit jamais te voir. Ce n'est pas comme ça qu'on éduque dignement un enfant, Adie !

— « Adélaïde », Virginie, s'il te plaît. Laisse-nous seuls, tu veux bien ? demanda-t-elle d'un ton un peu trop incisif pour qu'il s'agisse d'une requête polie.

Virginie leva les bras au ciel, mais battit en retraite en soupirant. Lorsque Neru s'écarta pour la laisser passer, elle lui adressa un sourire de compassion et lui tapota l'épaule. Mal à l'aise devant tant de sollicitude de la part d'une parfaite étrangère, il prit soin de refermer la porte derrière elle.

Le silence qui s'abattit sur la pièce fut tel qu'il le regretta aussitôt. Adélaïde le soupesait du regard sans rien dire. Il tripota quelques instants la manche de sa tunique, envahi par le trac. Il se cramponna des deux mains à une bouffée de courage et s'avança pour s'asseoir sur le canapé.

— Tu réalises que ton comportement de ces derniers jours confine à la folie ?

— J'avais mes raisons, marmonna-t-il. Je ne m'attends pas à ce que tu les comprennes.

Il s'était promis de faire des efforts pour se montrer courtois et repentant, mais il ne put retenir le ressentiment qui se glissa dans sa voix. Adélaïde pinça les lèvres, un éclair de colère dans les yeux. Elle se tourna vers son écran.

— La police te recherche toujours, dit-elle en entrant des commandes du bout des doigts. Je les avertis que ce n'est plus nécessaire.

— Non !

Il bondit et saisit sa main par-dessus le bureau.

— Non, s'il te plaît, ne leur dis rien. Pas encore !

— Neru, tu fais perdre un temps précieux à ces officiers, s'impatienta-t-elle. À quoi riment ces enfantillages ?

— Écoute-moi, implora-t-il. La dernière fois qu'on s'est appelés, avant tout ça, tu m'as dit que ton projet était en phase de test, pas vrai ?

Cela eut le mérite d'éloigner ses mains de l'écran. Son visage perdit toute trace d'exaspération et s'éclaira. Elle ne se fit pas prier pour se lancer sur son sujet favori.

— Oui. Les tests sur animaux progressent très bien, au-delà même de nos prévisions. Je fais donc de mon mieux pour hâter le démarrage de la prochaine étape, mais on ne cesse de me mettre des bâtons dans les roues. Il y a une quantité invraisemblable de paperasses et de démarches administratives, c'est un vrai cauchemar... Tu as changé d'avis ? Le projet t'intéresse ? Je peux...

Il l'interrompit alors qu'elle sortait déjà une poignée de brochures et de documents d'un tiroir :

— La prochaine étape, ce sont les tests sur sujets humains, c'est ça ?

Elle s'immobilisa et posa sur lui un regard acéré. Il vit qu'elle soupesait la question, qu'elle se demandait où il voulait en venir.

— C'est ça. D'où la difficulté de trouver un sujet idéal et d'obtenir son autorisation.

Neru déglutit.

— Si je te disais... si je te disais que je sais où en trouver un ? Un sujet consentant.

Adélaïde lâcha ses papiers. Elle se redressa et appuya ses coudes sur le bureau, croisa les mains devant sa bouche.

— Neru, dit-elle lentement. C'est un projet de biostase. Si tout va bien, les sujets choisis seront placés en animation suspendue où ils resteront pendant des mois, voire des années. Ils ne vieilliront pas, ne changeront pas, ne seront conscients de rien. Mais le protocole est expérimental, et tout peut dérailler. Le cœur peut s'arrêter trop tôt pendant la mise en stase, le réveil peut échouer ou laisser des séquelles irréversibles. À ce stade, on a encore énormément d'incertitudes. C'est pour ça qu'il nous faut trouver des gens qui n'ont plus rien à perdre…

— … comme un malade en stade terminal ? compléta Neru, et malgré lui, sa voix s'étrangla. Une personne qui n'en a plus pour longtemps à vivre à notre époque, et dont le seul espoir pourrait être de se réveiller dans le futur, quand quelqu'un aura découvert le moyen de la sauver ?

Adélaïde le fixa un long moment en silence. Finalement, elle tourna son écran vers lui.

— Tape-moi ses coordonnées.

D'un doigt tremblant, il entra le numéro de compte de Likaï. Son cœur lui battait jusque dans les tympans.

— Dis-lui que tu la contactes de ma part, murmura-t-il quand il recula. Et… ne parle pas de moi à la police. S'il te plaît.

Elle dut lire dans son comportement plus que ce qu'il n'avait eu l'intention de lui dire, car elle n'insista pas. Elle se contenta de le clouer sur place d'un regard désapprobateur.

— Et comment envisages-tu de poursuivre tes études sans ton compte ?

Il haussa vaguement les épaules. Ses cours étaient vraiment la dernière chose dont il se souciait dans ces circonstances. L'espoir et le chagrin qui se mêlaient en lui ne laissaient place à aucune autre pensée.

— C'est juste temporaire…

Adélaïde ne parut pas apprécier sa désinvolture. Avec un gros soupir, elle se leva et alla tirer quelques lourds livres de l'étagère près de son bureau. Elle y ajouta les brochures sur ses travaux et lui tendit la pile.

— Lis ça, ordonna-t-elle, péremptoire. Il faudra bien que ça suffise jusqu'à ce que tu retournes à l'Université. Je m'attends à de très bons résultats ce semestre-ci, Neru.

Il ouvrit la bouche, faillit rétorquer que ses prochains examens auraient lieu après ses vingt ans ; pourquoi s'en soucierait-elle ? Mais l'intensité de son regard l'en dissuada. Cela ressemblait fort à un marché, et il aurait été prêt à accepter n'importe quoi en échange de la faveur qu'il lui demandait. Il acquiesça en silence.

Le visage de sa mère s'adoucit.

Cette fois, le doute n'était pas permis : il ne s'agissait pas d'une illusion d'optique. Adélaïde elle-même ne paraissait pas savoir quoi faire de l'émotion maladroite qui se lisait sur ses traits. Elle posa gauchement une main sur l'épaule de Neru et sembla chercher ses mots.

— … Prends soin de toi, dit-elle enfin.

Horrifié, il sentit les larmes lui monter aux yeux. Il se dégagea avec un minuscule hochement de tête, puis tourna les talons et fuit le bureau.

CHAPITRE 19

Un lundi en fin de matinée, Neru se trouva devant les portes d'un certain hôpital d'une certaine ville.

Le temps était étrange, ni vraiment ensoleillé, ni vraiment menaçant ; les rayons du jour filtraient entre de gros nuages gras d'une curieuse couleur vert-de-gris et teintaient le monde d'un indéfinissable jaune sale. Neru y voyait une réflexion étonnamment adéquate de son humeur. Ni maussade, ni joyeux, il flottait dans un entre-deux hébété dont il pressentait que la sortie serait douloureuse.

Quelqu'un lui pressa la main, le tirant de la rêverie vaine dans laquelle son esprit aurait voulu rester plongé. Debout sur les marches à côté de lui, Fasia lui adressa un fantôme de sourire. Il détestait la manière dont elle le regardait, comme s'il s'apprêtait à tomber en morceaux devant ses yeux. Il lui préférait la pudeur d'Ace, qui, posté en retrait, examinait avec une feinte attention la façade tout à fait banale du bâtiment.

Il prit une profonde inspiration et gravit les dernières marches. Les portes vitrées coulissèrent devant lui. Il entra, Fasia et Ace sur ses talons.

L'accueil était spacieux et meublé de banquettes. Une vingtaine de personnes y patientaient. De multiples portes menaient à des sections de l'hôpital aux noms mystérieux — urologie, gérontologie, addictologie… Il n'avait pas la moindre idée d'où il devait aller.

Heureusement, quelqu'un se détacha du comptoir et

s'approcha d'eux.

— Neru, c'est ça ? demanda-t-il. On s'est croisés l'autre jour. Tu te souviens de moi ?

C'était un jeune homme en blouse blanche, le cheveu noir en bataille. Il souriait avec jovialité, ce qui vexa tant l'humeur troublée de Neru qu'il faillit oublier complètement la question. Puis il réalisa que son interlocuteur était l'un des scientifiques qu'il avait aperçus au laboratoire de sa mère. Il ne l'avait pas tout de suite reconnu sans ses hololunettes, qui dépassaient pour l'heure de sa poche de poitrine.

Il hocha la tête et serra la main enthousiaste qu'on lui tendit.

— Je suis Vel, la patronne m'a demandé de t'attendre ici. Viens, je vais te montrer le chemin. Ce sont tes amis ?

Il marmonna un assentiment.

— Merci d'être venu, en tout cas. Le sujet a beaucoup insisté pour que tu sois présent.

Neru baissa la tête et fixa la pointe de ses chaussures. Encore une fois, il essaya de se convaincre qu'il vivait un rêve étrange dont il se réveillerait bientôt. Cela ne fonctionna pas plus que ses tentatives précédentes.

Vel les entraîna vers un ascenseur qui les déposa dans un lourd silence au septième étage.

— Aile ouest, annonça Vel. C'est le service des soins de longue durée. Enfin, celui des patients qui sont là toute l'année, quoi... Hé, vous saviez que le sujet vit ici depuis qu'il est tout gamin ? Passer sa vie coincé dans un hôpital... Ça donne un peu la chair de poule, non ?

— Tu pourrais te taire, ça nous ferait des vacances, grogna Ace.

Vel parut vexé. Au contraire, Fasia, qui s'était rapprochée de Neru et fusillait le laborantin du regard pour son commentaire déplacé, lui jeta un coup d'œil appréciateur.

Neru n'avait pas manqué de remarquer les œillades que Fasia et Ace échangeaient à l'occasion. Il ne fallait pas être un génie pour deviner qu'ils se plaisaient. Il attendit de ressentir une pointe de jalousie. Rien ne vint.

Ils franchirent les doubles portes de l'aile ouest et il oublia tout le reste. Ce lieu avait vu grandir Likaï. C'était la seule maison qu'elle possédât. Il détailla avec avidité les murs peints de couleurs apaisantes, les tableaux qui y étaient suspendus ; les larges couloirs éclairés par des puits de lumière naturelle ; le mobilier confortable, les babioles et les vases de fleurs disposés un peu partout. Il avait imaginé bien pire. On se donnait de toute évidence beaucoup de mal pour rendre l'endroit accueillant et agréable. Les chambres qu'il vit à travers quelques portes entrouvertes étaient spacieuses et bien aménagées, de vrais studios équipés. Il aperçut même un chat benoîtement roulé en boule sur les genoux d'un patient. Pas de chemises d'hôpital pleines de courant d'air, ici : les résidents portaient des vêtements de tous les jours et se mêlaient aux visiteurs dans les couloirs et les salles communes.

Mais le parfum des fleurs ne parvenait pas tout à fait à masquer l'odeur âcre des désinfectants, et il était impossible d'ignorer les allées et venues du personnel vêtu de blanc et les boutons d'alarme rouge vif accrochés de loin en loin aux parois.

Vel les fit bifurquer dans un couloir au bout duquel un attroupement s'était formé. Il leur souffla par-dessus son épaule, avec une grimace penaude :

— Les patients ont entendu parler de l'expérience. On a pas mal de curieux. Je crois que la chef espère en profiter pour dénicher quelques autres sujets de test parmi eux…

Neru se fichait bien des campagnes de recrutement de sa mère. Son cœur s'était soudain mis à battre la chamade dans sa poitrine. Il avait eu peur, une fois parvenu à destination, de se trouver incapable de franchir la porte. Au lieu de quoi, il se surprit à accélérer. Il dépassa Vel.

— Excusez-moi, marmonna-t-il en se faufilant entre les résidents rassemblés. Excusez-moi…

Les gens s'écartèrent obligeamment sur son passage, bien que non sans curiosité.

— Tu crois que c'est lui ? les entendit-il murmurer entre eux.

— Ça m'en a tout l'air. Il n'est pas trop laid à regarder…

— Oh chut, vieille commère. Quelle différence veux-tu que ça fasse ?

— Notre brave Likaï mérite de contempler un joli visage avant de s'endormir !

— Pauvre enfant, ajouta une voix émue, et il y eut un chœur de soupirs désolés.

Neru ne les entendait plus. Devant lui, la porte était ouverte, béant sur une chambre encombrée de matériel de pointe autour duquel s'activaient des blouses blanches. Le lit avait été tiré au centre de la pièce, mais demeurait étranger à l'agitation ambiante, comme figé dans l'œil d'un cyclone. Neru déglutit. Il réalisa confusément qu'il approchait, comme si ses pieds ne lui appartenaient plus.

Les draps blancs silhouettaient une forme trop fine. Les bras qui y reposaient étaient maigres et pâles. L'oreiller disparaissait sous un halo de cheveux blonds. Un masque respiratoire, relié à une machine non loin, couvrait la moitié du visage. Celui-ci, blême, creusé, marqué de profonds cernes sous les paupières fermées, lui fit un instant penser, avec un terrible coup au cœur, qu'il arrivait trop tard.

Puis Likaï ouvrit les yeux, des yeux bleus comme le ciel d'été. Un sourire naquit sous le masque, et tout son visage prit vie.

Neru traversa d'une enjambée la distance qui les séparait encore. Likaï leva une main et ôta son assistance respiratoire, d'un geste las mais habitué. Ses lèvres étaient fines et décolorées, son cou long et gracile.

Une infirmière voisine claqua de la langue, désapprobatrice, mais n'essaya pas de l'arrêter. Elle brandit un doigt sous le nez de Neru :

— Ne le fatiguez pas, jeune homme !

— Euh... Oui...

Elle sembla accepter son accord maladroit et s'éloigna, les laissant dans une solitude toute relative. Ils se dévisagèrent en silence. Neru cherchait, dans ces traits rendus androgynes par la maladie, la masculinité que lui avait attribuée l'infirmière. Il la trouva dans la pomme d'Adam qui saillit sous la peau lorsque

Likaï déglutit.

— Ça ne compte pas comme un avatar, je crois, dit-il, troublé.

Likaï eut un demi-sourire indulgent.

— « Il », ça ira très bien pour aujourd'hui, dit-il dans un murmure rauque. Je ne suis pas ce à quoi tu t'attendais ?

Neru hésita, puis s'assit sur le lit près de lui. Il écouta le son de sa respiration, difficile, bruyante, irrégulière. Sa poitrine se soulevait par à-coups, retombait lentement.

— Non, avoua-t-il après un moment. C'est la première fois que je te vois aussi immobile.

Likaï s'étouffa sur un éclat de rire. Il plaqua aussitôt le masque sur sa bouche. Très vite, sa toux se calma. Neru avait levé une main inquiète, désireux de l'aider, mais impuissant à intervenir. Il la laissa retomber sur les draps.

— Désolé, souffla-t-il, honteux.

Likaï secoua la tête. Il écarta l'appareil juste assez longtemps pour chuchoter sur le ton de la confidence :

— Je préfère mourir de rire que vivre en pleurs.

C'était une affirmation si typique de sa part qu'elle fit éclore chez Neru le premier sourire qu'il se rappelait avoir formé depuis des jours, une pauvre petite chose timide, mais honnête.

Le regard de Likaï s'était égaré vers un coin de la pièce. Il le suivit, curieux de découvrir à qui il avait jugé nécessaire de cacher ces mots. Un couple se pressait l'un contre l'autre à l'écart du chemin des scientifiques. Ils ne portaient pas de blouses. Le visage de l'homme était grave, sombre. Son bras reposait autour de la taille de sa compagne. D'après ses yeux rouges, elle avait pleuré récemment, et ses mains nerveuses jouaient toujours avec un mouchoir.

— Alors, dit Likaï, respiration retrouvée. J'ai rencontré ta mère. Peut-être pas de la manière la plus conventionnelle qui soit, mais… Et voilà que je te présente mes parents. Qu'est-ce qu'on doit en déduire sur notre relation ?

Neru tourna vivement la tête vers lui. Likaï souriait largement, une étincelle de malice dans les yeux. Il se sentit rougir. Il se détourna en s'éclaircissant la gorge, certain que ses oreilles devaient être écarlates. Il entendit Likaï lutter pour retenir un nouveau rire.

Fasia et Ace s'étaient arrêtés près de la porte, nota-t-il. Quand Fasia saisit son regard, le coin de ses lèvres se souleva en une timide tentative d'encouragement. Il vit ses yeux glisser à côté de lui et elle fit un signe de la main plus enthousiaste. Likaï le lui rendit volontiers.

— Les amis qui t'ont aidé ? demanda-t-il à Neru.

Il acquiesça.

— Je leur dois beaucoup. Ils ont été très patients avec moi.

Une main toucha la sienne. Neru tourna le poignet pour la prendre, comme si c'était parfaitement naturel. Elle était fine et fragile entre ses doigts. Likaï le fixa un long moment. Ses yeux étaient très bleus. Neru ne parvint pas à déchiffrer son expression, mais c'était quelque chose de doux qui lui mit le ventre sens dessus dessous.

— Moi, c'est à toi que je dois beaucoup.

Il secoua la tête, penaud, coupable.

— Ce n'est pas vrai, murmura-t-il. En fin de compte, je n'ai rien pu faire pour t'aider…

Likaï toussa, amorça un mouvement pour se redresser. Il parut renoncer une seconde plus tard et opta plutôt pour lui donner un coup de genou dans le dos. Il avait les articulations fort pointues.

— Aïe ! protesta Neru, éberlué.

— Et tout ça ? le réprimanda-t-il, englobant le chaos autour d'eux d'un regard circulaire. Sans toi, je n'aurais jamais entendu parler de ce projet à temps. Tous ces gens ne seraient pas là aujourd'hui.

Ne me remercie pas pour ça, aurait voulu supplier Neru. Pas encore. On ne sait pas si ça va marcher. Ça va peut-être te tuer.

Mais il savait que Likaï connaissait les risques, et les avait acceptés à l'instant où Adélaïde les lui avait exposés. Il avait su qu'il en serait ainsi avant même de mettre les pieds dans le laboratoire de sa mère, l'endroit qu'il s'était juré de ne jamais fréquenter.

Il ne dit rien.

Likaï pressa sa main. Pour la première fois, il vit poindre dans ses yeux une ombre de tristesse.

— Ce que je t'ai dit la dernière fois qu'on s'est rencontrés…

— De vivre à ta place ? compléta Neru. Tu le feras toi-même. Un jour, quand tu seras guéri. Tu courras, tu danseras… Tu feras autant de deltaplane que tu voudras.

Il ignorait qui il essayait de convaincre. Peut-être eux deux. Un faible sourire traversa le visage de Likaï.

— Je n'aurais pas dû te demander ça. C'était égoïste.

— Non, bredouilla-t-il, c'était… Aucun problème. Vraiment.

Likaï secoua la tête.

— Tu sais, quand on a parlé de tes jeux et de « passe-temps » sur cette montagne… J'ai eu une très mauvaise opinion de toi, avoua-t-il. Je découvrais un garçon de mon âge, qui avait la vie devant lui et absolument aucune intention de la remplir. Pas de rêves, pas d'envies, ni de passions, rien. J'étais jaloux à en crever.

Il s'interrompit le temps de calmer sa respiration sifflante sous le masque. Neru baissa le nez, envahi par une honte brûlante. Ce n'était pourtant rien qu'il n'ait pas déjà entendu, de la bouche d'Adélaïde ou de celle de Fasia ; mais jamais ces mots n'avaient pris le relief qu'ils acquéraient à présent, prononcés par la personne la plus vivante qu'il ait jamais rencontrée, celle-là même qu'il s'apprêtait à perdre. Likaï avait raison. D'eux deux, pourquoi un imbécile fade comme lui devait-il être celui qui continuerait ?

— C'est pour ça que je t'ai demandé de faire ce que je ne pourrais pas. Je me disais que si ta vie était si vide, peut-être que tu accepterais de la remplir avec un peu de la mienne.

Son cœur bondit dans sa poitrine. Il ouvrit la bouche, prêt à accepter de faire tout ce qu'il voudrait, tout, si cela signifiait de garder une petite partie de Likaï avec lui… Mais Likaï sembla deviner ce qu'il s'apprêtait à dire, et l'en dissuada d'un regard.

— Je n'aurais pas dû, répéta-t-il. Tu as le droit de mener ta propre existence ; de trouver tes propres buts, ta propre voie. Hériter de ceux de quelqu'un d'autre… ce n'est pas la solution.

On n'a qu'une vie, Neru. C'est trop court pour la gaspiller. Trop court pour la sacrifier en hommage à qui que ce soit. Si tu dois garder quelque chose de moi, souviens-toi de ces mots-là.

Une boule de chagrin s'était logée dans sa gorge. Il avala sa salive, en vain. Il acquiesça en silence. Il ne faisait pas confiance à sa voix pour ne pas se briser.

Il entendit sa mère lancer des ordres et l'aperçut, penchée avec des collègues au-dessus d'un étrange sarcophage de verre et de métal noir. Derrière elle, un fauteuil de réalité virtuelle avait été poussé contre le mur. Neru imagina les innombrables heures que Likaï y avait passées, plongé dans un pâle ersatz de la vie qu'il avait si longtemps appelée de ses vœux. Ce n'était qu'un objet, mais il lui sembla pitoyablement seul et abandonné, comme un animal de compagnie relégué loin de son maître malade.

Likaï tenait à nouveau le masque contre son visage. Ses paupières étaient à demi closes. Il vint à l'esprit de Neru que leur conversation l'épuisait. Il se sentit immédiatement coupable, mais ne put se résoudre à s'éloigner. Cela faisait sans doute de lui un égoïste, mais il entendait profiter de chaque seconde qu'il lui restait.

— J'aimerais voler avec toi, confessa-t-il. On ira, quand tu seras guéri, d'accord ? Tu veilleras à ce que je ne fasse pas n'importe quoi, cette fois. Peut-être que j'apprendrai enfin à faire du deltaplane correctement.

Les yeux de Likaï lui adressèrent un rire muet. Il dégagea sa bouche.

— Je ne voudrais pas te vexer, mais il y a vraiment du pain sur la planche.

— Reviens vite, alors.

L'expression de Likaï s'adoucit. Un frisson parcourut Neru de la tête aux pieds, lova un concentré de détermination pure au creux de son ventre.

— Je ne peux pas t'emmener voler aujourd'hui, souffla-t-il, mais ça, au moins, je peux le faire en vrai.

Et avec un courage qu'il ne se connaissait pas, il se pencha et l'embrassa. Les lèvres de Likaï étaient sèches, mais tièdes contre les siennes. Dans le couloir, les patients échangèrent des murmures et des coups de coude excités.

Neru se redressa. Likaï souriait. « Merci, » articula-t-il en silence. Le souffle lui fit défaut et il remit l'appareil en place. Il était plus pâle que jamais, mais il y avait dans son regard une lueur toute neuve.

Une main se posa sur l'épaule de Neru. Il se détourna avec difficulté pour faire face à sa mère. Elle ne fit aucun commentaire sur ce qui venait de se passer, et se contenta de dire :

— Il est l'heure, Neru. Écarte-toi, s'il te plaît.

Il regarda autour de lui, éperdu. Le sarcophage venait se ranger parallèlement au lit, poussé par deux blouses blanches. L'agitation de fourmilière qui secouait encore la salle quelques instants auparavant s'était muée en atmosphère chargée d'attente. Il se trouva soudain paralysé, incapable de bouger. Il avait l'impression que dès qu'il ferait un mouvement, Likaï échapperait à ses doigts engourdis pour disparaître, emmené au loin. Il ne put que s'accrocher à sa main, désespéré.

Doucement, tendrement, Likaï la lui retira. Il ne dit rien, mais ses yeux parlèrent pour lui. *Il faut que tu me laisses partir, Neru.*

Il fut saisi d'un vertige. Comme dans un rêve, il se sentit acquiescer. Il se leva et recula maladroitement vers la porte. La mère de Likaï s'était remise à pleurer. Il entendait ses sanglots étouffés. Un robot médical souleva délicatement Likaï dans ses serres et le déposa dans l'unité de biostase. Lorsque Neru eut reculé jusqu'à elle, Fasia prit son bras. Il s'immobilisa et s'appuya contre elle. Ses jambes étaient si faibles qu'il s'attendait à ce qu'elles lui fassent défaut à tout moment.

Il ne lâchait pas Likaï du regard, mais bientôt, il lui devint difficile de distinguer quoi que ce soit. Adélaïde et ses collègues s'affairaient autour de l'unité. Il vit quelqu'un faire une injection à Likaï, des instruments de mesure passer de main en main.

On referma le sarcophage. Neru se tendit, faillit bondir en avant et tout arrêter. Fasia chuchota son nom, inquiète, et une grande main aux longs doigts agrippa son épaule ; Ace. Neru vacilla sur ses pieds, mais ne bougea pas.

Les scientifiques s'écartèrent. Sous la coque de verre translucide, on avait retiré son masque à Likaï. Ses yeux bleus pleins de chaleur parcoururent une dernière fois la salle. Il adressa un signe de la main à ses parents, à Neru, aux résidents rassemblés dans le couloir.

Puis, peu à peu, ses paupières se fermèrent. Neru vit les mouvements de sa poitrine ralentir, diminuer en amplitude. Enfin, après une dernière expiration, il fut complètement immobile.

Un silence tendu s'abattit comme un voile sur la pièce. Les biologistes vérifiaient leurs appareils.

— Tout est stable, annonça Adélaïde. L'entrée en biostase est une réussite.

Vel laissa échapper une exclamation de joie et se retourna pour échanger poignées de main et rires avec ses collègues. Les patients derrière la porte poussèrent des soupirs de soulagement. Le sort rompu, un brouhaha de conversation s'éleva.

Neru tourna les talons et se fraya un chemin dans le couloir. Une image était gravée sur ses rétines : le visage de Likaï, calme et serein dans l'inconscience. Le sourire sur ses lèvres illuminerait ses traits pour le prochain pan d'éternité.

Adélaïde le trouva assis sur le muret devant l'hôpital.

Les nuages vert-de-gris s'éloignaient lentement, laissant place à une journée humide, mais claire. Le fond du pantalon de Neru, en contact avec la pierre rêche, était trempé de pluie. Plongé dans une profonde rêverie, il ne s'en souciait guère. La haute silhouette de sa mère s'immobilisant près de lui, en revanche, il lui aurait été plus difficile de l'ignorer. Il cligna des yeux dans sa direction, surpris.

— Tu ne devrais pas être en train de t'occuper des derniers tests, ou quoi que ce soit qu'il te reste à faire ?

— Il ne reste qu'à arranger le transfert du sujet vers le

laboratoire, répondit-elle.

Cela n'expliquait pas ce qu'elle faisait là. Elle parut envisager un instant de s'asseoir près de lui. Puis elle réalisa l'état du muret et, avec un coup d'œil désapprobateur à l'arrière-train de Neru, s'abstint. Il ne parvint pas à l'imaginer avec une tache d'eau de pluie sur sa blouse blanche immaculée.

— Ce garçon, dit-elle soudain. Tu semblais assez proche de lui.

Il haussa les épaules sans la regarder dans les yeux. Il espérait vraiment qu'elle ne s'apprêtait pas à lui faire la leçon sur le sujet. Pourquoi se soucierait-elle de sa vie amoureuse ? Elle était la dernière femme susceptible de vouloir des petits-enfants.

— Tu sais que tu pourrais l'aider, annonça-t-elle à la place.

— Quoi ? fit-il, surpris.

— Je me suis renseignée sur sa maladie, pour m'assurer qu'il n'y avait pas d'incompatibilité avec le processus de la biostase. Il existe une équipe de recherche qui travaille sur l'élaboration d'un traitement. Je te l'ai déjà dit : il y a des équipes de recherche sur tout.

Neru ne put pas s'en empêcher : il se mit à rire. Quelques semaines plus tôt, il aurait explosé de colère à l'idée qu'elle profite de sa vulnérabilité pour tenter de lui vendre son discours habituel. Il n'aurait pas su décrire ce qui avait changé.

— Je suis très sérieuse, Neru, s'offusqua-t-elle. Il ne tient qu'à toi de rejoindre le projet et d'aider à sauver ton ami. Plus tôt une solution sera créée, plus tôt il pourra être sorti de stase.

En effet, il pouvait faire cela. Il avait de bons résultats à l'Université. S'il s'attelait sérieusement à ses études, travailler dans la médecine ne semblait pas hors de sa portée.

À vrai dire, l'idée l'avait traversé plusieurs fois ces derniers jours, avec une insistance croissante. Mais n'avait-elle pas été motivée par un sentiment de culpabilité déplacé ? Likaï méritait bien plus que lui de vivre, et il aurait volontiers échangé leurs sorts si cela avait été possible. Mais ce n'était pas la solution, et porter cette honte comme une pénitence pour le restant de son existence ne le serait pas non plus. Ce n'était pas ce que Likaï voulait de lui.

— Peut-être que je me lancerai là-dedans, oui, dit-il, et son cœur lui sembla curieusement léger. Peut-être que j'aimerais la médecine. Ou peut-être que je préfèrerais la peinture. Ou le graphisme audiovisuel, pourquoi pas ? Ou bien la musique, la randonnée, la cuisine... Il y a tant de choses que je n'ai jamais essayées.

Et il les essaierait, se promit-il. Il ne lui appartenait pas de vivre la vie de Likaï, mais il pouvait au moins vivre la sienne.

LECTEUR, MERCI

d'avoir acheté ce livre !

S'il vous a plu, prenez un instant pour laisser un commentaire sur Amazon afin que d'autres puissent découvrir cette histoire.

Sachez aussi que ce roman a été en partie inspiré par le Venus Project, pour sa vision d'un monde sans argent reposant sur la technologie et le partage des ressources. Pour plus de détails : www.thevenusproject.com

Vous pouvez retrouver tous mes romans à l'adresse :
                www.dragonaplumes.fr/boutique/
Ou recevoir une nouvelle gratuite en vous inscrivant à ma newsletter :
                www.dragonaplumes.fr/newsletter/

À très bientôt !

À PROPOS DE L'AUTEUR

Sophie Renaudin est née en 1986 au Mans. Très jeune passionnée tant par la science que par la magie, elle fait tout à l'envers : elle devient informaticienne par goût du mystère et écrivaine pour comprendre le monde. Écologiste convaincue, elle est friande de science-fiction, de fantasy et de toutes les histoires susceptibles de la faire rêver et réfléchir. Ses principales inspirations sont Diana Wynne Jones, Christelle Dabos et Tui T. Sutherland.

Retrouvez-la sur son site Internet :
www.dragonaplumes.fr